大师谈经典

THE MASTER'S INTELLIGENT SERIES

杨春雷◎编著

时代文艺出版社
SHIDAI WENYI CHUBANSHE

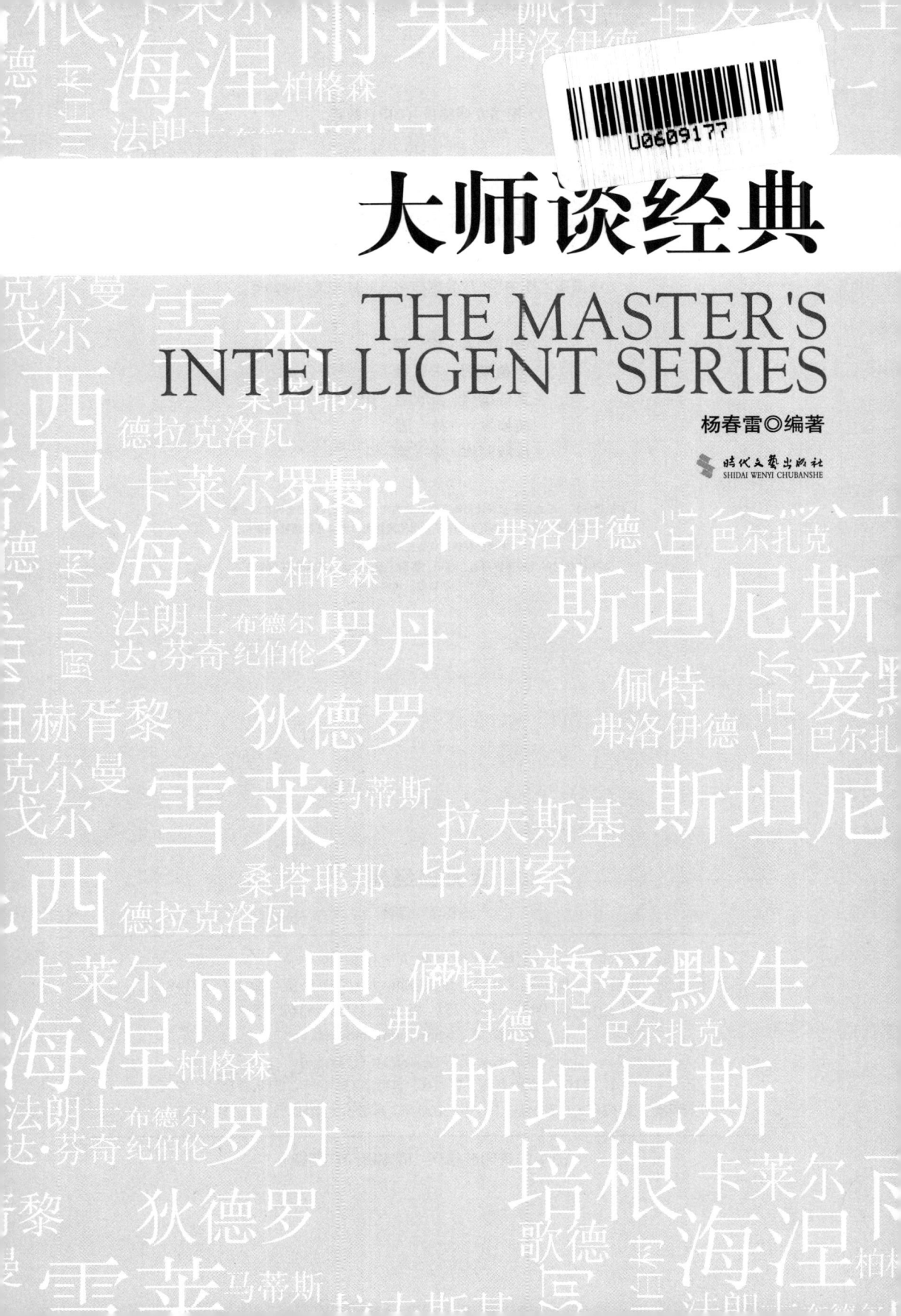

图书在版编目（CIP）数据

大师谈经典 / 杨春雷 编著. —长春：时代文艺出版社，2011.4（2023.7重印）
（世界大师的生命智慧）

ISBN 978-7-5387-3707-3

I. ①大... II. ①杨... III. ①散文集－世界 IV. ①I16

中国版本图书馆CIP数据核字（2011）第140420号

出 品 人 陈 琛
选题策划 朱凤媛
责任编辑 苗欣宇 田 野
装帧设计 孙 俪
排版制作 沈 荣

大师谈经典

杨春雷 编著

出版发行 / 时代文艺出版社
地址 / 长春市福祉大路5788号 龙腾国际大厦A座15层 邮编 / 130118
总编办 0431-81629751 发行部 / 0431-81629758
官方微博 / weibo.com/tlapress
印刷 / 永清县晔盛亚胶印有限公司
开本 / 710×1000毫米 1 / 16 字数 / 235千字 印张 / 15
版次 / 2012年1月第1版 印次 / 2023年7月第3次印刷 定价 / 58.00元

图书如有印装错误 请寄回印厂调换

目录
CONTENTS

大师智慧书系

劳伦斯

戴维·赫伯特·劳伦斯（1885—1930年），英国小说家、诗人、文学评论家。
代表作有《虹》《儿子与情人》《恋爱中的女人》《查泰莱夫人的情人》《羽蛇》等。
因在作品中存在大量的性描写而广受争议。

※ 为《查泰莱夫人的情人》一辩

　　市上出现各式各样《查泰莱夫人的情人》的盗版，弄得我不得不于一九二九年推出一个廉价的大众版本在法国出版，只卖六十法郎一册。这样一来肯定能满足欧洲的需求了。偷印者们——至少在美国——可真是果敢又忙碌。第一版真本刚从佛罗伦萨运到纽约不到一个月，就有人依此偷印并上市销售。这种偷印本酷似原版，用的是影印术，有的是通过一些很有信誉的书商出售，给心地纯真的读者造成真正的印象。这个摹真本一般卖十五美元一册，而真本只卖十美元。买书人真是大上其当。

随后又有不少人竞相模仿这一壮举。我得知，纽约或费城还印了一个摹真本，我得到了一册。这个本子看上去模样可憎：黑糊糊的橘黄色布包皮，上面印着绿色的书名，是用影印术照下来的，但字迹很模糊，我的签名一准是偷印者家的小孩子临摹上去的。一九二八年年底，这个版本从纽约运到伦敦，只卖三十先令一册，挤掉了我那一基尼一册共二百册重版本的销路。我本想把这二百本保存一年多的，可又不得不拿出去卖，以此与那种脏乎乎的橘黄色海盗版争市场。可惜我的书太少了，橘黄色海盗版依然卖得动。

后来我又得到一种细长的黑皮版本，看上去像是《圣经》或唱诗集，阴沉沉的，似在葬礼上用更合适。这回，偷印者倒是既严肃又认真，这个版本有两个封面，每个封面上都绘着一只美国之鹰，鹰头四周环绕着六颗星星，鹰爪上放射出闪电的光芒。在外层还环绕着一个月桂花环，以此来纪念其最近一次文学上的抢劫。总而言之，这个本子着实可怕，就像苏格兰大海盗基德船长蒙着黑面纱对那些即将被处死的俘虏诵读的经文。我不知道偷印者们为何要把版本设计成狭长形并附加上一个伪造封面，其结果极令人扫兴，貌似高雅反倒显得庸俗不堪。当然这个版本也是影印的，可我的签名却抹掉了。我听说这个令人扫兴的本子竟卖到十元、二十元、三十元至五十元不等——全看书商的精明程度及买者的愚笨程度如何。

这样看来，在美国出现了三个海盗版是没问题的了。我还听说又出了第四个本子，也是摹真本。不过我还没看到，宁可不去相信它。

对了，欧洲也有人偷印了一千五百册，是巴黎的书店行会干的，书上赫然标着：德国印刷。

不管是否在德国印刷的，反正这次不是影印而是铅印的，因为看得出真本中的一些拼写错误都改了过来。这可算得上令人起敬的本子，与真本几乎别无二致，只是缺了作者签名，书脊上加了黄绿双色绸边儿才使其难以乱真。这本书的批发价是每册一百法郎，零售价是每册三百到五百法郎不等。据说那些黑心无耻的书商们伪造我的签名并把此书以假当真出售。但愿这不是真的。这听起来着实有损"商业贸易"的名誉。不过也有令人安慰之处：有些书商就从不经手盗版，这既有情操上的原因也有经营上的原因。还有一些人出售盗版，但不那么热心，很明显，这些人更乐意经营合法的书。在此，情操的确很起作用，尽管不能强大到促使他们洗手不干，但多少还是有些作用的。

这些盗版书没有一本得到我的许可，我也没有从中获得过一分钱。倒是纽约有一个还算良心未泯的书商给我寄来一笔钱，说这是我的书在他店里售出的总码洋百分之十的版税。"我知道，"他信中说，"这不过是沧海一粟罢了。"其实他是想说这是大钱海中漏出的一点小钱。仅这一笔小钱已经够可观的了，由此可见那些偷印者赚钱算是赚海了！

后来欧洲的偷印者们发现书商们欺人太甚，就提议让我抽取已卖或将来备卖的书的版税，条件是我得承认他们的版本是合法的。好吧，我想，在一个你不占他便宜他就占你便宜的世界里，我何乐而不为呢？可一当我真要这样做时，自尊心又阻拦起我来。人所共知，犹大要出卖耶稣，随时都准备吻他一下。现在我也得以吻相回报！

于是有了这个廉价的影印本在法国出版，只卖六十法郎一册。英国的出版商撺掇我出一个洁本，许诺给我一大笔报酬，没准是一桶金币吧（小孩子在海边做游戏用的小桶！）。他们一定要我向公众挑明，这是一部优秀的作品，全无一点污言秽语。我开始受他们诱惑并动手删改。可我终于是办不到的！我觉得改我的书就如同用剪刀修整我的鼻子，我的书流血了！

尽管人们敌视这本书，可我却要说这是一部今天的人们必需的真诚而健康的小说。有些用词冷不丁看上去让人受不了，可稍许片刻就会好的。是不是人心受了习惯的影响变坏了？绝不是，一点没变坏。那些词只刺激人的眼睛但决不刺激人心。全无心肝的人才会没完没了地感到震惊，他们算什么？心肝俱全的人决不受惊，反之他们会感到读此书是一种慰藉。

这才是我要说的。我们今天的人类是大大地进化了、文明了，进化文明到不再受我们文化中继承下来的任何禁忌的影响。意识到这一点是很重要的。对十字军时代的人来说，几句话就可以引起我们今日无法想象的刺激。对于中世纪人的不开化、混沌、强暴的生命力来说，所谓淫秽的语言是太有挑逗性和危险性了，或许对于今日头脑不大发达的低级人种来说其挑逗性和危险性还依旧是很强的。但真正的文化却使得我们对一个字词只产生理智的和想象的反应，理智可以阻止我们产生猛烈、毫无选择从而会有伤社会风化的肉体反应。先前的人理性太弱、心太野，无法控制肉体和肉体的官能，一想起肉体就会胡乱激动，人反倒为肉体冲动所控制，可如今却不再这样了。文化与文明教我们把说与做、思与行分开来。我们都知道，行为并非要追随思想。事实上，思与行、说与做是两回事，我们过的是一种分裂的生活。我们的确渴望把两者合而为一，可我们却思而不行、行而不思。我们最最需要的是思与行、行与思互为依存。但是我们依旧是思想时就不能真正地行动、行动时却不能真正地思想，思与行互相排斥，可它们本应该是和谐相处的。

这才是我这本书真正要说的。我要让男人和女人们全面、诚实、纯洁地想性的事，即便我们不能尽情地纵欲，但我们至少要有完善而洁净的性观念。所谓纯洁无瑕的少女如同没写上文字的白纸之说纯粹是一派胡言。一个年轻女子和一个年轻男子到了一起就成为被性的感情和观念所折磨的一团剪不断理不清的乱麻，只有岁月的流逝才能理得清。长年诚实地思考着性，长年的性行为的搏斗将会使我们最终到达我们意欲到达的目的地，即真正的、完美的贞洁和我们的完整性——我们的性行为和性思想和谐如一，两者不再对立相扰。

我绝不是在此撺掇所有的女人都去追求看林人做情人，我毫无让她们追求任何人的意图。今日的不少男女在没有性生活的纯洁状态下更能彻底地理解和认识重于行动的时代。过去我们行动得太多了，尤其是性行为太多了些，变着花样重复同一样东西却没有相应的思想和认识。我们如今的任务就是认识性是怎么一回事：更为有意识的认识要比行动重要得多。我们糊涂了多少辈了，现在我们的头脑该认识、该彻底地认识性这东西了。人的肉体的确是被大大地忽视了。当代的人们做爱时，有一半时间是不认真的，他们这样做是因为他们认为这是一件该做的事。其实这是人的理智对此感兴趣，而肉体是靠理智挑逗起来的，其原因不外乎是这个：我们的祖先拼命做爱而对性却毫无认识，到了现在性行为已变得机械、无聊、令人兴味索然，只有靠新鲜的理性认识来使性经验变得新鲜点儿才行。

在性行为中，人的理智是落后于肉体的，事实上，在所有的肉体动作中均是如此。我们性思想是落后的，它还处在冥冥中，在恐惧中偷偷摸摸爬行，这状况是我们那粗野如兽的祖先们的心态。在性和肉欲方面，我们的头脑是毫无进化的。现在我们要迎头赶上去，使对肉体的感觉和经验的理性意识与这感觉和经验本体相和谐，即让我们对行为的意识与行为本身相互和谐如一。这就意味着，对性树立起应有的尊重，对肉体的奇特体验产生应有的敬畏。这就意味着，人应该有使用所谓淫秽词语的能力，因为这些词语是人的头脑蔑视和恐惧肉体、仇恨肉体和抵抗头脑的产物。当我们知道巴克上校的案子后就明白了。巴克上校原来是个女扮男装者。这位"上校"娶了一个老婆，如此这般地共同生活了五年光景，小两口过得"极和美"。那可怜的老婆一直以为自己嫁了真正的大丈夫呢，很为自己这桩正常婚姻感到乐不可支。

后来一旦事发，这可怜的女人该有多惨是无法想象的，太可怕了。但是今天确有成千上万的女人可能同样上了当并且会继续上当下去。为什么？因为她们不谙事理，压根儿就没有性的想法，在这方面是呆子。这样看来，所有的及笄少女最好都来看看这本书。

还有一位年高德劭的校长兼牧师，一辈子"圣洁"，却在花甲古稀之年因猥亵少女被送上法庭受审。出这种丑闻时正值那位步入晚年的内政大臣大声疾呼要求人们对性的问题守口如瓶，难道那位年高德劭、纯洁无瑕的老人的经历不使大臣沉思片刻吗？

人的头脑中一直潜伏着亘古以来就有的对肉体和肉体能量的恐惧，为此，我们应该使头脑解放，使之文明起来才是。头脑对肉体的恐惧可能使无数人变疯。那位名叫斯威夫特的伟大才子变疯了，部分原因可以追溯到此。在他写给他的情妇塞利娅的诗中就有如此疯疯癫癫的副歌："可是，塞利娅，塞利娅塞利娅在大便。"由此可见，一位大才子神经错乱时会是什么样子。像斯威夫特这样的大才子竟出了洋相还不自知。塞利娅当然会大便，哪个人不呢？

如果她不大便的话那就太可怕了，真是让人没办法的事。想想可怜的塞利娅吧，她的"情人"会因为她的自然官能而把她羞辱一顿。太可怕了。究其原因，就是因为人间有了禁忌的言词，就是因为人的理智与肉体、感知和性感知不够同步。

清教主义不停地/"嘘——嘘",从而造就了性痴呆儿;而另一方面又有任谁都奈何不了的摩登放纵青年和趣味高雅之徒,"嘘——嘘"之声对他们毫无作用,他们只顾我行我素。这些先进青年不再惧怕肉体和否定肉体的存在。相反,他们走向了另一极端,把肉体当玩物耍弄。这玩物虽有点讨厌,但只要你还不觉得腻烦,还是可以借此取乐的。这些年轻人压根儿不拿性当一回事,只把它当鸡尾酒品尝,还要借此话题嘲弄老一辈人。他们可谓先进而优越,才看不上《查泰莱夫人的情人》之类的书呢。对他们来说这样的书是太简单、太一般化了。

对那书中的不正经词句他们不屑一顾,书中的爱情态度在他们看来也太陈旧。有什么大惊小怪的,把爱当一杯鸡尾酒喝了算了!他们说这本书表现的是一个男孩儿的心态。不过,或许一个对性仍旧有一点自然敬畏的男孩儿的心态比那些把爱当酒喝的青年的心要干净得多。那些青年对什么都不在乎,一心只把生活当玩物戏弄,性更是一件便宜的玩具。可他们却在游戏人生中失去了自己的心灵。真是一帮赫利奥加巴卢斯!

所以,对那些可能在摩登时代变得淫荡的老清教徒们,对那些言称"我可以为所欲为"的聪明放纵青年,还有对那些心地肮脏、寻缝即下蛆的极少数的下等人来说,这本书不是为他们写的。但对这些人我还是要说:你们要堕落就堕落吧——你们尽可以清教下去,尽可以放浪形骸下去,尽可以心地肮脏下去。可我依旧坚持我书中的观点:若想要生活变得可以令人忍受,就得让心灵与肉体自然平衡、相互自然地尊重才行。

如今很明显,没有平衡也没有和谐。往好里说,肉体顶多是头脑的工具;往坏里说,是玩具罢了。商人要保持身体"健康",其实是为他的生意而让自己的身体处在良好状态;而普通的小青年们花大量时间来健身,不过是出于常规的自我意识和自我沉醉,水仙自恋而已。头脑储存了一整套的想法和"感受",肉体只用来照其动作,正如一条训练有素的狗,让它要糖它就要,无论它想不想;让它握谁的手它就亲亲热热地用嘴去叼叼那手。如今男女们的肉体正是训练有素的狗,在这方面,那些个自由解放的年轻人首当其冲!他的肉体就是驯服的狗。因为他们自称是自由的,充满了真的生命,是真货。

可他们深知这是假的，正如同商人知道他在某些方面全错了。男人和女人并非是狗，可他们看上去像狗，行为也像狗，心中很懊恼，像极为痛苦不满的狗。那自然冲动的肉体要么死了要么瘫了，它只像耍杂耍的狗一样过着低人一等的生活，表演完了就瘫倒。可肉体自己的生命是怎样的呢？肉体的生命是感觉与情绪的生命。肉体感到的是真正的渴，在雪中和阳光中真正的快乐，闻到玫瑰香或看到紫罗兰时它会感到真正的快乐。它的悲、它的爱、它的温柔、它的温情、激情、仇恨和哀伤都是真的。所有的感觉都是属于肉体的，头脑只能认知这些觉。我们听到一条令人悲伤的消息时，首先是精神上激动一阵子。但只是在几小时后，或在睡眠中，这种悲伤的意识才传达到肉体的中心，产生真正的忧伤，感到心如刀绞。

这两种感觉真叫不同——精神上的感觉和真正的感觉。如今的人们，不少是生生死死一辈子从未有过真的感觉，尽管他们有过"丰富的感情生活"，但很明显，他们表现出的是强烈的精神上的感觉，冒牌货罢了。有一种魔术叫"隐术"图像，它表现的是一个人站在一个平面镜子面前，镜子反射出他从腰到头的图像，再从头到腰向下反射。不管它在魔术中意味着什么，它象征着我们的今天——我们是这样的动物，没有活生生的情绪，如果有也只是从头脑中反射出来的。我们的教育从一开始就教我们学会情绪的范围，感觉什么，不感觉什么，如何感觉我们允许自己去感觉的饥饿感觉，其余的一概不存在。对一本新书庸俗的批评就是：没人有那种感受。这就是说明人们是只允许自己去感受某些已经完结的感觉，上个世纪就是这样的。这种做法最终扼杀了任何感受的能力，在情感的高层次上，你感受全无。这种情况终于在本世纪发生了。高层次的情感全死了，我们不得不赝造一些。

所谓高层次的情感指的是爱的各种表现，从欲望到温柔的爱，爱伙伴，爱上帝，我们指的是爱，欢乐，欣喜，希望，真正的气愤，激情的正义感与非正义感，真理与谎言，荣誉与耻辱及对事物的真正信仰——信仰是一种受精神纵容的深广的情感。在今日，这些东西多多少少地死了，我们用喧嚣、矫情的赝品来代替所有这些情感。

从来没有哪个时代比我们这个时代更矫情，更缺乏真情实感，更夸大虚伪的

大师智慧书系

感情。矫情与虚情变成了一种游戏，每个人都试图在这方面超过邻人。无线电和电影里总是在假情真做，时下的新闻出版和文学亦是一样。人们全都沉迷于虚情假意之中。他们怀揣着它，沉溺其中，依赖它过活，浑身滋溢着这种虚情。

有时人们似乎很习惯与虚情共处，可久而久之他们就会崩溃、破碎。你可以被自己的感情欺骗很久，但绝非永远，最终肉体会反击，无情地反击。

至于别人，你可以用假情永远欺骗大多数人，可以欺骗所有的人很长时间，但决不能永远欺骗所有的人。一对年轻人陷进假的情网中，完完全全相互欺骗一通儿。哈，假的爱是好吃的饼干，却是烤坏的面包，它产生的是可怕的情感消化不良，于是有了现代婚姻和更现代的离婚。

假情感造成的问题是没哪个人真正感到幸福、满足、宁静。人人不断地逃避越变越糟的情感赝品，他们从彼德逃到阿德林处，从玛格丽特处到弗吉尼亚处，从电影到无线电，从伊斯波奈特到布莱顿，怎么变，万变不离其宗。

今日首要的问题是，爱是一种感情赝品。年轻人会告诉你，这是现今最大的欺骗。没错，只要你认真对待这问题，是这么回事儿。如果你不把爱当一回事，只当成一场游戏，也就罢了。可是，你若严肃对待它，结果只能是失望和崩溃。

年轻的妇人们说了，世上没有真正的男人可以爱一爱。而小伙子们又说，找不到真正的女孩去恋一下。于是他们就只有同不真实的人相爱了。这就是说，如果你没有真实的感情，你就得用假的感情来填补空白，因为人总要有点感情，比如恋爱之类。仍然有些年轻人愿意有真的感情，可他们办不到，为此他们惊恐万分。在爱情上更是如此。

可今天，在爱情上只存在虚假情感。从父母到父母的上下辈，我们都被教会了在感情上不信任别人。对什么人都别动真情，这是今天的口号。你甚至在金钱方面可以信任别人，但绝不要动感情，他们注定是要践踏感情的。

我相信没有哪个时代像我们的时代这样人与人之间如此不信任，尽管社会表面上有着真切的信任。我的朋友中绝少有人会偷我的钱或让我坐在一张有刺的椅子上受伤。可事实上，我所有的朋友都会拿我的感情当笑料——他们无法不这样做，这是今日的精神。遭到同样下场的是爱和友情，因为这两者都意味着感情与同情。于是有了爱之赝品，让你无法摆脱。

情感既是如此虚假，性怎么会有真的？性这东西，归根结底是不能受骗的。感情上的行骗是顶恶劣的事了。一到性问题上，感情欺骗就会崩溃。

性与虚假的感情是水火不相容的，与虚假的爱情势不两立。它最仇恨那些不爱却装爱甚至自我想真爱的人，这也算得上我们时代的一种现象。这现象当然在任何时代都有，可今天却是放之四海的了。有些人自以为很爱，很亲，一直这样多年，很美满，可突然会生出最深的仇恨来。这仇恨若不在年轻时产生，就会拖延下来，直到两口子到了知天命之年，性方面发生巨变时，灾难就发生了。

没什么比这更让人惊奇了，在我们这个时代没有比男女相恨更让人痛心的了，可他们"相爱"时他们的确是相互同情的。这爱破裂得也奇特。一旦你了解了他们，就会明白这是常理，无论对打杂女工还是其女主人、女公爵还是警察的老婆，这道理全一样。

要记住的是，无论男女，这意味着对虚假之爱的器官性逆反，忘了这一点是可怕的，今日的各种爱都是虚假的。这是一种老套子了。年轻人全知道爱的时候该怎么感受、该怎么做，于是他们便照此办理，其实这是假的。于是他们会遭到十倍的报复。男人和女人的习性——性之有机体在多次受骗后会产生出绝望的愤怒，尽管它自身献出的不过也是虚假的爱。虚假的成分最终会让性发疯并害了它，不过更为保险的说法是，它总会使内在的性发疯，总有一个发疯的时期。奇怪的是，最坏的害人者在耍一通虚伪之爱的游戏后会成为最狂的疯子；而那些在爱情上多少真诚点的人总是比较平和，尽管他们让人坑害得最苦。

现在，真正的悲剧在于：我们不都是铁板一块，并非完全虚伪也并非完全爱得真切。在不少婚姻关系中，双方在虚伪时也会闪烁一星儿真的火花。悲剧在于，在一个对虚伪特别敏感、对情感特别是性情感的替身和欺骗特别敏感的时代，对虚伪的愤慨和怀疑就容易压倒甚至扼杀真正爱的交流之火，因为它太弱小。正因此，大多数"先进"作家只喋喋不休地大谈情感的虚伪和欺骗，这种做法是危险的。当然了，他们这样做是为了抵消那些矫情的"甜蜜"作家更大的欺骗性。

或许，我应该谈点我对性的感受，为此我一直在被人无聊地攻击着。那天有个很"认真"的年轻人对我说："我不信，性能让英国复活。"对此我只能说：

"我相信，你不会相信的。"他压根儿没有性，只是个自作聪明、拘束、自恋的和尚，很可怜的一个人儿。他不知道如果有性感受意味着什么。对他来说，人要么只有精神，要么没有精神或几乎毫无精神可言，因此他们只能遭嘲笑。这人完全封闭在自我之中，东游西荡找着供他嘲笑的人或者寻找真理，他的努力纯属枉然。

现在，一有这号儿精明青年对我谈性或嘲弄性，我都一言不发。没什么可说的，我对此深感疲倦了。对他们来说，性不过就是一个女人的内衣和一阵子摸弄。他们读过所有的爱情文学如《安娜·卡列尼娜》等等，也看过爱神阿芙洛迪特的塑像和绘画。不错，可一到行动，性就变成了无意义的年轻女人和昂贵的内衣什么的。无论是牛津毕业生还是工人，全都这么想。有一则故事是从时髦的夏令营传来的，在那儿，城里女人同山里来的年轻"舞伴"共度一个夏天左右。九月底了，避暑的人们几乎全走了，山里来的农夫约翰也同首都来的"他的女人"告别了，一个人孤独度日。人们说："约翰，想你女人了吧！""才不呢！"他说，"倒是她里头的那身衣裳真叫棒哎。"

这对他们来说就是性的全部意义了：仅仅是装饰物。英国就靠这个再生吗？天呀！可怜的英国她得先让年轻人的性得到再生，然后他们才能做点什么让她得到再生。需要再生的不是英国，倒是她的年轻的一代。

他们说我野蛮，说我想把英国拖回到野蛮时期去。可我却发现，倒是这种对待性的愚昧与僵死的态度是野蛮的。只有把女人的内衣当成最激动之事的男人才是野蛮人。我们从书中看到过女野人的样子，她穿三层大衣，以此来刺激她的男人。这种只把性看作是官能性的动作和抓摸内衣，在我看来实在是低级的野蛮。在性问题上，我们的白人文明是野蛮的，野得丑陋，特别是英国人和美国人。

听听萧伯纳是怎么说的吧，他可是我们文明最大的反对者。他说穿衣服会挑逗起性欲，穿太少衣服则会扼杀性——指的是蒙面的女人或露臂露大腿的女人，讽刺教皇想把女人全蒙起来。他还说，世上最懂性的人是欧洲的首席主教；而可以咨询性问题的人则是欧洲的"首席妓女"，如果有的话。

这至少让我们看到了我们这位首席思想家的轻佻和庸俗。半裸的女人当然不会激起今日蒙面男人太多的性欲，这些男人也不会激起女人太多的性欲。可这是为什么？为什么今日裸体女人反倒不如萧先生那个八十年代的蒙面女人更能激起男人的性欲？若说这只是个蒙面问题，那就太愚蠢了。

当一个女人的性处在鲜活有力的状态时，这性本身就是一种超越理性的力量，它发送着其特有的魔力，唤起男人欲望。于是女人为了保护自己而尽量遮掩自己。她蒙面，一副怯懦羞涩的样子，那是因为她的性是一种力量，唤起了男人的欲望。如果这样有着鲜活性力的女人再暴露自己的肉体，那男人还不都得疯了？大卫当年就为巴斯西巴疯狂过。

可是，如果一个女人的性力毫不强壮，甚至在某种意义上已经僵死，她就会想吸引男人，仅仅因为她发现她再也吸引不了男人了。从此，过去那些无意的、愉快的行为都变成有意的、令人生厌的。女人越来越暴露自己的肉体，而男人却在性方面越来越厌恶她。不过千万别忘了，当男人们在性方面感到厌恶时，他们作为社会的人却感到恐怖，这两样是水火不相容的。作为社会人，男人喜欢街上那些半裸女人的动作，那样子潇洒，表达一种反叛和独立；它时髦，自由自在，因为它无性甚至是反性的。现在，无论男人或女人，都不想体验真正的欲望，他们要的是虚伪的赝品，全是精神替代物。

但我们都是有着多样的、时常是截然不同的欲望的人。鼓励女人们变得大胆，无性的男人反倒是最抱怨女人不性感的人，女人也是这样。那些女人十分崇拜在社会上无性的男人，可也正是她们最恨这些男人"不是男人"。社会上，人们都要赝品，可在他们生命的某些时候，都十分仇恨赝品，越是与之打交道多的人，越仇恨别人的虚伪。

现在的女孩子可以把脸遮得只剩一双眼睛，穿有支架的裙子，梳高高的发髻。尽管她们不会像半裸的女人那样教男人心肠变硬，可她们也不会对男人有什么性吸引力。如果没有性可遮掩，那就没必要遮掩。男人常常乐意上当受骗，有时甚至愿意被蒙面的虚无欺骗。

关键问题是，当女人有着活跃的性力和无法自持的吸引力时，她们总要遮掩，用衣服遮掩自己，打扮得雍容高雅。所谓一千八百八十个褶的裙子之类，不过是在宣告走向无性。

因为性本身是一种力量，女人们就试图用各种迷人的方式遮盖它，而男人则炫耀它。当教皇坚持让女人在教堂里遮住肉体时，他不是在与性作对而是在与女人的种种无性可言的把戏作对。教皇和牧师们认为，在街上和教堂里炫耀女人的肉体会让男人女人产生"不神圣"的邪念。他们说得不错，但并不是因为裸露肉体会唤起性欲，不会，这很鲜见，甚至萧伯纳先生都懂这一点。可是，当女人的肉体唤不起任何性欲时，那说明什么地方出了毛病。这毛病令人悲哀。现在女人裸露的手臂引起的是轻佻，是愤世嫉俗，是庸俗。如果你对教堂还有点尊敬，就不该带着这种感受进教堂去。即便在意大利那样的国家，在教堂里裸露手臂也说明是对教堂的不恭。

天主教，特别在南欧，既不像北部欧洲的教会那样反性，也不像萧伯纳先生这样的社会思想家那样无性。天主教承认性并把婚姻看成是性交流基础上的神圣之物，其目的是生殖。但在南欧，生殖绝不意味着纯粹的和科学的事实，北欧的人才这么想。在南欧，生殖行为仍带有自古以来肉欲的神秘和重要色彩。男人是潜在的创造者，他的杰出也正在这方面。可这些都被北方的教会和萧伯纳式的逻辑细则剥得一干二净。

在北方已消逝的这一切，教会都试图在南方保存下来，因为他们知道这是生命中最基本的要素。一个男人，如果要活得完美自足，就得在日常生活中做一个有着潜在创造者和法律指定者之意识的人，作为父亲和丈夫，这种意识是最基本的。对男人和女人来说，婚姻的永恒意识对保证内心的宁静似乎是必要的，即便它带有某种末日色彩，也还是必要的。天主教并不费时费力地提醒人们天堂里没有婚姻或婚姻中没有赐物，它坚持的是：如果你结婚，就要让婚姻永恒！人们因此接受了其教义其宿命感及其庄严性。对牧师来说，性是婚姻的线索，婚姻是人们日常生活的线索，而教会是更为高尚的生活的线索。

所以说，性的魅力对教会来说并不可怕，可怕的是裸臂和轻佻，"自由"、犬儒主义和不恭，这些是所谓反性的挑衅。在教堂里，性可能是淫秽的，甚至是渎神的，但绝不应成为愤世嫉俗和不信其神圣的表达方式。今日妇女裸露臂膀，从根本上说是愤世嫉俗和无神论的表现，危险又庸俗。教会自然是反对这样做的。欧洲首席牧师比萧伯纳先生更懂得性，因为他更懂人的本性。牧师的经验是千百年来传统的经验，而萧伯纳先生却用一天的工夫作了一大跳跃。作为戏剧家，他跳出来玩起现代人虚伪的性把戏。不错，他胜任干这个。同样，那些廉价电影也可以这样做。但同样明显的是，他无法触到真正人之性的深层，他难以猜到其存在。

萧伯纳先生建议说欧洲的首席妓女可以做性咨询，而不是首席牧师，他是把首席妓女看成与自己一样是可以做性咨询的人，这种类比是公正的。欧洲首席妓女与萧伯纳先生一样懂得性。其实他们懂的都不够多。像萧伯纳先生一样，欧洲首席妓女十分懂得男人的性赝品和可以求成的次品；也正与他一样，她毫不懂男人真正的性，这性震荡着季节和岁月的节奏，如冬至的危机和复活节的激情。首席妓女对此一窍不通，因为做妓女，她就得丧失这个才行。尽管如此，她还是比萧伯纳先生懂的要多。她明白，男人内在生命之深广而富有节奏的性是存在的。她懂得这一点，这是因为她总在反对它。世界的全部文学都表明了妓女性无能，她无法守住一个男人，她仇视男人的忠诚本能——世界历史表明这种本能比她毫无信任感的性乱交本能要强大一点。全部世界的文学表明，男人和女人的这种忠诚本能是强大的。人们不懈地追求着去获得这种本能的满足，同时为自己找不到真正的忠诚模式而苦恼。忠诚本能或许是我们称之为性的那种巨大情结中顶顶深刻的本能，哪里有真正的性，哪里就有追求忠诚的激情。妓女们懂这一点，是因为她们反对它。她只能留住没有真正的性的男人，即赝品男人，她其实瞧不起这种男人。真有性的男人在妓女那里无法满足自己真正的欲望，最终会离她而去的。

首席妓女很懂这些。教皇也很懂，只要他思考一下，因为这些都存在于传统的教会意识中。

可那位首席戏剧家却对此一无所知。他的人格中有一个奇怪的空白。在他看来，任何性都是不忠且唯有性是不忠的。婚姻是无性的，无用的。性只表现为不忠，性之女王就是首席妓女。如果婚姻中出现了性，那是因为婚姻中的某一方与别人有了恋情因此想变得不忠。不忠才是性，妓女们全懂这个。在这方面，妻子们全然无知也全然无用。

这就是吾辈首席戏剧家和思想家的教导，而庸俗的公众又全然同意它——性这东西只有拿它当游戏你才能得到，不这样，不背叛，不通奸，性就不存在。一直到轻佻而自大的萧先生为止的大思想家们一直在传授这种观念，最终这竟成了事实。除却卖肉式的赝品和浅薄的通奸，性几乎不存在，而婚姻则是空洞的东西了。

如今，性和婚姻问题是最重要的问题了。我们的社会是建立在婚姻之上，而婚姻呢，据社会学家说是建立在财产之上。人们发现婚姻是保留财产和刺激生产的最佳手段，这就成了婚姻的全部意义。

可事实是这样吗？我们正在痛苦地反抗着婚姻，激情地反抗婚姻的束缚和清规戒律。事实上，现代生活中的不幸十有八九是婚姻的不幸。无论已婚者还是未婚者，没有几个不强烈地仇视婚姻本身的，因为婚姻成了强加在人类生活之上的一种制度。正因此，反婚姻比反政府统治还要厉害。

几乎人人这样想当然地认为：一旦找到了可能的出路，就要废除婚姻。会找到某种社会替代物来取代婚姻，废除这种可恶的配对儿枷锁。这意味着由国家奉养母亲和儿童，女性从此得到自立。任何一种改革的宏大蓝图中都包含了这个，它当然意味着废除婚姻。

我们唯一要反躬自问的是：我们真需要这个吗？我们真想要女性绝对自由，要国家来奉养母亲和儿童并从此废除婚姻？我们真想要这个吗？那就意味着男人和女人可以真的为所欲为了。

但我们要牢记的是，男人有着双重欲望即浅显的和深远的，表面的、个人的、暂时的欲望和内在的、非个人的及久远的、巨大的欲望。一时的欲望很容易辨别，但别的，那些深层次的，则难以辨别。倒是要由我们的首席思想家们来告诉我们什么是我们深层的欲望，而不是用那些微小的欲望来刺激我们的耳朵。

教会至少是建立在某些伟大的深层的欲望之上的，要实现它们，需要多年，一生，甚至几个世纪。教会，正像教士是单身一样，是建立在彼德或保罗那样孤独的基石上的，它的确是依赖于婚姻稳定的。如果严重损害了婚姻的稳定性和永恒，教会也就垮了。英国国教就是这样发生了巨大的衰败。

教会是建立在人的联合因素上。基督教世界的第一个联合因素就是婚姻的纽带。婚姻纽带——无论你如何看待它——是基督教社会的根本联系之关键，切断它，你就会倒退到基督时代以前的国家统治。罗马国家曾十分强大，罗马的元老院议员代表着国家，罗马的家庭是元老院议员的庄园，庄园是国家的。在希腊时代情况也一样，人们对财产的永久性没什么感觉，反倒对一时的财富感兴趣，那情景令人吃惊。希腊时期的家庭较之罗马时期更不稳固。

但在这两种情况下，家庭都不是代表国家的男人。在有的国家，女人是或一直是家庭。还有的国家中，家庭难以存在，如牧师国家，牧师的控制就是一切，甚至起着家庭控制的作用。

这情形就如同那些宗教大国，如早期的埃及就是通过牧师的监督和宗教仪式直接控制每个人的。

现在的问题是，我们想要倒退或前进到这些形式的国家统治中去吗？我们想成为罗马帝国的国民吗？甚至成为"理想国"的国民？就家庭和自由而言，我们想成为希腊时期城市国家的公民吗？我们想把自己想象成早期埃及人吗？像他们那样受着牧师的控制，身陷宗教仪式之中？

要让我说，我会说不！说完不字，我们就得回过头来思考一句名言——或许基督教给世界带来了婚姻，即我们所了解的婚姻。基督教在国家的大统治范围内建立起了家庭这个小小的自治区域。基督教在某些方面使得婚姻不可亵渎不可损害——不可被国家损害。或许是婚姻赋予了男人最大的自由，赐予了他一个小小的王国（在国家这个大王国之中），给予了他独立的立足点去承受和反抗不公平的骨架。丈夫和妻子，一个国王，一个王后，和几个国民，再有几亩自己的国土：这，真的就是婚姻了。它意味着真正的自由，因为，对一个男人、一个女人和孩子来说，它意味着真正的满足与完美。

那我们还要拆散婚姻吗？如果要拆散它，就说明我们都成了国家统治的直接对象。我们愿意受任何国家的统治吗？反正我不愿意。

而教会创造了婚姻并使之成为一种圣物，男人和女人在性交流中连成一体的神圣物，除了死，没什么能把他们分开。即便被死亡分开了，他们仍然不能摆脱这桩婚姻。对个人来说，婚姻是永恒的。婚姻使两个不完整的肉体合而为一，促使男人的灵魂与女人的灵魂在终生结合中获得全面的发展。婚姻，神圣不可侵犯，在教会的精神统治下，成为男人和女人通向世俗满足的一条伟大道路。

这就是基督教对人类生活的巨大贡献，可它极易被人忽视。难道它不是男女达到生命完美的一个巨大步骤吗？是，还是不是？婚姻对男女的完美是有益呢还是挫折？这是一个极重要的问题，任何一个男人或女人都要回答。

如果我们用非国教即新教的观点看自己，我们都是孤独的个人，我们最高的目标就是拯救自己，那，婚姻就成了一种障碍。如果我只是要拯救自己的灵魂，我最好放弃婚姻，去当和尚或隐士。还有，如果我只是要拯救别人的灵魂，我也最好放弃婚姻，去当传道者和布道的圣士。

可如果我既不要拯救自己也不要拯救别人的灵魂呢？假设灵魂拯救在于我是一窍不通呢？"被拯救"在我听来纯属呓语，是自傲的呓语。假如我根本不明白什么救世主和灵魂拯救，假设我认为灵魂必须终其一生才能发展至完美，要不断地保持并得到滋养，不断发展不断完善直至终极，那又会怎么样？

于是我意识到婚姻或类似的什么是根本。旧的教会最知道人需要持久，绝非今天或明天的事。教会要让人们为生而结婚，为灵魂活生生的生命完善结婚，而不是为死后而结婚。

旧的教会懂得，生命就在眼前，是我们的，要过这日子，要活得完美。伯尼蒂克特僧侣的严厉统治，阿西西的弗兰西斯的大溃退，这些都是教会天堂中的光彩。教会保存下了生命的节奏，一时又一时，一天又一天，一季又一季，一年又一年，一个时代又一个时代，在人们中间传递，教会的异彩是与这永恒的节奏同辉的。我们在南方的乡间能感受到它——当我们听到那教堂钟声，在黎明，在正午，在黄昏，这钟声与芸芸众生的祈祷声一起宣告着时光，它是每天每日太阳的节奏。我们在节日里感受到它——圣诞节、三王节、复活节、圣灵降临节、圣·约翰节、全圣节和全灵节。这是年月的轮回，是太阳的津动。它亦是男人和女人内在的季节：大斋期的忧伤，复活节时的欢乐，圣灵降临时的神奇，圣·约翰节的烟火，全灵节时坟茔上的烛光，还有圣诞节时分灯光闪烁的圣诞树，这些都表达着男人和女人灵魂中被激起的感情节奏，男人以男人的方式体验着感情的伟大节奏，女人则以女人的方式，但只有在男女的结合中这节奏才获得完整。

奥古斯丁说，上帝每天都创造一个全新的世界。对活生生的情感之灵来说，这真对。每个清晨都带来一个全新的宇宙，每个复活节都燃亮一个崭新的世界，它如同被一朵初放的鲜花包含着。同样，男人和女人的灵魂亦是日新月异，充满着生命的无限快乐和永远的新鲜。所以，一个男人和女人一生都感到对方新鲜，因为他们婚姻的节奏与岁月的节奏是相伴相随的。

性是宇宙中阴阳两性间的平衡物——吸引，排斥，中和，新的吸引，新的排斥，永不相同，总有新意。

在大斋期，人的血液流动渐缓，人处于平和状态；复活节的亲吻带来欢乐；春天，性欲勃发，仲夏生出激情，随后是秋之渐衰，逆反和悲凉，暗淡之后又是漫漫冬夜的强烈刺激。性随着一年的节奏在男人和女人体内不断变幻其节奏，它是太阳与大地之间关系变幻的节奏。哦，如果一个男人斩断了自己与岁月节奏的联系，斩断了与太阳和大地的和谐，那是怎样的灾难呀。哦，如果爱仅仅变成一种个人的感情而不与日出日落和季节的神秘转换有任何关系，这是怎样一种灾难和残缺啊！我们的问题就出在这上头。我们的根在流血，因为我们斩断了与大地、太阳和星星的联系；爱变成了一种嘲讽，因为这可怜的花儿让我们从生命之树上摘了下来，插进了桌上文明的花瓶中，我们还盼望它继续盛开呢。

婚姻是人生的线索，但是，离开了太阳的轮回，地球的震动，星球的陨落和恒星的光彩，婚姻就没有意义了。难道一个男人在下午不是与上午的他不同、甚至完全不同吗？女人不也如此？难道他们之间和谐或不和谐的变奏不是汇成了一曲生命之歌吗？

难道人的一生不都是如此？一个男人在三十岁、四十岁、五十岁、六十岁和七十岁时都与以往的自己大不相同，他身边的女人亦然。不过，在这些不同之间是否有某种奇特的连接点？

人的整个青年时代的阶段口难道就没有某种特别的和谐？——出生期、成长期与青春期；女人生命的变化阶段虽说痛苦但也是一种更新，逝去了激情但获得了感情的成熟；死期是暗淡的，对男女来说也是不平等的，男女双方深怀恐惧面面相觑，害怕分离，其实那未必真的是分离。在这一切过程中，是不是有某种看不见的、不可知的东西在起着平衡、和谐和完整的相互作用？就如同一首无声的交响乐那样，从一个乐章到另一个完全不同的乐章起着过渡作用，使迥然不同的乐章浑然一体。这种东西使男女两个全然陌生不同的生命在无声的歌唱中浑然一体。

这就是婚姻，是婚姻的神秘，它自会在这种现实生命中完善自身。我们完全可以相信：天堂里没有婚姻，这些都必须在现实完成，否则就永远完成不了。那些大圣人，甚至基督，他们活一遍，仅仅是为婚姻之永恒的神圣增添一样新的满足与新的美丽。

但是——这个"但是"像子弹一样击痛我们的心——如果婚姻从根本上和永恒意义上说不是阳物的婚姻，且与阳光、月亮、恒星、星球无关联，与日、月、季节、年度和世纪的节奏无关联，它就不叫婚姻。如果婚姻不与血性相呼应它就不是什么婚姻了。因为血液是灵魂的物质，是深层意识的物质。我们是靠血液存在的，是靠心肝生存运动并获得自己的存在。在血液之中，知识存在和感觉是一体，密不可分——什么蛇或智慧果都不能让它们分裂。只有当它们溶于血液之中，婚姻才真正成其为婚姻。男人的血与女人的血是两股永不相同的流水，它们永远也不会交融，甚至从科学上讲这一点也对。但也正因此，这两条河水相触并更新自己，虽然永不相混相融。我们是了解这一点的。男人的阳物是一根血液的支柱，它充满了女人的血液之峡谷，男性的血液长河触到了女性血液长河的最深处，但双方都不会破界。这是所有交流中至深的交流，任何宗教都懂这一点。事实上，它是伟大的神话，几乎每个最初始的故事都在表现神秘婚姻的巨大成就。

这就是性行为的意义：交流，两条河水的相触，就像幼发拉底河和底格里斯河环绕起美索不达米亚平原那样，天堂或者说伊甸园就在这种交流中，人在此获得了自己的起始。这就是婚姻，两条河流，两股血溪的交流，不是别的。所有的宗教都懂得这一点。

丈夫和妻子，两条血河，永不相同的溪流，他们相触，交流，从而更新自己，但决不冲破最细微的界线，不相混相融。而男性的阳物是这条河流相汇的中介，它使两股流水成为一体，使这条新河具有永远的双重性，这种渐渐形成的双重性的一体是时光与永恒的最高境界。从这一体中产生了所有的属于人的东西——婴儿，美和精致，产生了全部人类的创造物。我们知道上帝的意志就是希望这种一体持续终生——这种人类双股血流中的一体。

男人要死，女人也要死，两个人的灵魂是否分别回归造物主？天知道。但我们知道，婚姻中男女血流的一体性使宇宙完整了，完成了太阳与星星的流溢。

当然了，与之并行的东西是有的，那就是赝品。世上有虚假的婚姻，就像今日大多数婚姻一样。现代人只是个性化的人而已，现代婚姻的发生是由于男女双方被相互的个性所"恒颤"——当他们对家具、图书、体育运动或文艺娱乐活动有着共同的兴趣时，当他们感到与对方说得来时，当他们相互钦佩对方聪明的头脑时。于是，这种智慧和个性的共鸣成为两性间友谊的良好基础，可这种基础对婚姻来说是灾难性的。因为，婚姻不可避免地导致性活动的开始，而性活动现在是，一直是，将来也还是男女间精神关系的某种敌人。两个个性促成的婚姻会以肉体的仇恨而告结束，这句话都快成警句了。以个性相吸开始，会以仇恨而告终，他们甚至无法解释这种仇恨。他们还要掩饰这种仇恨，因为这让他们感到羞愧。那些个性强的人，若因婚姻而生怒，往往会接近发疯，而且说不清为什么。

真正的原因是，两性间一味的精神交感和兴趣的共鸣终归是与血性的交感相敌视的。现代的性格偶像对两性间的友谊有好处，但对婚姻来说却是灾难性的。总之，现代人还是不结婚的好，不结婚反倒可以使他们更忠实于自己的个性。

无论结婚与否，不幸总会发生。如果你只懂得个性的交感与个性的爱，这迟早要引起愤怒与仇恨，因为血性的交感和血性的接触受了挫，受到了否定。若是独身，这种否定会使人变得枯萎讨厌，可在婚姻中，只能产生愤怒。现在，我们无法躲避它正如同我们无法躲避雷电。

它是心理现象的一部分。重要的一点是，性本身不用给予满足和完美，仍对性格和性格之"爱"十分有用，事实上，在"性格"促成的婚姻中可能有着比血性婚姻更多的性活动。女人总为永恒的情人叹息，而往往她是在性格婚姻中才能得到这样的情人。可这样的情人有着没完没了的欲望，永远没个结果，也无法满足什么，于是她会十分仇恨他！

我谈论性是一个错误。我总在说性意味着血性的交感和血性的接触，从技术上说是这样的。

可是事实上，几乎全部现代的性都是纯精神的，冷漠的，无血性的。这就是性格之性。这苍白、冷漠、"诗意"的性格之性（现代人都懂）产生了肉体的和心理上的效果。在这种情况下，男人和女人的两条血河交汇了，与血性激情和血性欲望驱使下的交汇一样。但是血性欲望下的交汇是积极的，会使血液更新。而在这种精神欲望下，血与血的交汇就会产生摩擦，变得有害，会使血液变得苍白枯竭。性格神经或精神的性活动对血液有害，是一种分解代谢活动；而火热的血性欲望之下的性交则属于一种新陈代谢活动。神经性的性活动可能一时间会产生狂喜，使精神兴奋，可这如同酒精或毒品产生的效果，会分解血球，是血液枯竭的过程。这就是现代人精力不好的原因之一——本来应该使人焕然一新的性活动把人搞得疲惫衰竭。正因此，当那个小伙子不相信性能使英格兰复活时，我毫无办法。现代的性活动其实全是精神活动，造成了疲惫与衰竭，其后果是无法否认的。其后果只比手淫好一丁点儿，后者与死似无二致。

于是，我终于开始明白批评我的人为什么批评我抬高性的作用。他们只知道一种性的形式，

事实上对他们来说只有一种性，那就是神经的，性格的，分裂的，即苍白的性。这东西可以说得天花乱坠，可以不当回事，但绝无半点指望。我很同意，同意这样说：别指望这样的性来使英格兰复活。

我还看不到任何使一个无性的英格兰复活的希望。一个失去性的英格兰似乎教我感觉不到任何希望。没有几个人对它寄予希望。我坚持说性可以使之复活，这样似乎有点愚不可及。眼下的这种状况既不是我意料中的也不是我想要的。因此我无法寄希望于它，无法相信纯粹的无性可以使英格兰复活。一个无性的英格兰！对我来说它没什么希望可言。

而另一方面，我们如何重新得到那种建立在男女之间的活生生的火热的血性之性呢？我不知道。可我们必须重新得到它，要么由下一代来做，否则我们就全然失落。因为通向未来的桥就是阳物，仅此而已，绝不是现代"精神"爱中那可怜、神经兮兮的赝品阳物，绝不是。

新的生命冲动绝不可能不伴随着血性的接触而到来，我指的是积极的真正的血性接触，绝非那种神经质的消极接触。最根本的血性接触是在男人和女人之间进行的，过去是这样，将来也还是这样，这是积极的性接触，同性恋次之，尽管它不是对男女间因精神之性造成不满的唯一替代物。

如果英格兰要复活——这是那位认为有复活必要的年轻人的话——它靠的是

一种新的血性接触，一种新的婚姻。它是阳物的复活而非仅仅是性的复活。因为阳物是男人唯一神性活力的古老而伟大的象征，意味着直接的接触。

这也意味着婚姻的更新——真正的阳物婚姻。更进一步说，这将是把婚姻重新纳入宇宙节奏中去。我们绝不可以没有宇宙节奏的，否则我们的生命将变得枯竭痛苦。早期的基督徒们试图扼杀异教徒们宇宙仪典的节奏，他们在某种程度上成功了。他们扼杀了行星和黄道带，可能是因为占星术早已堕落为算命把戏了。他们想要扼杀每年的节日，但是教会懂得：人并非只与人生活在一起，还与进化中的太阳、月亮和地球在一起。于是又恢复了异教徒那神圣的节日，从此信基督教的农民也和异教农民一样生息：日出时做祷告，然后是正午而后日落，再就是古已有之的七日一循环：复活节，上帝的死与生，圣灵降临节，施洗约翰节的烟火，十一月全灵节时坟茔上死人的灵魂，圣诞节和三五节。几个世纪以来，人们在教会统治下就是循着这个节奏生息的。宗教的根就这样永恒地扎在了人们中间。新教教徒几乎完成了这一使命。现在的人们不再怀有那种遵从运动中的宇宙的永恒人类需求，不再服从其永恒的规律。相反，他们只与政治和公假日息息相关。婚姻，作为一种伟大的必然，也因为失落了那伟大的规律之摆动节奏而深受其苦，那宇宙之节奏本应永远支配生命的。人类真应该回转身寻回宇宙节奏，走向婚姻的永恒。

这些都是在我的小说《查泰莱夫人的情人》之后写下的一点感想。人有渺小的需要和深层的需要，我们疯狂地陷入了渺小的需要而几乎失去了深层的需要。有一种渺小的道德影响着人们，还有那渺小的需要，这就是我们赖以生存的道德。但还有一种影响男人、女人、民族、种族和阶级的深层道德。这种更高的道德在很长时间里影响着人类的命运，因为它迎合了人的深层需要，它与渺小需要之渺小道德时常发生冲突。悲剧意识甚至告诉我们，人之深层需要是死的知识和死的体验，每个人都需要知道他体内的死亡。但前悲剧和后悲剧时代的伟大思想（尽管我们并未达到后悲剧时代）告诉我们，人最大的需求是永远更新生与死的整个节奏——太阳年的节奏，肉体一生的年月，星星的生命年月，灵魂的不朽年月，这是我们的需要，迫切的需要。这是头脑、灵魂、肉体、精神和性的需要。求助于语言来满足这种需要是没用的。语言和理性是无法做到这一点的。该说的几乎全说过了，我们只需凝神谛听。可谁能让我们注意行动呢？四季的行动，年月的行动，灵魂周期的行动，一个女人和一个男人的生命连在一起的行动，月亮流浪的行动，太阳的行动，还有更大星球的行动。谁让我们去注意这些行动？我们现在要学习的是生命的行动。我们似乎学会了语言，可看看我们自己吧，可能我们说起来什么都行，可行动起来却是疯狂。让我们准备好，让我们渺小的生命死去，让一种宏大的生命诞生，去触动那运动着的宇宙。

其实，这是一个"关系"的问题。我们必须回到与整个宇宙和世界的活生生、有益的关系中，其途径是每日的仪式和再醒。我们必须再次开始日出、正午和日落的仪式，点火和泼水的仪式。这是每个人和一家人的事，是每日的仪式。月亮和辰星及晚星下的仪式，男女应分开来做。季节的仪式是集体的事，男女一起列队而舞，表现灵魂的激情。而星年中大事件的仪式则是国家和国民的事。我们必须回到这些仪式上来，我们因为难以满足我们深层的需要而一天天烂下去。我们断绝了内在的养分和更新自己的巨大源泉之间的联系，要知道这源泉就在这宇宙中永恒地流淌着。人类的生命力正走向死亡，就像一棵连根拔出的大树，它的根飘在空中。我们必须重新把自己根植于宇宙之中。这意味着重返古老的形态。重返，意味着我们重新创造它，这比宣传福音书还难。福音书告诉我们说，我们都获救了。可看看今天的世界，我们会意识到，人类非但没有被从罪恶之类的东西中拯救出来，它几乎全然失落了，失落了生命，几近虚无和死亡。我们得向回转，走过一段久远的路，回到理想诞生之前——柏拉图之前，回到生命的悲剧意识产生之前，再次自己站立起来。因为，福音书讲的通过理想获救及逃离肉体正好与人生的悲剧观巧合了。拯救和悲剧是同一事物，现在看来，它们都离题了。

回去，回到理想主义的宗教和哲学诞生并把人推入悲剧之轨以前的时代。人类最近三千年来是向着理想、非肉体和悲剧的进程，现在结束了。这就如同剧院里一出悲剧的结束，舞台上陈尸一片，更坏的是，这些尸首毫无意义，幕布就降下了。

但在生活中，幕布从未降下过。视野中依旧尸横遍地，总要有人去清除，总还有人要继续前行。这是明天的事。今天已经是悲剧与理想时代的明天，剩下的主角们全然呆滞了，可我们还要继续前行。

现在我们必须重建起被那些大理想主义者毁灭了的伟大的关系，那些大理想主义者根本上是悲观的，他们相信生命不过是无谓的冲突，要避免，甚至可以以死来避免。佛陀、柏拉图和基督，在对待生命的态度上可说是三位极端悲观主义者。他们教导我们说，唯一的幸福就是脱离生活，即每日、每季、每年的有生有死有收获的生活，要的是生活在永恒的精神中，可三千年后的今日，我们几乎与季节的生活节奏全然脱离了，与生死收获了无关系，我们意识到这种分离既不是什么幸福，也不是解放，而是虚无。它带来的是虚无的惰性。而那些大救星大导师们只会把我们与生活割断，这就是悲剧的附注。

对我们来说宇宙已经死了，怎么让它再生呢？"知识"扼杀了太阳，让它变成一只充满大气的球，上面有黑点；"知识"扼杀了月亮，把它说成是被死火山侵蚀的一片死亡土地，像患了天花一般；机器扼杀了地球，使它的表面变得崎岖不平。我们怎么能从这里夺回那个曾令我们无限欢娱的灵之天堂？如何重新找回阿波罗、阿蒂斯、迪米特、普西芬尼和迪斯之厅？我们怎么看到海斯普鲁斯或拜迪吉尤斯之星？

我们应让它们回来，因为我们的灵魂，我们深层的意识居于那个世界上。理性和科学的世界说，月亮是一堆死亡之土，太阳是有黑点的气团，这是抽象的头脑聚集其中的世界。我们是在分离的状态下了解我们微小的意识世界的，可当我们与世界成为一体时，我们才知道地球是红锆石色或透明的；我们知道月亮给我们的肉体带来欢乐或从中偷走欢乐；我们知道太阳这头金狮的低语，他舔着我们就像一头母狮舔着幼崽，令我们勇敢起来，或者像一头恼怒的红狮张牙舞爪。有各种各样认识的途径，有各种各样的知识。对人来说有两种认识的途径：一种是在分离状态下的认识，这就是头脑的、理性的和科学的；另一种是融合状态下的认识，这就是宗教的和诗意的。从基督教始，到新教终，终于失去了与宇宙的一体，失去了肉体、性、情绪、激情与大地、太阳和星星的一体。

但是，关系有三种：与活生生宇宙的关系，男女间的关系，男人与男人之间的关系。每一对关系都是血的关系，不仅仅是精神的关系。我们把宇宙抽象为物质与力量，把男人和女人抽象为分离的性格——分离的，不能融会的，于是这三种关系都失去了形体，死了。

没有什么比男人与男人的关系更死气沉沉了。我想，如果我们彻底分析一下一个男人对别的男人的感觉，我们会发现每个男人都把别的男人看成是威胁。这很奇怪。但是男人越是精神化，他们越把别的男人的肉体存在看成是一种威胁，对自己存在的威胁。每个走近我的男人都威胁着我的存在，甚至我的生命。

这丑恶的事实正是我们文明的基础。正如一本战时小说的广告说的那样，它是一本"友谊与希望，泥浆与鲜血"的史诗。这当然意味着，友谊和希望必须在泥浆和鲜血中完结。

当讨伐性与肉体的十字军与柏拉图一起迈开大步的时候，它要的是"理念"，要的是分离状态下的"精神"知识。而性是巨大的结合剂，伴随着它巨大而缓慢的震颤，心的热能使融合在一起的人们感到的是幸福。理念哲学和理念宗教执意要扼杀它，他们这样做过，现在又这样做了。最后的友谊与希望的火花就被扼杀于泥浆与鲜血之中。男人都变成了分离的个体。

"善良"成了今日的一道油滑的命令——每个人必须"善良"不可。而在这"善良"之下，我们发现的是冷漠的心，真令人心寒。每个男人都是别个男人的威胁。

男人只在威胁中相互了解。个人主义胜利了。若我是个彻底的个人主义者，那么，任何别人，特别是男人，就成了我的威胁。这就是我们今日社会之特色。我们彬彬以礼相待，是因为我们骨子里相互惧怕。先是隔绝感，随后是威胁感和恐惧，它们注定会产生，因为与同胞间的一体感和集体感在消失，而增长的是个人主义和个性即孤独的生存感。所谓"文化"阶层率先要兴起"个性"和个人主义，率先陷入这种无意识的威胁与恐惧状态中。工人阶级则会多保持几十年那种古朴的血性热情的"一体"，但随后也会失去它。随后阶级意识开始萌发，由此带来阶级仇恨。

阶级仇恨和阶级意识的兴起，只能说明古朴的一体和古朴的血性热情丧失了，每个人真正在分离状态中意识到了自己。然后我们就有了一伙人仇视一伙人的对立斗争，内乱就成了坚持自身的必然结果。

这是今日社会生活的悲剧。在古老的英格兰，那奇特的血性把各阶级团结在了一起。地主乡绅尽管傲慢、粗暴，欺压百姓，可他们与人民总算一体，也是一条血统的一部分。我们从笛福或菲尔丁的作品中对此有所感觉。可在下作的简·奥斯丁的作品中，这感觉就消逝了。这老姑娘强调"个性"而非性格，强调分离中的认识而非融会中的认识，令我感到十分反感。

她可以说是一个不良、下作、势利的英国人，正如同菲尔丁是个善良而慷慨大方的英国人一样。

所以，在《查泰莱夫人的情人》中，我们看到一个克里福德先生，他是个纯粹的个性之人，与他的同胞男女全然断了联系，只剩下了习惯。他身上热情全无，壁炉凉了，心已非人心。

他纯粹是我们文明的产物，但也是人类死亡的象征。他善良的时候也不失刻板，他根本不知热情与同情为何物。他就是他，最终失去了他的好女人。

另一个男人仍然有着人的热情，可他被捕杀、毁灭了。那个爱上他的女人是否会真的与他同舟共济，是否真的捍卫他的生命意义，这甚至成为问题。

我多次被人问起，我是否有意为之，我说不上。至少在最初设计克里福德时没这意思。我开始设计克里福德和康妮时，我根本说不清他们是怎么回事或为什么。他们就是那样产生的。

不过，这小说从头到尾整整写了三遍。我读第一稿时，发现克里福德的瘫痪是一种象征，象征着今日大多数他那种人和他那个阶级的人在情感和激情深处的瘫痪。我还意识到，如此这般技术地弄瘫了他，可能对康妮是不公正的，等于是把康妮弃他而去的行为给大大地庸俗化了。但故事是自己跑来的，我只能任其如此这般保留它。不管这叫不叫象征，就其故事的发生来说，这是不可避免的。

小说写完两年后的今天写下这些文字，并非是要解释或阐明什么，只是表达一些感情的信念，或许可作为这本书的必要背景。很明显，这书是在向传统挑战中写就的，因此要为这挑战态度说明理由：让普通人震惊是一种愚蠢的欲望，绝不可取。如果说我用了禁词，也是有道理的——不使用淫词，不使用阳物本身的阳物语言，我们永远也别想把阳物的真实从"高雅的"玷污中解放出来，对阳物真实最大的亵渎就是"将其束之高阁"。同样，如果这位贵妇人嫁给了这看林人

（她尚未嫁呢），这不是阶级中伤，而是冲破阶级的界限。

最后说一下，有人来信抱怨我对盗版书有微辞而对首版却不说什么。首版是在佛罗伦萨出版的，是精装本，颜色单调，是桑红色的，用黑色印着凤凰（不朽之象征，那鸟儿正从火中腾起），封底还有一道白。纸是好纸，用的是意大利手工压纸，油光可鉴。印刷虽不错，却流于普通，装订嘛，就是佛罗伦萨小铺子的订法儿。这书做得绝无特别的匠心，但让人愉快，总比不少"高档货"好。

若说有不少拼写错误，那是因为它是在一家意大利小厂排的版，是个家庭小厂，厂里无一人懂英文。既然无人认一个英文字，也就无可指责了。校样可怕极了，印刷者本可以出几页漂亮活的，可他那天醉了或出了别的毛病，于是那文字全飞舞起来，舞得让人毛骨悚然，根本不是英文了。若仍有大量错误，那也是一种福分，因为没有比这更多的错误了。

有篇文章同情那可怜的印刷者，说他是上了当被骗去印这本书的。绝不是骗。那长一唇白胡子的小矮子刚娶了第二个老婆。告诉他说这书里有这样那样的英文字眼，而且是写某类事的，要是你因为印这书若麻烦你还干不干？"写什么了？"他问。告诉他后，他以佛罗伦萨式的满不在乎口气说："嗨，妈的，我们天天干这种事儿！"这就算没问题了。既然这书没政治问题，也非有毛病，就不用考虑了，司空见惯的平常事而已。

不过，那是场战斗哩。奇迹是，这书就那么印出来了。当时的铅字只够排一半的，就先排了一半，印了一千份。为谨慎起见，二百份是用的普通纸，第二版也一样。然后拆了版，再排另一半。

随后是运输的斗争，书一到美国就让海关给扣了。幸好英国拖延了些日子才扣，所以，几乎整整这一版——至少八百册进了英国。

随之而来的是庸俗的谩骂浪潮。这也难免。"我们天天干这种事儿。"那矮个儿意大利印刷者说过。"恶魔般可怕！"英国出版界有人尖叫。"谢谢你终于写了一本真正的关于性的书。我对那些无性之书厌倦了。"一位佛罗伦萨最有声望的市民对我说。"我不知道，说不清，这书是否太过火了？"一位谨小慎微的佛罗伦萨批评家说，他也是个意大利人。"听着，劳伦斯先生，你真觉得非这么说不可吗？"我说是的，非这么写不可。于是他沉思起来。"哼，一个滑头滑脑，是勾引人的人，另一个是个性痴子。"一个美国女人这样评论书中的两个男人，"所以，我怕康妮的选择好不了，这种事儿，常这样！"

（半冰宾 译）

※ 《劳伦斯书目提要》前言

今天早晨，我坐在洛基山下的小杉树林中，眺望西面消失在天边的茫茫沙漠，山丘似的阴影在初秋的静谧中升起。但见近处的松林纹丝不动，向日葵和紫雏菊在难以察觉的微风中开始缓缓地摇动。在这样一个早晨，我觉得似乎没有什么理由一定要替我的一本书目提要写一个前言。

书对我来说，是一件混合物，犹如空气中的声音，并不会扰乱秋日的薄雾；宛如视觉不会玷污眼前的向日葵。书是第一版或是最后一版对我来说有什么关系呢？我从来没读过自己已发表的作品。在我看来，书既无出版日期，也没有装订成册。

书上有哪处的"e"字印倒了，或"g"放错了位置，对我又有何妨碍？真的，我一点也不在乎。

倘若我强迫自己去回忆，那又有什么乐趣？第一部送到我手中的《白孔雀》，我在母亲垂死时放进了她的手中。她看看书皮，又看看扉页，接着用黯然的眼神看了看我。尽管她很爱我，但我想，她一定在怀疑这本书有多少分量，因为写书的正是我这么个微不足道的人。但我知道，在她的心灵深处，她对我怀着难以满足的尊重。但在世人面前，她并没多少表示。这个大卫决不会朝歌利亚扔石块。那么何必要试呢？就让歌利亚去吧！反正不管怎样，母亲是读不了我的第一部不朽著作了。它被搁在一旁，我也从来不想再看到它。母亲也再没看到过它。

葬礼后，父亲好不容易才读完了半页书，还不如叫霍屯督族人来读。

"小子，这玩意儿他们给了你几个钱？"

"五十镑，父亲。"

"五十镑！"他大为吃惊，直勾勾地盯着我，好像我是个骗子，"五十镑！你这一辈子还从来没干过一天正经活儿。"

我想直至今天他还是把我看成个狡猾的骗子，什么都不干就能混到钱；而我姐姐则说："你总是运气不错！"真让我震惊不已。

总之，是某个具体的外壳和内容，是我作品的具体的纸张和布面本使我产生了这些个人的情感和回忆。总之，是这本悲惨的书本身把我带到了这个庸俗的世界上。里面传出的声音永远是我的，但一旦变成可买卖的出版物，它便成了每条狗和我一起啃的骨头。

威廉·海涅曼出版了我的《白孔雀》。我只见到过他一次，就知道他帮了我很大的忙。事实上，他待我很好。

记得最后一刻，当书已印刷完毕，准备装订——有的正在装订，他们突然匆匆忙忙地送来书中的一页，其中一段作了记号，问我是否可以去掉这一段，因为它可能会"遭到非议"，并请我替换一段字数相当、措辞无害的文字。我匆忙照他们的意思做了。后来我发现，我改过的那段所在的两页，装订得比较松，没有很好地订在书上。只有我母亲手中那本是未加修改的。

我常常寻思，不知海涅曼是否只改了第一批送出的书，其他那些就照原样订了。还是除先前送给我的那本外，其余的都改版了。

这是我第一次经历"遭受非议"。后来，威廉·海涅曼说，他认为《儿子与情人》是他读到的最肮脏的小说。他拒绝出版。我不该认为这位已经作古的先生的阅读面是如此之狭窄。

我已记不清《侵犯者》和《儿子与情人》的初版情况了。我这个人总是尽可能地把书的出版实情掩盖起来，不让自己知道。我一直是对着某种神秘的压力在写作，即使现在也如此。如果这种压力不存在，如果想到了哪怕是一位实际的读者，那么，我可能就什么也写不出来了。

但我永远记得，在意大利海边的一座别墅里，我就在米切尔·肯纳雷送来的清样上几乎是完全重写了剧本《霍尔罗伊德太太的守寡生活》，他豁达地容忍了我。

但这以后，他给了我沉重的一击。他在美国出版了《儿子与情人》。有一天，我快活地接到了一张二十镑的支票。在当时，二十英镑是个不小的数目了。而既然这是一笔飞来的横财，我便把它交给了太太——这是她第一次得到的零用钱。但糟糕的是，支票的日期是涂改过的，银行不肯兑现。无奈，我又把它寄回给米切尔·肯纳雷，可事情就这么不了了之了。他从未补寄，到今天为止，也没对《儿子与情人》付过一分钱，到今年——1924年为止，美国不花一文便得到了我最受欢迎的小说——起码就我个人而言，是这样的。

然后，是《虹》的首次出版发行。恐怕我是在洪水到来之前，而不是之后，过早地把虹安放在天上了。梅休固出版了这本书。当他因为出版了这么一本淫秽的小说而被召去法庭时，他几乎在地方检察官面前痛哭了一场。他说他不知道自己出版的是这样肮脏的东西，他没读过这部小说，是他的阅稿人给他出了这个坏主意——"我有罪！我忏悔！"如今已被封为爵士的梅休固先生当时就这样哭道。于是，人们对我兴趣大增，就好像一件真正的丑闻传开了。我的同行们对此保持谨慎的沉默，生怕污水也会泼到他们身上。后来，阿诺德·贝内特和梅·辛克等对这种现象好心地提出了抗议。但约翰·高尔斯华绥十分冷静、权威地告诉我，他觉得《虹》这本书在艺术上是失败的。他们怎么想是他们的自由。但他们在向我提出自己的看法之前，为什么不等我先问他们的意见？尤其是这些文坛先辈的即兴观点，很可能会伤害一位付出的和他们得到的一样多的人。

就像这秋天的早晨没有什么粗鄙和猥亵一样，小说《虹》里也没有什么粗鄙和猥亵。这一点，我自己应该明白。一当我张开嘴巴，就让所有的狗都别再叫了。

《虹》第一版的情况就是这样。我唯一保存的样书就是梅休固出版的《虹》，因为美国版的《虹》都已被删改得四肢不全了。这部小说几乎可以说是我最得意之作。这部，还有《恋爱中的女人》。如果这部小说不曾被再版，仍然保持最初那个被人诅咒的版本，那我真的会高兴极了。

自《虹》以后，我不得不屈从于出版程序，就像屈从于一个必不可少的罪恶一样。正如灵魂必须屈从于诞生成为血肉之躯这样一个必不可少的罪恶一样。当聆听时，风儿就会吹起。人必须屈从于他生活的那个时代的一切程序，就个人而言，我是不相信大众的。我认为，只有那么很少几个筛选出来的人才在乎。但出版商就像纷飞的蓟草，必须把无穷无尽的种子撒向风中，他们知道，其中的大部分是要中途夭折的。

对大众来说，秋天的早晨不过是一种舞台背景，在这个背景的衬托下，他们可以表现自己的机械重要性。而对有些人来说，树依然直立在环顾日光，它们已把两端的黑夜编织起来，成为可见的存在。不久，它们又会放开这两端，消失得无影无踪。花儿可以笑一次，笑完了便会成为种子，永远离去。从哪儿来？到哪儿去？谁知道，谁在乎？能笑一次便是事情的全部。

书也一样。对每一个在冥冥中用灵魂抗争的人来说，真正成其为书的书就是开一次花，变成种子，然后消逝。第一版抑或是第四十一版，只是它的外壳而已。

然而，如果有人有兴趣储存那只开一次的花朵的外壳，这也是可以理解的。就好像人们年轻时穿过的、如今存放在博物馆内的衣服一样。它们为我们再现了过去的时光，我们再一次看到，人类在反抗惰性的永恒战斗中获得的战利品。

※ 《劳伦斯诗集》序

今天的男人到了我这个成熟的年龄，四十二岁时，不会去哀叹逝去的年华，而会开始考虑他的过去是否能退却，舒舒服服地成为历史。重阅这些诗使我意识到，十几岁，二十几岁的我就如同此时此地此刻的我一样，也是我，往昔只不过是一种抽象。从根本上说，现实，也就是感觉的实体，仍然活在这里。

记得那一年我十九岁，在一个稍稍带点儿自我意识的星期天下午，我"创作"了我最早的两首"诗"。一首是《绣球花》，另一首是《石竹》。实际上，大多数青年妇女可能都会写得比我强，至少我希望如此。但我当时觉得感情抒发得不错，米里亚姆也这么认为。

我又依稀记得，那以后，我曾带点诡秘地涂写那么一个小时的诗，然后丢开，仿佛它们是什么见不得人的罪孽。我似乎觉得"认识你自己"是一种罪孽，一种邪恶，经过无数个世纪以后才成为一种美德。我又似乎觉得，直至现在它仍是一种罪孽和邪恶，尤其是涉及新知识的时候。在那些日子里——二十岁的我仍十分幼稚、简单，我常常感到有什么在我身上作祟，我为此有些内疚，仿佛这是很不正常的事。后来这种萦回心头的鬼魂征服了我，鬼便会在顷刻间出现。其表现形式通常是前后不连贯的诗篇。每当它出现，我几乎总是设法躲避。从一开始，我就有点害怕我写的那些真正的诗——不是指我的"作文"，而是那些附着鬼魂的诗。它们似乎从冥冥中来，到底来自何处，我也不知道，也不想知道，反正诗中说了一些我不太情愿说的话：如果要我选择的话。但它们写下来了。我从没回头去重读它们。只是把它们交给了米里亚姆，她说很喜欢，或看上去她确实如此。于是，到我二十一岁，在诺丁汉大学读日语班时，我开始把它们记录在一个小小的课堂笔记本上。这便成了诗歌的我的基础。本子的封面上写着"知识建造了环境"，再没有什么比这更不真实了。城市是建立在激情的不理智之上的。

直至今日，我仍然有一种鬼魂在作祟的感觉，情愿不写我写下的大多数作品，包括这篇手记。只是现在我比以前更了解自己心中的鬼怪。经过了这些苦涩的岁月之后，我变得更加尊重它，而不是尊重我那另一个比较温和、合宜的自我。如今，我已不再喜欢我的那些"作文"。二十岁那年，我一度把诗作《无拘束的少女》当成是一篇小小的杰作。现在看来，是因为那诗中没有附着鬼魂。我肯定毁掉了不少充满鬼怪的诗作。长诗《童年的不谐和音》可能写得不坏，但我把它给毁了。要不是米里亚姆，说不定我会把它们全毁掉的。她鼓励了我心中的鬼怪。但是，她爱的是我，而不是鬼怪。所以，对她来说，这也是一个灾难。我的鬼魂是不那么惹人爱的，而平常的我却挺可爱。因此，可怜的米里亚姆失望了。然而，从某种意义上说，她也让我的鬼魂失望了，直至它开始嚎叫起来。这不，它又来了。"过去"在我心中占有的比例，并不比我脚趾头或鼻子里的血多。

我试图把这些诗按年代排列。也就是说，按他们写作的先后排列。最初的诗要么是相当主观的，要么是写给米里亚姆的。《荒芜的公地》写得很早，相当含混。我又重写了其中的一部分，并增添了一些，才显得完整。我总共断断续续地花了二十年时间才在这首诗里说出了我十九岁时想要说的话。《无邪的青春》和其他一些主观性较强，里面依稀有鬼魂作祟的诗也是如此。对鬼魂来说，过去的并不是过去。那荒芜的公地，荆豆，无邪的青春，此时此刻还在这儿。一切依然故我：同样的我，同样的体验。只是如今我能更完整地把它表达出来罢了。

写给米里亚姆的诗，至少那些早期的，如《累极了》，《抢樱桃的人》及《复兴》没有作什么改动。但晚期的一些诗作不得不做了些修改，因为在这些诗中，那个平凡青年人的手有时候捂住了鬼魂的嘴。修改这种诗并不是出于技术上的原因，而是要说真话。

其他诗，即那些我称之为"想象的"或"虚构"的诗，如《农场上的爱情》，《婚嫁良辰》，我作了些修改是为了使它们形式上更为完美，并去掉那些僵死的部分。我花了许多年时间才学会玩弄诗歌的形式：虽说我现在已经会了。然而只是那些不那么直接，虚构成分较多的诗作才需要玩弄形式。当鬼魂出现时，当它真正在那儿，它会创造自己的形式，不管你接受不接受，它们是根本无法修改的。

继写给米里亚姆诗之后，便是我写给母亲的第一批诗。我二十三岁时，离开了家乡到了伦敦。在我任教的那所新的、很大的红墙学校里，我们眺望北边，能看见水晶宫。那是我第一次见到水晶宫，只见它坐落在北边的山坡上，在金秋的天气中显现出一片淡蓝色，漂亮极了。

离学校稍远些，在一条堤岸上，火车隆隆地向南驶往布赖顿或肯特。学校的四周是一片静静的农村，还刚刚开始建设，榆树挺拔高大，蔚为壮观。这儿的一切，同英格兰中部迥然有异。

再下面便是写给海伦的诗，和写那些《火中睡莲》的烦恼：伦敦、学校，整个全新的天地。

接下去便是同家乡，同米里亚姆的破裂。然后，是我漫长的生病时期、母亲的去世。在我生病的第二年，便是我同米里亚姆，同海伦，同其他所有的女人——那些出现在《列车上的吻》《订婚者的手》中的女人关系的破裂。

在那一年里，除了死的神秘，死亡的威胁，我觉得一切都崩溃了。当时，我二十五岁。自从母亲死后，这世界开始在我周围溶化，发出彩虹般的光芒，毫无内容地正在消逝。直至我自己也差不多溶为乌有，病入膏肓。当时，我二十六岁。

后来，世界慢慢又回来了，或者说我自己回来了，但却是到了另一个世界。一九一二年，当我还是二十六岁时，开始了生活的新篇章，即那个《看！我们挺过来了！》的篇章。我离开了学校，离开了英国，把许多东西都撇下了。我心里的鬼魂没白花自己的钱。

后来战争期间我又回到了英国，于是便有了关于战争的诗，都出自那本小小的诗集《绝境》。打头的一篇名叫《列车上的英国兵》。这些诗作后来编入诗集《韵诗》里。这是纯粹的英国经历，还有死亡经历的周期的结束。

我发表的第一批诗是《古老的梦》和《新生的梦》，都是米里亚姆在一九一〇年寄给福特·马道格斯·许弗出版的，我想，当时正是《英国评论》杂志开始兴旺的时期。我曾亲自把一首名叫《学习》的小诗寄给诺丁汉大学杂志，但被退了回来。但许弗采纳了有关梦的那组诗，并登在《英国评论》上。他对我极好。他是我所碰到的第一位真正对文学有感情的人。他把我介绍给爱德华·加内特，而加内特又把我介绍给了整个社会。我至今仍清楚地记得在加内特家围坐在火炉旁的那些夜晚。在他那儿，我写下了最为得意的方言诗。记得加内特不喜欢《到底是不是》这首诗原先的结尾。现在看来，他是对的，因为那只是平凡的我的声音，不是鬼魂的喊叫。所以，我修改了诗的结尾。同样，当我回顾这段日子时，许弗和加内特依然像以前那样栩栩如生，根本不是过去。那些日子待鬼魂不错，而鬼魂是没有时间性的。只是，那个要按时吃饭的普通的我才有昨天。

正因为如此，我修改了《新生的梦》这首极其有趣和乐观的无韵诗。许弗发表在《英国评论》上的正是这首诗。也是这首诗把我介绍给了广大读者。而世人似乎挺喜欢它。那位代表学校教师的议员说，我是英国教育体制的一件装饰品。

由此，我知道，人们听到的一定是那个普通的我发出的声音，不是鬼魂的呼声。反正我一直对此感到不安。

第二卷中加了一首诗。在《瞧！我们挺过来了》这本诗集首次印刷时，这首诗被撤掉了，原因是出版商反对把爱情和宗教混杂在一起。这首诗是这么开头的：

我把脸埋在她的乳间，

我希望，希望能找到永恒……

这世上肯定有许多种永恒，其中一种便是亚当把脸埋在夏娃的乳间，在那儿找到宁静，就像夏娃通过把自己的脸埋在亚当怀里得到永恒一样。但出版商要把这点小小的麻烦去掉。像往常一样，我百思不得其解。

《瞧！我们挺过来了》中有的诗是重写过的，但不多，不象第一卷那么多。《鸟，野兽，花》基本没有动，保持着本来的面目。那里的我与我在写《荒芜的公地》或《复兴》时是同一个我。

也许，写这样充满个人意志的序不那么得体，但是，既然诗歌本身常常都是个人性质的，在统一的生命中组合成诗体，那么，尽可能地还鬼魂于他本来的人的躯体也许才是合乎情理的。

※ 小说为什么重要

我们对自己有些很古怪的想法，把自己看成一个有精神的躯体，或者说，有灵魂的躯体，或有心智的躯体。健康的精神寄寓于健康的躯体里。岁月呷干了瓶中酒，最后把瓶子扔了。这瓶子，当然就是躯体了。

真是一种可笑的迷信。此刻，我的手正灵巧地写下这些词句，为什么我一定要看着它，并认为它同指导它作文的思想相比是一钱不值呢？我的手和我的脑，或者说我的思想之间果真有巨大的差别吗？我的手是活的，按照自己的生命在运动。它以触摸同整个陌生世界相遇，学会了很多东西，懂得了不少道理。我的手，此刻写着这些字时正流畅地在纸上滑动，时而像蟋蟀那样蹦蹦跳跳，在i这个字母上加一点；同时，它也感觉出桌面相当冷；如果我写得过久，它还会感到厌烦。我的手也有它的基本思想，如同我的大脑，我的思想或灵魂一样，也是我的一部分。既然我的手是活着的，我也是活着的，为什么我一定要想象存在着一个超乎我的手之上的我呢？

当然，在我看来，我的笔是绝对没有生命的，它不是活着的我，活着的我止于我的指尖。

活在我身上的一切都是我。我手上的每一部分都是活的，每个小斑点，每根汗毛或皮肤上每条皱纹都如此，活在我身上的一切就是我本身。唯有指甲例外，这十件小小的武器横在我和无生命的宇宙之间，在活着的我和像我的笔那样的无生命物体之间划出了一条神秘的界河。

既然知道我的手是活的，我是活的，又有什么理由说它不过是一只瓶，一只盂，一只锡罐，一把瓦壶，或其他诸如此类的无稽之谈呢？不，假如刺破我的手，它会像樱桃罐头一样，血红血红的。割破的皮肤，淌血的血管，永远不该裸露在外的骨头，都同流动的血一样具有自己的生命。所以，所谓锡罐、瓦壶的说法纯粹是胡说八道。

一旦你成了小说家，你就会懂得这一切。但如果你是个牧师、哲学家，科学家或是个笨蛋，你就很可能不知道。倘若你是牧师，你谈的是在天之灵；但如果你是小说家，你就会知道天堂其实就在你的手心里，鼻尖上，因为手心和鼻尖都是活的。活着，活着的人肯定比天堂来得实在。天堂是来世的事，而我这个人对来世并没有什么兴趣。倘若你是哲学家，你会谈论无限理论，谈论无所不知的纯精神。但如果你拿起一部小说，你马上就会明白。所谓"无限"不过是那种把我的身躯视为酒壶，及壶上的壶柄而已。至于说到感知，只要我的手指接近火，我就会感到灼痛，如此强烈的感知使佛教的涅槃之说相比之下只成了一种猜想。啊，是的，我的身躯，活着的我能够感知，而且十分敏锐。所谓知识的总和，它不会比我身体所有感知和你，亲爱的读者，身体所有感知的汇总更复杂。

那些该死的哲学家，他们一谈起来就特别起劲，滔滔不绝，仿佛一下子变得重要起来，真荒唐。其实，每个人，包括哲学家在内，生命都止于指尖。那是活着的人的终端。至于那些从人身上飞散出来的话语、思想、叹息、渴望，它们像颤动的乙醚，纯粹是无生命的。但如果它们碰到另一个活着的人，便可能被他吸入成为他生活的一部分，因而有可能使他的生活焕发新的色彩，就像一条从褐色岩石爬到绿叶上的变色蜥蜴，会发生色的变化。所有这一切都很好，令人满意。但还无法改变这样一个事实：所谓精神，所谓哲学家或圣人的训诫，都不是活的，而只是颤抖的乙醚，就像无线电波一样。所有这一切精神方面的东西全是颤抖的乙醚。如果你，一个活着的人因为这种颤动而开始新的生活，那是因为你是一个活人，你以各种各样的方法将营养和兴奋剂大量摄入体内，但如果因此而认为这种进入你体内的训诫或精神比活着的你更重要，那简直是胡说八道。那样的话，你不如干脆说餐桌上的土豆比你更重要。

除了生命，没有什么是重要的。就我而言，我发现生命只存在于生存之中。用大写字母L开头的生命（Life）只指活着的人。甚至雨水里的白菜也是活着的白菜。一切活的事物都令人惊叹不已。一切死的事物都是生的附庸。与其做死狮，不如当活狗；但如果能做活狮，当然就不去做活狗。这就是生活！

要想让圣人，或哲学家，或科学家恪守这条简单的真理似乎是不可能的。从某种意义上说，他们都是叛徒。圣人希望把自己作为精神食粮奉献给民众，甚至阿西西的法朗西斯也把自己变成某种天使蛋糕，人人可切下一块品尝。但一块天使蛋糕远不及活人。可怜的圣法朗西斯临终前不如向他的身体道歉："呵，原谅我吧，我的躯体，原谅我这些年对你的虐待！"他的躯体可不是供他人品尝的饼。

另一方面，哲学家因为善于思考，所以认为世上唯有思想重要。这就好像一只兔子，因为自己会拉粒状屎而认为唯有粒状屎重要一样。至于科学家，只要我活着，他对我就毫无用处。在他看来，我是个死人。他从死去的我身上切下一片肉，放在显微镜下，把它叫做我。他把我切成碎片，先说这片是我，继而又说那片是我。在科学家看来，我的心，我的肝，我的胃从科学的定义出发，都曾经是我；于是，我今天要么是大脑，要么是神经，要么是分泌腺，要么是其他人体组织方面更现代的名词。

可我绝对否认我是灵魂，或身躯或思想，或智慧，或大脑，或神经系统，或一堆分泌腺或我身上的其他部分。我认为，整体大于局部，因此，我，一个活着的人，胜过我的灵魂、精神、躯体、思想、意识，或任何其他我身上单独的部分。我是个人，活的人。我是活着的人，只要有可能，我要一直作为活人存在下去。

为了这个原因，我当了小说家。而作为小说家，我认为自己胜过任何圣人、科学家、哲学家、诗人。他们是活人不同部位的大师，却从来不能统帅整个人。

小说是人生唯一的光辉书卷。书不是生命。它们只是乙醚中的颤动分子。但小说作为颤动分子，能使活着的人发生最大的震撼，其作用远远超过诗歌、哲学、科学或任何其他方面的书。

小说是人生的书卷。从这个意义上说，《圣经》是一本令人迷惑的小说。你可以说它是有关上帝的书，但事实上，它写的却是活生生的人：亚当、夏娃、萨拉、亚伯拉罕、约伯、以撒亚、耶稣、马克、犹大、保罗、彼得，自始至终，除了活人，还有什么是活生生的人，而且不是分解的躯体。甚至上帝也是个活生生的人。他在燃烧的灌木丛里朝摩西的脑袋扔石块。

我真希望你能明白我的意思，为什么小说作为乙醚的颤动分子是如此的重要。柏拉图使我产生完美的理想的震撼。但那只是我的一部分。完美只是活着的人那奇怪的构造中的一部分。

山边训言使我身上的无私精神为之颤动，但这同样也只是我的一部分。《十诫》使我身上的原罪发抖，告诫我加强警戒，否则我便成了窃贼和杀人犯。但即使原罪也只是我的一部分。

我很希望，我身上的这些部分能统统被激起来同生命和生命的智慧一起颤动。但我更盼望有朝一日整体的我能同步颤动起来。

当然，这必须在我身上发生，在我还活着的时候发生。

但只要它还能靠传导而引发，这就只能在整本小说传导给我时才能发生。《圣经》——整部《圣经》是荷马与莎士比亚的作品，这些都是无与伦比的古老的小说，全人类的经典，也就是说，它们完整地影响着活着的人，完整的人，而不是局部。它们以生命的新形式使整棵树颤动，而不只是刺激它朝一个方向生长。

我再也不想朝某个方向生长了。如果可能的话，我也不想使别人朝某个特定的方向发展。某个特定方向誓必陷入绝境，眼下，我们就处在绝境中。

我从不相信任何令人目眩的启示或至高无上的箴言："青草会枯，花儿易谢，但上帝的话永存。"我们用来毒害自己的就是这类苦药。事实上，青草枯萎为的是雨后能更郁郁葱葱，有花儿凋谢才有蓓蕾的含苞欲放。而上帝的箴言，是由人的嘴说出来的，只是气体的颤动，因此越来越陈腐，越来越乏味，直至最后我们不愿再听。于是，它不再存在，比枯草更不如。

可见，能像老鹰那样再生的是小草，而不是箴言。

我们不该奢求绝对，哪怕是一方面的绝对。让我们一劳永逸地完全铲除任何绝对又丑恶的专横。世上没有绝对的好，也没有绝对的正确。一切事物皆在流动和变化，甚至变化本身也不是绝对的。整体是明显不调和、互相游离的部分的奇怪组合。

我，活着的人，是不调和部分的奇怪组合体。今天我赞成的同昨天我肯定的迥然有异，我明天的眼泪同我一年前的泪水毫无关系。如果我爱的人始终不变，我就不会再爱她。我能继续爱她，正因为她有变化，变得令我吃惊，同时催我发生变化，向我的惰性挑战，而她也因为我的变化而从惰性中行动起来。如果她一成不变，那我还不如去爱那只装胡椒的瓶子。

在所有这些变化中，我保持着某种完整性。但如果我评头品足，就让我不得好死吧！如果我说自己是这，是那，又坚持这样的说法，那么，我就成了像电线杆子一样愚蠢的、一成不变的东西。我将不知道自己的完整性在哪儿，自己的个性和自己的我在哪儿。谈论我的自我是无意义的，我永远不会知道它。那只意味着我编造了一个有关自己的概念，并试图按此来裁定自己，这没什么好处。你尽可以量体裁衣，但不能削足适履去迎合你自己的概念。不错，你可以将自己塞进理想的紧身胸衣里。但即使是理想的紧身胸衣，式样也在不断地改变。

还是让我们向小说学习吧。小说里的人物只能是活生生的，如果他们根据某个模式，一贯是好的，或一贯是恶的，甚至一贯是易变的，那他们一定没有生命，小说也就失去了生命。小说中的人物必须有血有肉，栩栩如生，否则一钱不值。

同样，生活中的我们也必须是活生生的，否则也等于零。

当然，我们所说的活生生，同我们所说的生物一样是很难解释清楚的。人按自己对生活的理解在头脑中形成概念，然后按照概念去裁剪生活。有时，他们走遍天涯海角去寻找上帝，有时则是为了寻找金钱，有的是为了酒、女人和欢娱，接下去又是寻求水、政治改革和选票。你根本不知道下面一个是什么：是用炸弹或毁坏肺叶的毒气谋杀你的邻居，还是资助育婴室，或鼓吹海誓山盟般的爱情，或成为离婚案中的共同被告。

在这片混乱中，我们需要某种引导。光靠制订禁规是无济于事的。

怎么办？恭恭敬敬地、诚心诚意地面向小说吧，看看自己在哪里是个活人，在哪里已无异于行尸走肉。你可以像活人那样去爱一个女人，亦可以作为生活中已死去的男人去与女人做爱。你可以作为一个活人品尝佳肴，亦可以是一具贪吃的死尸。作为活人，你可以向自己的敌人开枪，但作为可怕的生命幻影，你会不分青红皂白朝既不是敌人又不是朋友的人投掷炸弹，这些人对你来说是没有生命的。但如果这些对象碰巧是活的，那你就成了罪人了。

活着，做一个活人，一个完整的活人，这就是关键。而小说，只有小说可以极大地帮助你。它能使你不致成为生活中的死人。可如今，又有多少男人变成街头或室内的行尸走肉，又有多少女人毫无生命，像一架琴键坏掉一半的钢琴。

在小说中，你会清楚地看出什么时候男人走向死亡，女人产生惰性。如果愿意的话，你可以养成一种生活本能，而不是去寻找错与对，好与坏的理论。

诚然，生活处处存在正确与错，好与坏。但一种场合的坏往往是另一种场合的错。在小说中，你可以看到某个人因为他所谓的善而沦为死尸，也会看到另一个因为他所谓的恶而走向坟墓。正确和错是一种本能，一种人类全部意识的本能，既是身体的，也是心理的，又是精神的。只有在小说中一切才得到了充分的发挥，或者，至少有机会得到充分的发挥，只要我们认识到生的目的是生命本身，而不是惰性的安全。只有使一切充分发挥，才能产生真正的事物，产生完整的男人，完整的女人，活生生的男人和活生生的女人。

❋ 小说和情感

我们总以为自己很文明，受过如此高级的教育，很有教养。真滑稽。因为，我们的全部文明都是由一个一根弦的竖琴奏出来的，至多也不过两根或三根弦。叮、叮、叮，咚、咚、咚——噔！这就是我们的文明，总是在一个音符上发出音响。

这个音符本身并没有问题。糟糕的就是它只有一个音。总是那么一个音符，永远没有变化！

"呵！你妻子这么可爱，简直是一只丰满的鹧鸪，你怎么可以去追别的女人？"做丈夫的于是把手按在短外套上，脸上露出惊骇的神色，"只是像鹧鸪吗？"他惊叫起来。

总是鹧鸪！该由妻子依次去做一只鹅，一头母牛，一只牡蛎，一只不可食的雌狐狸。

我们到底在什么地方受的教育？受了什么教育？政治学，地理学，历史学，机械学，抑或是软饮料、烈性酒，社会经济和社会消费：呸！可怕而空泛的知识。

但这都是没有巴黎的法国，没有王子的《哈姆莱特》，是只有炉灶没有柴火。因为，我们对自己一无所知，或近乎一无所知。千百年过去了，我们学会了如何洗脸，如何剪头发，我们个人学会的仅仅是这些。当然，就集体而言，作为一个种类，我们把这个地球像用细齿梳梳过似的彻底理过一遍，还把天上的星星拉到手几乎能摸得到的地方。但除此以外，还有什么呢？我这个两条腿的生灵坐在这儿，有着爱冒险的坏脾气，我什么都知道——每样一丁点——什么是火矿石，什么是相对论，赛璐珞的化学结构，炭疽杆菌的表现形式，日全食的形状，乃至最新的鞋子式样。但这一切对我毫无用处！就像清洁女工对淡啤酒的评价。它们并不使我减少内心的孤独！其滋味正像很久以前一位英国老妪所说的，如同没加朗姆酒的茶。

我们的知识，就像那被禁的啤酒，总是近在咫尺，却从拿不到手。它留给我们的只是内心的孤独。

就我们内心而言，其实我们是不可挽救地没有教养。我们装模作样，以为自己学会了巴塔哥尼亚方言就是受了教育。真是一派胡言！要是那样，那么，我脚上的皮靴亦同样有效，可以使我成为一头公牛或一只小阉牛。天呀！我们把教育挂在嘴上，就如同我们穿皮靴一样，还不如皮靴来得实用。反正教育不过是表面文章而已。

我在家时，我是什么？我应该是个有理智的人。然而，我的头上顶着满满一废纸篓的思想。

我身体的其他部位，是我自己的黑暗大陆。我拥有一整套乱糟糟的"情感"。有了这些个人的、不变的情感，我简直什么机会都捞不到。这些机会有些如狮子吼叫，有的如蛇在蠕动，有的像雪白的山羊一样咩咩直叫，像红雀一样鸣啭，有的默不做声，却像敏捷而滑溜溜的鱼儿，还有的则像牧蛎一样，偶尔张开贝壳：瞧！我在这儿，给积累思想的废纸篓再添加废纸，希望用这样的方式求得问题的解决。

狮子却朝我扑来！我拿一个思想朝它挥了挥。蛇朝我投来可怕的一瞥，我递给它一本歌书。

问题越来越多。

野兽都从我们内心最黑暗的非洲之角跑出来了。到了晚上，你可以听到它们的咆哮声。如果你是个出色的猎人，象比利·桑德那样，可以背上你的捕象枪。但是，由于这原始森林是在我们的内心深处，而且在每一座森林里都有各种各样的猎物和危险动物，你是人与千兽对垒。长久以来，我们都回避这个内心深处的黑非洲之角。我们一直忙于寻找北极，皈依巴塔哥尼亚人，热爱我们的邻居，设计新的手段来根除他，偷听别人的秘密，关闭自己的隐私。

但是，听我说，我亲爱的读者。复仇之神已经在擤鼻子。从黑暗的非洲之角隐约传来了吼叫声，同时伴有压抑的尖叫声。

我这儿说的是情感，不是感情。感情是我们多少承认的东西。我们把爱视作要么是一只绵羊，要么是一只穿着巴黎时装的颓废豹子：究竟是前者还是后者，取决于它是神圣的还是世俗的。我们把仇恨视作一只拴在窝里的狗；把恐惧看作一只瑟瑟发抖的猴子，将愤怒看作一只鼻子穿环的公牛，而将贪婪看作一头猪。我们的情感就是我们驯服了的动物，高贵如骏马，胆小如兔子，但全都为我们所利用。兔子进了汤锅，骏马则套上了车辕。因为我们是凡间的生灵，必须填饱肚皮，装满口袋。

便利！便利！世上有便利的情感和不便利的情感。我们把不便利的情感拿链条锁起来，或者用铁环穿起它们的鼻子。便利的情感则是我们的宠儿，爱是我们宠儿中的宠儿。

在感情方面，我们的教育就只达到了这一步。我们没有关于感情的语言，因为我们的感情对我们来说甚至是不存在的。

那么，什么是人？他真是一架靠土豆和牛排驱动的小口的机器吗？难道他奇妙的生命之流都是土豆和牛肉变来的，然后又转化为所谓的物理能量吗？

有教养！就我们的情感而言，我们甚至还没有出世呢。

你可以一个劲地吃到肚子发胀，可以一直"往前冲"，直至变成笑料。但是，即便到那时，你内心深处还有个黑非洲之角，从那里传来一阵阵咆哮和尖叫声。

人不是一部因果关系的小机器。我们应该把这个想法永远地从脑子里清除出去。人内心的原因，是我们绝对无法测量的。但是，那儿确实有一个我们不曾开发的黑暗的大陆，因为我们甚至都不承认它的存在，但它无时无刻不在我们的心中：即我们之所以为我们的原因，我们这个时代存在的原因。

我们的情感是这片原始森林的第一种表现。直到现在为止，我们一直惊恐万状地对这片森林不予理睬，用巨大的铁丝网把它圈起来，宣称它并不存在。

但天哪！我们之所以存在，就因为从我们体内这片黑森林里冒出生命，蹦跳着进入了我们的四肢和我们的意识中。也许，我们希望排斥这种蹦蹦跳跳往里闯的生命。也许，我们希望像我们那些驯服的动物那样，安分守己，服服帖帖。但是，让我们记住，即便是我们养的猫和狗，也需要一代一代地加以驯养。而至今它们还不是驯服的种类。只要一放松管束，它们就不再驯服了。它们是不会自己驯服自己的。

　　人是唯一自觉自愿试图驯服自己的生灵。他成功了。但天哪！这是一个无法限制的过程。驯服，就像烈酒一样，会毁掉它们自己的造物主。驯服是控制的结果，但驯服的事物自身，却失去了控制力。它必须在没有控制力的情况下，受到控制。人已经把自己驯得很不错了，他把这种驯服称作文明。真正的文明完全是另外一码事。但人现在已经被驯服了：驯服就意味着失去独特的主宰能力。驯服者总是受制于未驯服者。人驯服了他自己，由此失去了主宰的能力，失去了指导自己的能力。他对自己已别无选择。他被驯服了，就像一匹等待配备缰绳的马儿。

　　假定所有的马，一下子脱离了主人，它们会怎么样呢？它们会四处奔跑。但是，假定把它们静静地关在田野上，围场里，畜栏中，马厩间，它们又会怎么样？它们肯定会发疯。

　　而这正是人类的窘况。他被驯服了，没有一个未驯服者来发布命令，指明方向。他被关在他自己构筑的铁丝网里。他只能发疯、堕落。

　　那么，有没有其他的出路？假装我们可以在五分钟内恢复到没受驯服时的状态是满嘴痴话。

　　恢复到没受驯的状况也是个缓慢而奇特的过程，而且必须认认真真地进行。以为可以突破铁丝网，冲到无垠的旷野里也是乱弹琴。因为，从比较的意义上说，世上已没有什么旷野，人就像一条狗，一条回头去吃自己的呕吐物的狗。

　　除非我们进而把自己同我们的原始之源连在一起，我们就会堕落下去。在堕落的过程中，我们的情感会分裂成各种奇特的激情，它们都是些破碎的感情，就像秋天的色彩。它们是死亡风暴的先兆，就像朔风中的落叶。

　　这是无药可治的，人不能自己驯服自己，然后保持驯服的状态。一旦他试图保持这种状态，他便开始堕落，于是进入第二种荒野——毁灭的荒野，它可以犹如秋天的黄叶，带来一时的美丽秋色。然而，黄叶只会飘落，腐烂。

　　人驯服自己，目的是为了学会如何再次恢复自己没受驯服时的状态。要做文明人，我们就不应否认和取消自己的感情。驯服并不是文明，它无异于烧掉灌木丛来耕耘土地。我们的文明还没有认识到耕耘灵魂的必要性。以后，我们将播种野草的种子。但至今为止，我们只是在焚烧和连根拔除原来的灌木丛。就灵魂而言，我们的文明直至今日一直都是毁灭的过程。我们的灵魂是一片满目焦桩的旷野，只是这里，那里的一小洼绿色池水，还是一座锡棚屋里小小的铁火炉。

现在我们又不得不开始播下野草种了。我们必须耕耘自己的感情。要想一下子很受欢迎，一下子让一大团纷乱的堕落感情全部迸发出来是毫无意义的。它决不会使我们感到满意。

照精神分析学家那样做也没用。精神分析学家揭示人最害怕的东西——内心深处原始的地方，那儿应该是上帝呆的地方——如果真有上帝的话。在精神分析过程中，古时犹太人最害怕的那个真实的亚当——那个神秘的"自然人"，会发出一阵尖叫声。他会像白痴那样，口吐白沫，把自己的手腕咬至流血。弗洛伊德的信徒们对原始亚当那种仇恨是如此剧烈（那时他们与上帝还没分离），以至弗洛伊德的信徒们把这个亚当视为洪水猛兽，一群纠缠在一起的蜂蛇。

这是一幅堕落的、驯服的反常景象：是经过上千年可耻的岁月才被驯服的。那个原始的亚当永远也不会被驯服。那些被驯服了的人，带着一种恐惧的心理在表达自己的仇恨：但无畏者则从心底里崇拜他。

在原始亚当中，最原始的莫过于上帝：在他胸膛黑墙的背后，在脐带的下面。后来，人开始嫌恶自己，上帝被分离出去了，去最外层空间安营扎寨。

现在我们该往回走了。这一回，那原始的亚当应该再次抬起脸，挺起胸，摆脱驯服状态，不是任凭邪恶，也不是嬉戏胡闹，而是让上帝呆在他自己筑起的胸墙之内。上帝就在躯体最黑暗的大陆中。正是从上帝那儿，发射出我们感情的第一束黑光，默默无语，但是绝对先于语言。这发自内心深处的光束，是第一批信使，是我们身上原始的、可尊敬的野兽。它们的声音无言地回响着，沿着灵魂的黑道回响着，永远默默无言，心中却充满着有力的言辞。这便是我们自己内心寻找出的意义。

现在，我们应当教育自己，但不是通过制定法律，或刻写诫碑，而是注意聆听。不是聆听从芝加哥或廷巴克图传来的声音，而是聆听我们自己心灵深处的声音，那在血管的黑暗通道上召唤我们的可敬的野兽的声音；聆听里面传来的声音，不是听语言而是听灵感；聆听内心深处的野兽（即感情），在红色、黑色的心脏内，在上帝的脚下，在血液的森林中的吼叫声。

怎样做呢？怎样做呢？我们怎样才能开始在感情中教育自己呢？

不是通过制定法律，或发号施令，或颁发什么公理和假设，甚至不是通过断定这件或那件事是神圣的。根本就不能通过说空话来达到目的。

如果我们听不见从自己黑暗的血管之林发出的这种喊声，我们可以读读那些真正的小说，然后开始聆听。不是聆听作者的说教，而是聆听小说人物的低声呼唤，聆听他们在命运的黑森林中徘徊时发出的呼唤。

※ 道德与小说

艺术的职责在于揭示人活着的一刻同周围环境的关系。由于人类总是在旧的关系中争斗不休，因此艺术总是先于"时代"，而时代本身又总是远远地落后于活着的那个时刻。

当凡·高画向日葵时，他就揭示了，或者说掌握了他作为人，和向日葵作为向日葵，在那一刻的生动关系。他的画并不是表现向日葵本身。我们永远也不会弄清画上的向日葵究竟是什么。而且，在表现这一点上，照相机远比凡·高要高明得多。

留在画布上的是第三种物体，它无法捉摸，也无法解释，它是向日葵和凡·高本人的产物。画布上的景象永远无法同画布，同油彩，同作为人的凡·高，或同作为生物形式的向日葵相类比。你无法估量，测度甚至描绘画布上的景象。说实话，它只存在于颇有争议的第四维中。在维的空间里，它是不存在的。

在某一特定时刻，它是人与向日葵之间和谐关系的揭示。它既不是镜中的人，也不是镜中的花，既不高于、低于什么，也不横越什么。它介于一切事物之间，存在于四维之中。

对人类来说，这种人与其周围环境的完美关系就是生命本身。它具有四维的永恒性与完美，但是，它又是暂时的。

在那一刻，即在形成新的关系的过程中，人和向日葵都暂时湮灭了。日复一日，一切事物的关系都在变化，都在暗暗发生微妙的变化。所以说，艺术作为揭示和获得完美关系的形式，是永远不会陈旧的。

同时，那存在于纯粹关系的无维空间的事物也将是永恒的，既没有生，也没有死。也就是说，它给我们一种超越生死的感觉。当我们说一只亚述狮或埃及鹰是"活"的时候，我们实际是指它超越了生，因此也就超越了死。它给了我们那种感觉。既然我们从亚述狮或埃及鹰中得到的"感觉"是如此珍贵，我们内心有些东西也必须超越生，超越死。就好像自创世以来傍晚的星星——白昼和黑夜纯关系的火花———直对人来说是珍贵的一样。

如果仔细想一想，我们就会发现，我们的生命就在于同周围活生生的环境建立一种纯洁的关系。我"拯救我的灵魂"，是通过我和另一个人，我和其他人，我和一个国家，我和一个种族，我和动物，我和大树或花朵，我和地球，我和天空和太阳，我和月亮建立一种纯洁的关系，无穷无尽的完全纯洁的关系，大大小小，就像天上的星星一般。我们每一个人，我和我锯的木料，我遵循的锯线，以及我和我那养家糊口的钱，我和我写字的动作，我和我得到的一点金子。这些关系造就了我们的永恒。这就是我们的生命、我们的永恒：我与我整个周围世界的一切微妙、完美的关系。但愿我们都能认识这一点。

道德就是我与我周围世界那种脆弱、颤抖、不断变更着的平衡。这种平衡是先于真正的联系，又伴随着真正的联系。

在这里，我们看到了小说的美和巨大的价值。哲学，宗教，科学，这一切的一切都在试图把事物固定下来，取得一个稳定的均衡。宗教以其固有的一个上帝，宣布"你应该怎么，不应该怎样"，哲学则以它固定的观念，科学用的是它的"法规"，它们在任何时候都想把我们固定在这棵或那棵树上。

但小说却正好相反。小说是人已经发现的微妙的内在联系的最好范例。一切事物，只要处在自己合适的时间、地点、环境，它就是真实的，反之，就是不真实的。如果你想在小说里把什么都固定下来，那你要么毁了这部小说，要么就是小说站起身来，带着钉子径自离去。

小说中的道德是天平上那抖动的不稳定性。当小说家把拇指放在天平上，把天平朝自己偏爱的一边按下去时，那就是不道德。

现代小说趋向于越来越不道德了，因为小说家越来越倾向于把拇指重重地按在秤盘上，或按在爱情、纯真的爱情一边；或按在无法无天的"自由"一边。

作为一般规律，一部小说并不因为小说家有什么主要倾向或目的而变得不道德。不道德在于小说家无意识的偏爱。爱是一种伟大的情感。但如果你写小说时是处在一种偏好爱情的阵痛中，把爱情视为至高无上、活着唯一值得拥有的情感，那么，写出来的就将是不道德的小说。

因为，没有一种情感是至高无上，或唯一值得为它而活着的。一切情感都是为了构成人与人之间密切的关系，或人与其他生物或事物的活生生的关系。一切情感，包括爱与恨，愤怒与温柔，统统都是为了调整两个互有分量的人之间不稳定的平衡关系。如果小说家把拇指压在秤盘上，偏重爱情，温柔，甜蜜，和平，那么他就犯了一个不道德的错误：他阻止了某种纯正关系存在的可能性，纯真联系的可能性，而这，正是人生最重要的。而一旦他放开他的拇指，就不可避免地会引出可怕的反作用，使重心偏向仇恨，粗暴，残忍和破坏。

人生就是如此：对立双方在颤抖的天平上左右摇摆。父辈的罪孽在下一代身上出现。如果父辈们把天平拖向爱情、和平和生育一边，那么，三四代以后，天平就会猛地摆回仇恨、愤怒和残杀的一边。在人生的道路上，我们必须平衡着前进。

在所有的艺术形式中，小说最需要颤抖和摇晃的平衡。比较而言，"甜蜜"的小说比那血腥的小说更虚假，因此也更不道德。

那些十分精明、玩世不恭的晦涩小说亦是如此。这种小说宣称，你无论做什么都没关系，因为反正一切事物都彼此彼此，卖淫同其他事物一样，也是"生命"。

这完全错了。事情并不因为有人做了就具备了生命。艺术家应当清醒地认识到这一点。一个普通的银行职员买一顶新草帽根本就不是"生命"，它只是一种存在，就像每天吃晚饭一样，但绝不是"生命"。

我们所说的生命，是一种熠熠发光，具有第四维品质的东西。如果那个银行职员真正对他的帽子有兴趣，如果他同帽子建立一种活生生的关系，戴着新草帽走出商店，神采奕奕，俨然换了一个人，那样的话，帽子才算有了生命。

妓女也一样。如果一个男人同她建立了一种活生生的关系，即使只有那么一瞬间，那也是生命。但倘若没有这种关系，只是纯粹的金钱和性行为，那就不是生命，而是下贱，是对生命的背叛。

如果一部小说揭示了真实而生动的关系，那就是一部有道德的作品，无论涉及的是怎样的关系。如果小说家尊敬这种关系，那写出来的就是一部不朽的作品。

但是，世上有那么多关系是不真实的。比如《罪与罚》中一个男人因为六个便士杀了一个老妇。这种情况虽然可能发生，但它绝不是真实的。那杀人犯和老妇之间的平衡完全丧失了。它只是一片混乱。从生活的意义上说，这不是真实，只是现象。

另一方面，通俗小说却把旧关系发挥得淋漓尽致，如《假如冬天到来》。把旧关系全抖露出来也同样是不道德的。即便是像拉斐尔这样伟大的画家也只能用件漂亮的新衣服来打扮一下早已经历过的关系。而这给大众一种类似暴饮暴食的快乐：骄奢，沉迷。多少世纪以来，男人总是这样评价他们理想中的妖娆女人："她是拉斐尔笔下的女性"。女人刚刚开始懂得这种称呼，是对自己的一种侮辱。

获得一种新的联系，新的关系，总不是那么愉快，总会让人感到痛苦的。所以说，生活永远会伤人。因为真正的骄奢淫逸在于旧关系的重新表现，表现得最好的，就是从旧关系中获得一点迷醉的快乐，一个小小的堕落。

每当我们想获得一种新关系，与人或与物的新关系时，总会伤害些什么。因为它意味着同旧关系的斗争和更换，而这是从来都不可能愉快的。而且，调整就意味着斗争，至少在生灵之间是这样，因为双方都会不可避免地在对方身上"寻找它自己"，而又往往受到拒绝。而一旦两方面都试图寻找他或她自己的那个绝对的自我，就势必会有一场生死之战。所谓的"激情"就是这么一回事。另一方面，当两方中有一方完全屈服于另一方时，就是所谓的牺牲，而这也同样意味着死亡。所以，希腊神话中的宁芙就是死于她十八个月的坚贞不移。

坚贞并不是宁芙的天性。但她既为神女，本该是坚贞不移的。而接受牺牲是缺乏男子气概的表现，男子应按照男人的意志行事。

然而，还有第三件东西，它既不是牺牲，也不是殊死奋斗：而是双方寻求互相之间的真正的联系。每个人都必须忠于自己，忠于自己的本性，让关系自然而然地形成。这意味着勇气，首位的东西就是勇气，然后是纪律。勇气使人接受来自自身或他人内心的生命动力；而纪律则控制这种动力，尽可能不让它超出力所能及之外。而一旦超出了，又要有勇气正视现实，不是为之呜呜哀诉。

很明显，读一本真正的新小说总在某种程度上让人感到不愉快，总会遭到一定的抵制。新的画，新的音乐也一样。你可以从它们确实激起某种抵制，并最终迫使人们默认这个事实，判断它们到底是不是真实。

对人类来说，最重要的关系将永远是男女之间的关系。男人和男人，女人和女人，家长和孩子之间的关系永远只能是次要的。

而且，男女之间的关系永远在变，它永远是人类生活的新的中心线索。生活最活跃的中心线索不是男人，不是女人，也不是男女关系导致的结果——孩子，而是关系本身。

不要认为你可以给男女之间的关系贴上一张邮票，便能让它保持现状。你做不到这一点。要想那样做，还不如把邮票贴到虹或雨上。

至于爱的契约，最好还是在它磨损时丢弃它。硬说男人女人一定得相爱是荒唐的。

男人和女人将永远十分微妙、富有变化地互相联系在一起，根本没有必要用什么"契约"把他们联结在一起。唯一的道德就应该是让男人忠于他的男子汉本性，女人忠于她的女子本性，让他们之间的关系自然而然地形成。对男女双方来说，这就是生活本身。

如果我们想让自己有道德，就不要到处钉木钉，既不要钉穿男人，钉穿女人，也不要钉穿第三者——即男女之间的关系，这种关系始终是男女双方的鬼影。每次牺牲，每次钉死在十字架上都需要五枚木钉，四枚短的，一枚长的，每枚钉子都是一种憎恨。而当你想把这种关系本身固定下来，在它上面写下《爱情》，而不是《这是犹太王》以后，你就索性继续不停地往里面敲钉子吧。甚至耶稣也把这种关系称为"神灵的鬼魂"，表明你无法把盐撒在它的尾巴上。

小说是向我们揭示我们生活中各种正在变化之中的关系的最好媒介。小说能帮助我们生活，没有任何东西能取代它：不管怎么说，说教《圣经》是不存在的。但小说家不可以把拇指压在秤盘上。

一旦小说家把拇指压在秤盘上，小说就会对男人和女人造成无与伦比的歪曲。也许，只能进行比较，和那种害人不浅的伤感赞美诗（如"引导，仁慈的光明"）比较，那些赞美诗已经极大地腐蚀了现代人的骨髓。

莫洛亚

安德雷·莫洛亚（1885—1967年），法国作家。原名爱弥尔·赫尔佐格。
著有大量小说、散文、传记、历史著作、回忆录。
他的作品尤以传记最为闻名，主要传记作品有《雪莱传》《拜伦传》
《屠格涅夫传》《三仲马》《巴尔扎克传》《雨果传》等。

※ 论书籍

世世代代的人所积累的知识和回忆的总和就是我们的文明。要想成为这个文明的一名公民，必须有一个前提，那就是了解我们以前的历代人的思想。而且只有一种途径可以成为有文化的人，那就是读书。

无论什么都代替不了读书。报告、图画都无法与阅读相比。图像的价值不过是用来说明文字；电影放映完毕就消失了，话讲完就过去了，要想回过头去看去听是很难的，几乎是不可能的。而书籍是我们终身的伙伴。蒙田说过，爱情、友谊和读书是他必不可少的三件东西。但这三者之间有着许多共同点！对书籍可以产生强烈的爱，书籍又是人的忠实朋友。我甚至还可以补充一句，我有时觉得书比它的作者更聪明。作家把身上最美好的东西写进自己的作品中。

作家生动的语言，最出色的语言，终归会被人忘记。而对于书本，你可以一辈子同它交朋友，请教它，探索它的秘密。全世界各国成千上万的读者与你分享这种友谊，决无半点嫉妒之心。巴尔扎克、狄更斯、托尔斯泰、塞万提斯、歌德、但丁、梅尔维尔用无形的纽带把那些似乎绝不可能接近的人联结在一起。我和一些素昧平生的人——日本人、俄国人、美国人有着共同的朋友，这些朋友就是《战争与和平》中的娜塔莎，《巴马修道院》中的法布里斯，《大卫·科波菲尔》中的米考伯。

书籍是逾越一切障碍的手段。任何人想真正了解别人，了解自己，单靠个人经验是不够的。

面对茫茫的大千世界，我们总是感到自己是孤独的。我们因为这种孤独而苦闷。命运的不公，人生的艰辛使我们烦恼。书籍使我们看到，别的人，比我们更聪明、更显要的人物也曾受过我们所受的苦难，他们所渴求的东西，也正是我们所渴求的东西。书籍是向别人心灵洞开的门扇，是通达其他民族的门户。由于有了书籍，我们才能走出个人狭小的天地，摆脱对自己的苦思冥想。在阅读伟大作品中度过的夜晚不啻登山休养：一个人当他从这些山峰上走下来时已焕然一新，他的肺部和大脑的污垢仿佛被洗刷干净，从而迎着日常生活的平原上正在等待他的新的考验而勇敢地走向前去。

书籍是我们用以探讨往昔时代的唯一手段，是认识我们不得涉足其间的那些社会阶层的生活的最好办法。加西亚·洛尔卡的戏剧向我们提供的关于西班牙的知识，胜过十次旅游，托尔斯泰和契诃夫从本国人民的心灵中所发掘的一切是无可辩驳的真理，圣西门的回忆录向我再现了他那个时代的法国，霍桑和马克·吐温使早已不存在了的那个美国万古长存。我们看到那些在时间和空间上相距甚远的世界却同我们生活的世界很相似，而这只能更增加我们读书的乐趣。人们彼此是相通的。荷马笔下的那些帝王们为之激动的那种激情，和我们当代某一联盟中的军事统帅的情感和欲望其实并没有多大差别。当我向美国大学生们讲述马赛·普鲁斯特的时候，这些堪萨斯州农民的子女们却把这位法国作家笔下的人物看作是他们自己。因为正如某人说过那样，归根到底只有一个民族，这就是全体人类。即使是一位伟大的人物，同你我的差别也只是在于他的谦逊，而不是在于他的本质；也正因为如此，一些名流的传记才使所有的人都感兴趣。

可见我们从书籍中可以找到冲破个人生活樊篱和了解别人生活的方法。但这并不是读书之所以给我们带来这么多乐趣的唯一原因。在现实生活中，我们为了认真了解事件的原委，往往过分直接地卷入事件之中，为了从自己的感情中获得乐趣，往往过分沉溺于自己的感情。我们当中有许多人的生活比起狄更斯或者巴尔扎克的小说有过之而无不及。但我们并不因此感到少许轻松。恰恰相反。作家的使命是向我们描绘生活的真实图画，但是这种图画必须同我们拉开一定距离，使我们既可以欣赏它而又不感到恐惧，不为所发生的一切承担责任。小说和传记的读者对戏剧性的事件感同身受，但又保持着平静的心境。正如桑塔亚纳说，艺术赐给人的是人在行动中永远得不到的东西，生活和宁静的结合。历史书籍对于心智是十分有益的：它们教会你自制和忍耐。历史书籍形象地告诉读者，从前那些使世界四分五裂的纷争早已失去意义。这是良知和相对论的教训！好书使人读了之后决不会毫无变化。人读了好书自己也变得更美好。

英国小说家奥尔多斯·赫胥黎说过："任何一个善于阅读的人都能够凌驾于自己之上，能够使自己的生存大大地充实，使生活富有情趣和意义。"我们都希望把这种被许多人的经验丰富了的充实生活变成所有人的财富。其他一些传播工具，如广播、电视、电影以及录音，将来都会面貌一新，更加普及，更有效地帮助人们认识艺术的迷人魔力。但是就其影响的深远和持久而言，任何上述传播工具都不能与书籍相匹敌，任何其他传播工具都不能给予我们如此丰富多样的情感和知识。

一八三三年约翰·赫歇尔爵士在伊顿公共图书馆开幕式上说过如下一段话："请你们教会人去阅读，向他提供满足这一欲望的机会，你们就会使他幸福。你们要让他去结交贤哲和智者，要让最温情、最淳朴而又最勇敢的人们成为他的朋友，这些人是有史以来各个时代人类的精华。你们要使他成为万国的公民，成为万世的同时代人。"对此还可以补充一句各个社会都适用的一句话："只要告诉我，你推荐自己的人民阅读什么书，我就会告诉你，你是一个什么样的人。"

※ 论小说

您问我如何写小说。夫人，我要是知道，我就不写小说了。请不要以为这是句玩笑话。我是想说，一个对自己的技巧过于自信的小说家，是会犯致命的错误的。

小说是可以如法炮制。有些作家这样处理课题：由一个人物代表恶（如情节剧的"恶棍"，存在主义小说中的"坏蛋"），由另一个人物代表美德、自由、信仰或革命（这是由于英雄人物的性质因时代而异），终于善（无论是什么样的善）在这场游戏中取胜，而作者却遭到了失败。

另外一些作家则有自己的家传秘方："取妙龄少女一名，以尽可能美貌动人者为宜。在历尽千难万险之后，令其寻得意中人。觅得一名薄命女子作为她的情敌。导演一场旷日持久争斗。制造各种波折。加进些色情，数量多少视读者兴趣而定。终生写作此类小说，写到第二十部时必将发财。"

还有些小说家，他们选择一个历史时期，多半是悲惨的、动乱的时期。故事发生地点可以是大革命时的监狱（这样就能把恋爱和断头台结合起来），帝国时代的战争（把战场上的胜利和女人情场上的胜利糅合在一起），路易十五朝代或者摄政时代（在鹿苑狩猎，在亲昵的气氛中进晚餐），第二帝国（名妓的显赫）。时间地点选定后，就要安排一个厚颜无耻、冷酷凶残而又妖艳迷人的女主人公，每隔三十页让她和一个新的男子同床睡觉。这本书保证能印十万册。每三卷应变换一个时代。

照着这些秘方如法炮制可以发大财，但写不出传世之作。美的源泉是隐藏在地下的源泉。有了内心的需要才能产生真正的小说。司汤达、巴尔扎克喜欢那些能够使他们改头换面地再现自己生活的情节。《巴马修道院》中的法布里斯就是司汤达扮演的一个英俊年少的意大利贵族，柳西埃·勒温是司汤达扮演的一个美貌的中尉，阔银行家的儿子。作家由于受到命运的某种不公平待遇，而尽可能使自己得到补偿。有时很难识破假面具。福楼拜曾说过："包法利夫人就是我。"因此《包法利夫人》是一部杰作。

小说家如何判断某一情节（对他来说）是合适的呢？这要看他是否每当想到这个情节时都会激动不安。如果这个题材触动了他心灵中的敏感处，唤起了痛苦或欢乐的回忆，那么书写出来就会获得成功。但必须具备两个前提。首先在时间上要与所描写的事件拉开一定距离，即巴尔扎克所说的，要有一个消化事件的时间。"诗歌是人们在平静后回忆起来的激动"。刚刚失恋的时候不宜写小说。伤口还在流血，必须把它包扎起来，而不可把它敞开。到了结痂的时候，你再去挖它，这会使你感到苦中有乐。这时疼痛不再那么剧烈了，它不会使你喊叫，而会使你歌唱——就诗学而言，小说也同样如此。

第二个前提是不可直接联系。陌生的漂亮女郎，如果您打算写小说，您切不可把自己的故事原原本本地写出来。否则羞耻感会使您气馁——至少我是这样想的。您可以写和您的故事相近的故事，它既可以表达您的感情，而又使您保持着一种幻觉，即您是被假面具保护着的。

最后，如果您做到这一切，请您别把手稿寄给我。我会把它遗失的。别了！

（范国恩 译）

鹤见佑辅

鹤见佑辅（1885—1973年），20世纪日本知名的作家和评论家。
所著游记随笔和小说，作为大众读物，拥有广大的读者。
代表作有《思想·山水·人物》《拜伦传》《俾斯麦传》《拿破仑传》等。

※ 读的文章和听的文字

有一天，亚那托尔·法兰斯和朋友们静静地谈天：

"批评家时常说，摩理埃尔（Jean B.P.Molière）的文章是不好的。这是看法的不同。摩理埃尔所措意的处所，不是用眼看的文章而是用耳朵来听的文章，为戏曲作家的他，与其诉于读者的眼，是倒不如诉于来看戏的看客的耳朵的。看客是大意的。要使无论怎样大意的看客也听到，他便反复地说；要使无论怎样怠慢的看客也懂得，他便做得平易。于是文章就冗漫，重复了。然而这一点还不够。又应该想到扮演的伶人。没本领的伶人，一定是用不高明的说白的。于是他就构造了遇到无论怎样没本领的伶人也不要紧的文章。

"所以，使看客确凿懂得为止，摩理埃尔常将一样的话，反复说到三四回。

"六行或八行的诗的句子里，真的要紧的大概不过两行。其余就只是猫的打呼噜一般的东西。这其间，可以使听众平心静气，等候着要紧的句子的来到。他就是这么做法。"

这文豪的短短的谈话中，含着有志于演说的人所当深味的意义。

文章和演说的不同，就在这里。诉于耳的方法，和诉于目的时候是全然两样的。所谓听众者，凡事都没有读者似的留心。简洁的文字，有着穿透读者的心胸的力量，然而在听众的头里，却毫不相干地过去了。听众者，是从赘辩之中，拾取兴趣和理解的。像日本语似的用着象形文字的国语，演说尤不可简洁高尚。否则，只有辩士自己懂。

法兰斯还进而指出摩理埃尔很注意于音律的事来。既然是为了诉于耳的做戏而作的剧本，则音律比什么都紧要，是不消说得的。

一

雄辩的大部分，是那音调和音律。有好声音，能用悦耳的音律的人，一定能夺去在他面前的听众的魂灵。凡是古来的雄辩家列传中的人物，都是银一般声音的所有者，而又极用意于音乐底的旋律的。因此，在今日试读古代的著名演说的记录，常常觉得诧异，不知道如此平凡的思想和文章，当时何以会感动人们到那么样。这是因为，雄辩者和雕刻是两样的，是属于不能保存至百年之后的种类的。

二

因此，所谓真正的雄辩家，我以为世间盖不易有。人格之力，思想之深以外，还必须具备那样的声音和乐耳。我时常听人说，要学演说，可以到说书的那里练声音去。但这一说法是难于赞成的。从说书和谣曲上练出来有一种习气的声音，绝不是悦耳的声音。况且在这些职业的声音的背后的联想，也毁损这应该神圣的纯真的雄辩的权威。真的雄辩家，一定也如真的诗人一样，是生成的。纵令约翰·勃赉德（John Blight）是怎样伟大的人物罢，但他倘没有天生的银一般澄澈的声音，则他可能将那一半的感动，可望而不可即那时的英国人呢，是很可疑的。

三

所以，所谓文章家和所谓雄辩家，是否一个人可以兼做的呢，倒很是疑问。诉于耳的人，易为音律所拘，诉于目者，又易偏于思想。假使有对于文辩二事，无不兼长者，则他一定是有着将这二事，全然区别开来，各各使用的特别能力的天才。

一九二四年六月三日。

※ 读书的方法

一

先前，算做"人类的殃祸"的，是老、病、贫、死。近来更有了别样的算法，将浪费，无智这些事，都列为人类之敌了。对于浪费，尤其竭力攻击的人，有英国的思想家威尔士。

这浪费的事，我们可以从各种的方面来想。一说浪费，先前大抵以为是金钱。然而金钱的浪费，却是浪费中的微末的事。我们的称为浪费的，乃是物质的浪费，精神的浪费，时光的浪费。而我们尤为痛切地感到的，是精神的浪费有怎样地贻害于人类的发达。毁坏我们的幸福者，便是这无益的精神的消费。如果从我们的生活里，能够节省这样的无益，则我们各个的幸福的份量，一定要增加得很多。例如，对于诸事的杞忧呀，对于世俗的顾忌呀，就都是无益的精神的浪费。

二

但在我们以为好事情的事情之中，也往往有犯了意外的浪费的。例如：读书的事，便是其一。

如果我们将打球和读书相比较，则无论是谁，总以为打球是无聊的游戏，而读书是有益的劳作。但在事实上，我们也常有靠打球来休息疲倦的身心，作此后的劳役的准备，因读书而招致无用的神经的亢奋，妨碍了真实的活动的。换而言之，这也正如在打球之中，有浪费和非浪费之别一般，同是读书，也有浪费与否之差的缘故。

尤其是，关于读书，因为我们从少年以来，只学得诵读文字之术，却并未授我们真的读书法，所以一生之中，徒然的浪费而读书的时候也很多。那么，我们应该怎样地读书呢？

三

我在这里所要说起的读书，并不是指聊慰车中的长旅，来看稗史小说那样，或者要排解一日的疲劳，来诵诗人的诗那样，当作消闲的方法的读书。乃是想由书籍得到什么启发，拿书来读的时候的读书。现在是，正值新凉入天地，灯火倍可亲的时候了，来研究一回古人怎样地读书，也未必是徒尔的事罢。

四

无论谁，在那生涯中，总有一个将书籍拼命乱读的时期。这时期告终之后，才开始静静地来回想。自己从这几百卷的书籍里，究竟得了什么东西呢？怕未必有不感到一种寂寞的失望的人罢。这往往不过是疲劳了眼，糜烂了精神，涸竭了钱袋。我们便也常常陷于武断，以为读书是全无益处的。

然而，再来仔细地一检点，就知道这大抵是因为没有研究读书的方法，所以发生的错误。在天下，原是有所谓非常的天才的。这样的人们，可以无须什么办法，便通晓书卷的奥义，因此在这样的人们，读书法也就没有用。例如，有一回，大谷光瑞伯看见门徒的书上加着朱线，便大加叱责，说是靠了朱线，仅能记住，是不行的。但这样的话，绝不是我们凡人所当仿效。我们应该一味走那平凡的、安全的路。

五

这大概似乎方法有四种。第一的方法，是最通行的方法，就是添朱线。

那线的画法也有好几样。有单用红铅笔，在旁边画线的；也有更进而画出各样的线的。新渡户博士，是日本有名的读书家；读过的东西，也非常清楚地记得。试看先生的读过的书，就画着各种样子的线，颜色也分为红铅笔和蓝铅笔两种类：文章好的地方用红，思想觉得佩服的地方用蓝，做着记号。而且那线，倘是西洋书，便分为三种：最好的处所是下线（underline），其次是圈（很大，亘一页全体），再其次是页旁的直线。

英国的硕学，威廉·哈弥耳敦（William Hamilton）这样说：

倘能妙悟用下线，便可以得到领会重要书籍的要领的方法。倘照着应加下线的内容的区别，例如理论和事实的区别，使所用的墨水之色不同，则不但后来参照时，易于发见，即读下之际，胸中也生出一种索引一般的东西来，补助理解，殊不可量度。

这下线法，是一般读书人所常用的，如果在余白上，再来试加记注，则读书的功效，似乎更伟大。

这方法里面，又有详细地撮要，以便记忆的人；也有将内容的批判，写在上面的人。倘将批评写在余白上，当读书的时候，批评精神便常常醒着，所得似乎可以更多。这一点，是试将伟大的学者读过的书，种种比较着一研究，便大有所得的。

六

其次的方法，是一面读，一面摘录，做成拔萃簿。这是古来的学者所广用的方法，有了大著述之类的人，似乎大概是作过拔萃的。听说威尔逊大统领之流，从学生时代起，便已留心，做着拔萃。现在英国的大政治家，且是文豪的穆来卿，也这样地说过：

有一种读书法，是常置备忘录于座右，在阅读之际，将特出的，有味的，富于暗示的，没有间断地写上去。倘要将这便于应用，便分了项目，——记载。这是造成读书时将思想集中于那文章上，对于文意能得正解的习惯的最好的方法。

但于此有反对说，史家吉朋（E.Gibbon）说：

拔萃之法，决不宜于推赏。当读书之际，自行动笔，虽然确有不但将思想印在纸上，并且印在自己的胸中的效验，但一想到因此而我们所浪费的努力颇为不少，则相除之后，所得者究有多少呢？我不能不很怀疑。

我也赞成吉朋的话。因为常写备忘录的努力，很有减少我们读书的兴味，读书变成一种苦工之虑的。不但这样，还会生出没有备忘录，便不能读书的习惯，将读书看作难事。而读书的速率，也大约要减去四分之一。无论从那一方面看，拔萃法总不像很好的办法。倒是不妨当作例外，有时试用的罢。

七

比拔萃法更有功效的读书法，是再读。就是将已经加了下线的书籍，来重读一回。英国的硕学约翰生（S.Johnson）博士曾论及这事道：

与其取拔萃之劳，倒是再读更便于记忆。

我以为这是名言。因为拔萃势必至于照自己写，往往和原文的意义会有不同。再读则不但没有这流弊，且有初读时未曾看出的原文的真意，这才获得的利益。尤其是含蓄深奥的书籍，愈是反复地看，主旨也愈加见得分明。

八

还有一种读法，是我们普通的人，到底难以做到的高尚的方法。这就是做了《罗马盛衰史》的吉朋，以及韦勃思泰（D.Webster），斯忒拉孚特（Th.W.Strafford）这些人所实行过了的方法。吉朋自己说过：

我每逢得到新书，大抵先一瞥那构造和内容的大体，然后合上那书，先行自己内心的试验。我一定去散步，对于这新书所论的题目的全体或一章，自问自答，我怎么想，何所知，何所信呢？非十分做了自己省察之后，是不去翻开那一本书的。因为这样子，我才站在知道这著作给我什么新知识的地位上。也就是因为这样子，我才觉徔和这著作的同感的满足，或者在全然相反的意见的时候，也有豫先自行警戒的便宜。

这可见吉朋那样，将半生倾注在《罗马史》的史家，因为要不失批判的正鹄，所花费了的准备是并非寻常可比。然而，这是对于那问题已经积下了十分的造诣以后的事，我们的难于这样地用了周到的准备来读书，原是不消多说的。

九

要之，据我想来，颜色铅笔的下线或侧线法，是最为普遍的读书法。而在那上面，写上批评，读后先将那感想在脑里一温习，几个月之后，再取那书，单将加了红蓝的线的处所，再来阅读，仿佛也觉得是省时间，见功效的方法。但因为这方法，必须这书为自己所有，所以在图书馆等处的读书之际，便不得不并用拔萃法了。我的一个熟人，曾说起在图书馆的书籍上加红线，那理由，是以为后来于读者有便利。我觉得这是全然不对的议论。因为由读着的书，所感得的部分，人人不同，斦以在借来的书上，或图书馆的书上，加上红线去，是不道义的。

也有说是毫无红线，而读过之后，将书全部记得的人。例如新井白石，麦珂来（Th.B.Macaulay）卿等就是。但这些人们，似乎是富于暗记底知识，而缺少批评底，冥想底能力的。我以为并非万能的我们，也还不如仍是竭力捉住要点，而忘掉了枝叶之点的好。

十

还有，随便读书，是否完全不好的呢？对于这一事，在向来的人们之间，似乎也有种种意见的不同。有人以为乱读不过使思想散漫，毫无好处，所以应该全然禁止的；然而有一个硕学，却又以为在图书馆这些地方，随便涉猎书籍，散读各种，可以开拓思想的眼界。

穆来卿对于这事，说过下面那样的话：

我倒是妥协论者。在初学者，乱读之癖虽然颇有害，但既经修得一定的专门的人，则关于那问题的乱读，未必定是应加非议的事。因为他的思想，是有了系统的，所以即使漫读着怎样的书，那断片的知识，便自然编入他的思想底系统里，归属于有秩序的系体中。因为这样的人，是随地摄取着可以增加他的知识的材料的。

一九二三，八，十四。

※ 书斋生活与其危险

一

我们的过活，是一面悟，一面迷。无论怎样的圣僧，要二六时中继续着纯一无垢的心境，是不能够的。何况是凡虑之浅者。有时悲，有时愤，而有时则骄。这无穷的内心的变化，我们不但羞于告诉人，还怕敢写在日记上。便是被赞为政治家中所少见的高德的格兰斯敦，日记上也只写一点简单的事：这是很有意味的。

虽是以英国政界的正直者出名的穆来，那回忆录也每一页中，总有使读者不能餍足的处所。

尤其是例如他劝首相格兰斯敦引退，而推罗思培黎卿为后任这事，他的心里可有自己来做将来的首相的希望，抬了头的呢，就很使读者觉得怀疑。这是因为凡有对于人生的诸相，赤裸裸地，正直地加以观察者，深知道人间内心的动机，是复杂到至于自己也意识不到的。

我所熟识的一个有名的美国的学者，有一天突然对我说：——

"食和性的欲求，满足了之后，实在会有复杂的可讶的各种动机，在人心上动作起来的。"

这是意味深长的话，现在还留存在我的耳朵中。倘将沁透着自己内心的这可讶的各种动机的存在，加以检讨，便使我们非常谦逊。如果是深深地修行了自己反省的人，会对着别人说些什么我是单为爱国心所支配的，单为义务心所驱使的那样大胆的话的么?

然而太深的内省,却使人成为怀疑底和冷嘲底。对于别人大声疾呼的国家论和修身讲话之类,觉得很像昂气的把戏,甚至于以为深刻的伪善和欺骗。于是就总想衔着烟卷,静看着那些人们的缎幕戏文。这在头脑优良的人,尤其是容易堕进去的陷阱。

专制主义使人们变成冷嘲,约翰·穆勒所说的这话,可以用了新的意思再来想一想。专制治下的人民,没有行动的自由,也没有言论的自由。于是以为世间都是虚伪,但倘想矫正它,便被人指为过激等,生命先就危险。强的人们,毅然反抗,得了悲惨的末路了。然而中人以下的人们,便以这世间为"浮世",吸着烟卷,讲点小笑话,敷衍过去。但是,当深夜中,涌上心来的痛愤之情,是抑制不住的。独居时则愤慨,在人们之前则欢笑,于是他便成为极其冷嘲的人而老去了。生活在书斋里,沉潜于内心的人们,一定是昼夜要和这样的诱惑战斗的。

二

但是,比起这个来,还有一种平凡的危险,在书斋生活者的身边打漩涡。我们对于自己本身,总有着两样的评价。一样是自己对于自己的评价,还有一样是别人对于自己本身所下的评价。这两样评价间的矛盾,是多么苦恼着人间之心呵。对于所谓"世评'这东西,毫不关心者,从古以来果有几人呢?听说便是希腊的圣人梭格拉第斯,当将要服毒而死的那一夜,还笑对着周围的门徒们道,"我死后,雅典的市民便不再说梭格拉第斯是丑男人了罢。"在这一点,便可以窥见他没有虚饰的人样子,令人对于这老人有所怀念。虽是那么解脱了的哲人,对于世评,也是不能漠不关心的。

这所谓世评,然而却能使我们非常谦逊,可望而不可即深的反省的机缘。动辄易陷于自以为是的我们,因为在世上的评价之小,反而多么刺激了精进之心呵。所谓"经过磨炼的人"者,在或一意义上,就是凭着世间的评价,加减了自己的评价的人。然而度着和实生活相隔绝的生活的人们,却和这世间的评价毫无交涉,一生只是正视着自己的内心。所以他对于自己本身,只有唯一无二的评价,好坏都是自己所可望而不可即的评价。这评价过大时,我们便给加上一个

"夸大妄想狂"的冠称，将这些人们结束掉。这样的自挂招牌的人们，并不一定发生于书斋里，自然是不消说得的。然而书斋生活者的不绝的危险，却就在此。

这样的书斋生活者的缺点，有两层。就是：他本身的修业上的影响，和及于社会一般的影响。第一层姑且勿论，第二层我却痛切地感得。凡书斋生活者，大抵是作为学者，思想家，文艺家等，有效力及于实社会的。因此，他所有的缺点，便不是他个人的缺点，而是他之及于社会上的缺点。于是书斋生活者所有的这样的唯我独尊底倾向，乃至独善的性癖，对于社会一般，就有两种恶影响。一种，是他们的思想本身的缺点，即容易变成和社会毫无关系的思想。还有一种，是社会对于他们的思想的感想，即社会轻视了这些自以为是的思想家的言论。

其结果，是成了思想家和实社会的隔绝。思想和实生活的这样的隔绝，自然并非单是思想家之罪，在专制政治之下，这事就更甚。因为反正是说了也不能行，思想家便容易流于空谈放论了。

如果我们人类生活的目的，是在文化的发达，则有贡献于这文化的发达的这些思想家们的努力，我们是应该尊重，感谢的。但若书斋生活者因上述的缺点，和实生活完全隔绝，则在社会的文化发达上，反有重大的障碍。因此，社会也就有省察一番的必要了。

这是，在乎两面的接近。不过我现在却只说书斋生活者这一面走过来。也就是说，书斋生活者要有和实生活，实世间相接触的努力。我的这种意见，是不为书斋生活者所欢迎的。然而尊敬着盎格鲁撒逊人的文化的我，却很钦仰他们的在书斋生活和街头生活之间，常保着圆满的调和。新近物故的穆来卿，一面是那么样的思想家，而同时又是实际政治家，我总是感到无穷的兴味。并且以为对于这样的人，能够容认，包容，在这一点上就有着盎格鲁撒逊人的伟大的。读了穆来卿的文籍，我所感的是他总凭那实生活的教训，来矫正了独善底态度。

三

曾任美国总统的威尔逊，也是思想家兼实际政治家这一层，是相像的。然而威尔逊的晚年，思想家的独断底倾向，却逐渐显着起来了。这是因为他在书斋中不知不觉地得来的缺点。侃思教授的名著《平和的经济底诸效果》里面，这样地写着：

他没有一件连细目都具备了的计划。他不但如此不知世事，心的作用也迟钝，不会通融的。

所以他一遇见鲁意·乔治似的敏捷而变通自在的人，便不知所措了。他于咄嗟之间，提出改正案之类的智慧，丝毫也没有。偶尔只有一种本领，是预先在地面上掘了洞，拼命忍耐着。

然而这要应急，是往往来不及的。那么，为补充这样的缺点起见，问问带来的顾问们的意见罢。这也不做。在华盛顿，也持续着讨人厌的他的超然底态度。他的出格的顾忌癖，致使不容周围放着一个同格的人。（中略）加以发了他的神学癖和师长癖，就更加危险了。他是不妥协的。他的良心所不许的。即使必须让步的时候，他也以主义之人而坚守着。于是欧洲的政治家们便表面上装作尊重他的主义模样，实则用了微妙的纤细的蛛丝，将他的手脚重重捆住了。完全背反着他的主义一样的平和条约做出来了。然而他离开巴黎的时候，一定是诚心诚意，自以为贯彻了自己之所信的。不，便是现在，一定也还在这样想。

这侃思教授的威尔逊评，在我，全部是不能首肯的。他自己就是书斋中人的侃思教授，将实际政治的表里，太用了平面底的论理来批评了。但在这威尔逊评中，却将书斋生活者的性格底弱点，非常鲜明地，而且演剧底地描出着。

使我来说，则威尔逊在书斋生活者之中，是少有的事务家，政略家。然而虽是这非凡的实务的思想家，也终于不免书斋生活者的缺陷。在这一点上，是使我们味得无限的教训的。在日本的历史上，则新井白石，在支那的历史上，则王安石，倘将他们的性格之类研究起来，一定可以发现，是因为这样的缺点，致使九仞之功，亏于一篑的罢。

我的结论是：所以书斋生活是有着这样的自以为是的缺点的，而在东洋，却比英美拥有更多的危险，所以要收纳思想家的思想，应该十分注意。还有，一面应着社会一般的切望，书斋生活者应加反省；而一面也应该造出使思想家可以更容易地和实社会相接触的社会夹。

※ 徒然的笃学

一

"像亚伯那样懒惰的，还会再有么？从早到晚就单是看书，什么事也不做。"

邻近的人们这样说，嘲笑那年青的亚伯拉罕·林肯。这也并非无理的。因为在那时还是新垦地的伊里诺州，人们都住着木棚，正在耕耘畜牧的忙碌的劳役中度日。然而躯干格外高大的亚伯拉罕，却头发蓬松，只咬着书本，那模样，确也给人们以无可奈何，而又看不下去的感想的。于是"懒亚伯"这一个称呼，竟成了他的通行名字了。

我在有名的绥亚的《林肯传》中，看见这话的时候，不禁觉得诧异。那时我还是第一高等学校的学生。此后又经了将近二十年的岁月了。现在偶一回想，记起这故事来，就密切地尝到这文字中的深远的教训。

读书这一件事，和所谓用功，是决不相同的。这正如散步的事，不必定是休养一样。读书的真的意义，是在于我们怎样地读书。

我们往往将读书的意义看得过重。只要说那人喜欢书，便即断定，那是好的。于是本人也就这样想，不再发生疑问。也不更进一步，反问那读者是否全属徒劳的努力了。从这没有反省的习惯底努力中，正不知出了多少人生的悲剧呵！我们应该对于读书的内容，仔细地加以研究。

二

像林肯那样，是因为读书癖，后来成了那么有名的大统领的。然而，这是因为他并非漫然读书的缘故；因为他的读书，是抱着倾注了全副精神的真诚的缘故。他是用了燃烧似的热度，从所有书籍中，探索着真理的。读来读去的每一页每一页，都成了他的血和肉的。

但我自己，却不愿将读书看作只是那么拘束的事。除了这样地很费力的读书以外，也还可以有"悠然见南山"似的读书。所以，就以趣味为主的读书而言，也不妨像那以趣味为主的围棋打球一般，承认其得有陶然的心境。

只是在这里，我还要记出一个感想，就是虽然以读书为毕生的事业，而终于没有悟出真义的可悯的生涯。这是可以用一个显著的实例来叙述的：

英国的大历史学家之中，有一个亚克敦卿（Lcrd Acton）。他生在一八三四年，死在一九〇二年，所以也不能说是很短命。他生于名门，得到悠游于国内国外的学窗的机会，那天禀的头脑，就像琢磨了的璞玉一般地辉煌了。神往于南意大利和南法兰西的他，大抵是避开了雾气浓重的伦敦的冬天，而读书于橄榄花盛开着的地中海一带。他的书斋里，整然排着大约七万卷的图书；据说每一部每一卷，又都遗有他的手迹。而且在余白上，还用了铅笔的细字，记出各种的意见和校勘。他的无尽藏的智识，相传是没有一个人不惊服的。便是对于英国的学问向来不甚重视的德法的学者们，独于亚克敦卿的博学，却也表示敬意。他是格兰斯敦的好友，常相来往，议论时事的人。他将政治看作历史的一个过程，所以他的谈论中，就含有谁也难于企及的深味。

虽然如此，而他之为政治家，却什么也没有成就。那自然也可以辩解，说是他那过近于学者的性格；带累了他了。但他之为历史学家，也到死为止，并不留下什么著作。这一端，是使我们很为诧异的。这蚂蚁一般勤劬的硕学，有了那样的教养，度着那么具有余裕的生活，却没有留下一卷传世的书，其中岂不是含着深的教训，足使我们三省的么？

很穷困，而又早死的理查·格林（John Richard Green），在英国史上开了一个新生面。我们的薄命的史家赖山阳，也决不能说是长寿。但他们俩都遗下了使后世青年奋起的事业。然而亚克敦卿却不过将无尽藏的智识，徒然搬进了他的坟墓而已。

这明明是一个悲剧。

他是竭了六十多年的精力，积聚着世界人文的记录而死的。但他的朋友穆来卿很叹惜，说是虽从他的弟子们所集成的四卷讲义录里，也竟不能寻出一个创见来。

他的生涯中，是缺少着人类最上的力的那"创造力"的。他就像戈壁沙漠的吸流水一样，吸收了知识，却并非一泓清泉，也不能喷到地面上。

同时期的哲人斯宾塞，是憎书有名的。他几乎不读书。但斯宾塞却写了许多著作。这就是因为他并非徒然的笃学者的缘故。

一九二三，十，十二。

安里奥

爱弥尔·安里奥（1889—1961）　原名爱弥尔·梅格罗。法国作家、文学批评家。开始文学活动时写过诗，摹仿后期的象征派。写过多部长篇小说，描写法国外省资产阶级的生活和心理。1946年被选为法兰西学院院士。

※ 含冤负屈的女主人公

　　我做了一个梦，梦见我到了天堂。我在那里看见了一些悠然自得的灵魂。他们都是喜气洋洋的，因为摆脱了尘世的种种烦恼，定居在这个永恒的安乐窝里，不用为糊口而奔波，也无需为房租和赋税而发愁……也没有使世人心烦的那些琐碎的口角。这里的每个人都解除了世俗的苦难，显出各自的本性，按各自的喜爱选择伴侣。谁也不再为健康、前程和未来而焦虑。年轻的不追求出人头地，也不给年长的使心计设陷阱；年长的不担心丢掉自己的位子，也不对年轻的侧目而视。那些不爱用心思的人，在这里也仍旧可以无所用心，为自今而后直到世纪之末都可以不动脑筋而心满意足。而那些贤哲因为终于解决了在人世间使他们心神不宁的种种问题而兴高采烈，他们在这里有可能按照自己的爱好来研究人类自世界初创以来用以解释宇宙奥秘的各种可笑的哲学理论。他们在这方面既可以埋头钻研，又有可供消遣的资料。

我在天堂这个蜜桶里发现的惟一的一匙焦油就是一位音乐家。要使音乐家满意也的确是件难事。比方说，这位音乐家满腹牢骚，说是天上的音乐会中很少演奏他的作品，说是天使的音乐也会令人生厌，因为它完全没有任何不谐调。

忽然我在天堂树丛的浓阴里看到一群穿着不同时代的衣衫的妇女。有一个穿的是希腊的东尼卡，另一个穿着摄政时代的长衫，第三个身着骑马的长服，系着一条腰带。还有一个仿佛是从安格尔或是谢塞里奥的画布上走下来的。有的穿着钟式裙或是系着撑腰架，有的戴着喷泉帽或是梳着英国式的卷发。妇女人数很多，很难一个一个细加辨认，可是当我走近一些时，她们的外貌和举止上的一个特点使我大吃一惊，这个特点使她们具有一种浪漫主义的、饱经沧桑的共同之处。仿佛是在这个幸福安谧的天国里，妇女受到某种刺激而愤愤不平。看到她们心神不定的样子，我知道她们一定是受了冤屈，于是想探问一下缘由。

"她们都是著名小说中的女主人公。"陪同我的一个魂灵解释说。"准确些说，是作家和诗人把她们作为自己作品的主人公的那些女人。她们冤屈是因为被那些大名鼎鼎的作家描绘成那副模样，她们不满意自己的文学形象。她们抱怨说，要么把她们写得没有个性，要么对她们造谣中伤。我们只好把这些妇女同其他人分开，因为只要看见一个作家，哪怕是同另一个作者给她们造成的伤害无关的作家，她们就伤心地数落个没完没了，甚至气势汹汹地连吵带嚷，破坏了这里的安逸。最好是离她们远一点，如果她们得知您也属于作家之流，她们可能把您撕成碎片。我们还是离开这块地方吧！"

我并不是一个很有勇气的人，可是难道能够放过这样出色的一个投稿题目吗——"女主人公怎样评价使她成名的作品？"于是我果断地朝一位穿着希腊东尼卡的妇女走去，她在离其余的人稍远一些的地方独自散步。我认出她是漂亮的海伦——对，就是荷马和歌德笔下的海伦，于是用《伊利亚特》第三节里的一句话向她致意："为了这样的一个女人，谁还怪得特洛伊和阿开亚的战士吃这多年的苦呢？她简直是一个不死女神的肖像。"

这样一来，陪伴我的魂灵警告过的事就发生了。（应该承认，虽然海伦神色凄苍，却依旧光彩照人；她身材不高，但体态优美丰腴，面色白里泛红，配着一对翠绿的眼睛。总之，她是十分迷人的，值得为了抢走她或是夺回她而连年征战！）这位美人一听见称颂她的这几行字，就气得浑身颤抖，她双颊上的红润消失了，眼睛里喷出一股怒火，我仿佛觉得面前站着的是一位复仇女神。

"呸！你这粗鲁的外来人，你是什么人？"她高声叫道。"你又想侮辱我，再次激起我正当的愤慨吗？自从那个该死的瞎眼汉子把我对帕里斯的恋情颠倒了是非而公之于世以后，三千多年来我一直受到难以忍受的压力！我爱上了帕里斯，这碍了谁的事了，这不过是我个人的私事罢了。那是不朽的神灵自己把帕里斯赐给我的。可是却偏要让许许多多的人卷进这件事来……我那时很漂亮，而且招人怜爱。我爱上了帕里斯。我的丈夫墨涅拉俄斯生得难看，又好争风吃醋，而且没完没了地唠叨。我跑到帕里斯身边去了。这算什么了不起的大事！为这么一桩事情值得写那些声调铿锵、韵脚严谨的诗句吗？值得为这桩小事写出洋洋洒洒的古希腊叙事诗吗？难道希腊人是因为我才去围困特洛伊人的吗？难道是因为我他们才长年累月地屯兵城下？不对，战争完全是出自其他的原因。谁都知道，人们出兵打仗是为了争夺权力范围，争夺海上霸权，争夺贸易利润，为了争取自由，以及诸如此类的事情……"

"可是荷马却把我的名字同殖民征战联系在一起，其实我无非是一个借口而已，荷马这样做就败坏了我的名声。他称赞我的美貌，这对我有什么好处。我自己知道生得漂亮，无需别人来夸奖！然而这个老头却说我心肠冷酷，无情无义。而其他人：雕塑家、画家、作家和戏剧家也跟着荷马说三道四。一有机会，大家就乐于把我描绘成一个一丝不挂、举止轻浮、任人作践的货色。我是一个女人，现在却成了遭人唾骂的角色！……而歌德甚至把我变成了一个方士的情妇，还就欧福里翁胡诌了一通。欧福里翁不是我和浮士德生的，而是和阿喀琉斯生的，况且阿喀琉斯是在攻陷特洛伊时用暴力霸占了我……还有阿列维和梅里亚克这两位先生！在他们那出拿我的名字做招牌的歌剧《美丽的海伦》里，居然让我去唱那些下作的打油诗，还让我手脚乱颤！而我是受到爱和美的女神阿佛洛狄忒分外垂青的人！难道这个'美丽的海伦'是我吗？绝对不是！那不过是个荡妇！诗人就是这样诽谤我的……而我在生活中的真面目至今不为人知。我不过是陷入了情网，而且首先是一个女人。我心里的苦恼和其他烦愁已经够我受得了，何苦把我的生活昭示给世人，让我世世代代被人取笑。"

海伦大声嚷着，发泄自己的一肚子委屈，她的声音引起了其他妇女的注意，于是我落入一大群妇女的包围之中。她们漂亮的脸庞上流露出不信任和气愤，因为我在听海伦说话时，掏出了记事本和铅笔。她们根据这一点，立即断定我是何许人也，断定我是一个危险的摇笔杆的人。

如果我穿的是燕尾服，那么这一群身着古装的妇女就会像是一场化装舞会，整个场面也会显得滑稽可笑了。可是，那一双双紧盯着我的怒火中烧的眼睛却像是立刻就会扑上来把我置于死地似的，我看到必须有所表示，于是用最谦恭的语调说："亲爱的女士们，别害怕我！我从来没有写过一部轰动一时的小说，我也不会惹你们不高兴。我不过是想做一点调查。在文学作品里，我一向认为真实比杜撰好，所以今天既然有这个机会，我就希望听听你们对那些以你们为蓝本的文学形象的意见。我觉得你们对这些形象是不满意的。不过，既然我不太费力就可以认出几位来，至少是凭外貌可以认出来，那么这些形象总算是没有受到太大的歪曲，也不至于使你们感到委屈而生气吧。"

看来，我这番委婉的话使这群怒气冲冲的美貌女子平静下来了。我乘机抓住一张并不难看、鼻子微微翘起的面庞。这张面孔上施用的脂粉远远超过了一个正派女人的用量。她脖子上围着一条黑色的丝带，三角头巾在胸脯上系成一个十字结。尽管她出于职业习惯，装出一副放荡不羁的神气，却给人一种可怜的感觉，而且她不断地咳嗽。

"嗯，小姐，如果您不反对的话，就从您开始吧。您一定读过以您的名字为名的那一本描写您的风流韵事的书吧？有人说，这本书的作者，也就是普雷沃神甫，年轻时爱过您，在这篇故事里也顺便讲了自己的经历……"

"我不知道的，就只能说不知道。"曼侬·莱斯戈回答说。"我结识过的男人太多了，神甫也不少，所以，其中说不定也有他。难道我能记住同我睡过觉的所有男人的姓名吗？那样我得把整本的教堂记事簿都背下来才行。……而且是他，还是别人又有什么两样？哼，这家伙骂我是朝三暮四的贱人，真可笑！我就是干的这个行当！……他那本劳什子的书我当然读过……也许，有些话是真的……不过，我可是从来没有过什么哥哥，莱斯戈是我的野汉子。而且您这位神甫还让我掉了眼泪，虽然我根本不是那种多情善感的人。马车、锁链，这些倒确实有过。不过，把我塞进船舱的地点不是勒阿弗尔，而是瑟堡……不说这些小事了。可是，当我读到我死去的那一段时，读到格里欧骑士用佩剑掘了一个坑，把自己的曼侬用沙子掩埋起来时，我深深地被打动了。这比我在密西西比河上的真实遭遇要强多了。我死的时候可完全不像书里写的那样……而且整个说来，我的遭遇要惨得多……我根本不认识什么格里欧，也没有人爱过我……要是我能见到您说的那位神甫，我可要给他点颜色看！……我倒是叫曼侬，不过曼侬·莱斯戈绝对不是我！"

其余的女士认为我们谈得太久了。我知道她们急于止住这个荒淫女人的唠叨，于是就转向一位身着黑袍、老态龙钟的修女。在雪白的头巾映衬下，她干瘪的面孔仿佛是被火燎过似的，一双眼睛里闪烁着阴郁、哀愁的火花。

"玛丽安娜·阿科弗拉多，"我对她说。"您是葡萄牙的修女，对吗？我读过您写的信。写得好极了。"

"你们已经出过不止一版了，"她叹了口气。"不过我并不生你们的气。不顾体面的不是你们，而是德·夏米里先生，我那些信是他在葡萄牙小住时写给他的。他勾引了我，后来又抛弃了我。我伤心得死去活来，可是天主为了延长对我的惩罚，却让我活到八十岁……您想想看，我有六十年是在愁闷郁结和含羞忍辱中度过的，因为我的堕落已经传遍了全世界，是谁宣扬出去的呢？就是那个让我爱到忘我地步的恶棍，他一回到巴黎，就在当年把我写的书信公之于世了！"

另一位受屈的女主人公这时插进来说："我是露西尔·德·夏多布里昂。败坏我的名声的是我的亲兄弟。他在那本可恶的小书《勒内》里说我仿佛是爱上了他，而在《身后回忆录》里又说我死于精神病……"

一位身材颀长、神色倨傲的美丽女郎走了过来。我立即认出她是玛丽·德·内维尔。司汤达在《红与黑》中给她起的名字是玛蒂尔德·德·拉·莫尔。

"司汤达先生简直是一个说谎大师！"她斩钉截铁地说。"我和梅里美去拜访他时，他喋喋不休地表白他爱我，而且答应把我写进小说里去。他倒是说到做到，可是他是怎样写的呢？原来我是德·拉·莫尔小姐！真叫人感激不尽！……即使我属意于许多人，我也绝不会去做像于连·索雷尔这样一个恬不知耻的小教员的情妇。如果我的意中人被砍了头，我也绝对不会想到要把一颗被砍下的脑袋放在小桌子上，而且去吻他的额头！啧，啧，多叫人恶心！一想到这里，我就要吐！司汤达先生是从哪儿掘出这些宝贝货色的？……不过，我生他的气是出于其他原因。如果他的确爱过我，那他本应该如实地描写我。我想，玛丽·德·内维尔是当之无愧的，她是一个严谨而又热忱的人，可以做文学作品中相当高尚的一个女主人公……可是《红与黑》的作者是怎样行事的呢？他居然对这样绝无仅有的原型不满意！也许，德·拉·莫尔小姐像我，不过她终究不是我，而是作家老爷们称之为'概括肖像'的东西。鼻子是一个人的，眼睛是另一个人的，而性格是信手拈来的，总之，是一盘大杂烩！……司汤达先生本来是能够描绘真正的玛蒂尔德的。可是他把我看错了，而且，如果梅里美没有说错（虽然在我看来梅里美也好不了多少），他把他爱过的另外几个女人也看错了。"

一位身着骑马长袍的女士仔细地盯着我看，她不时把手绢举到唇边，仿佛是要压住由服毒引起的嘴里的烧灼。

"爱玛·包法利！"我惊叫了一声。

"不对，我不是爱玛·包法利，我是德尔菲娜·德拉玛尔。"她说。"人们都以为，是我使福楼拜起了写这部小说的念头。不错，我们曾经相识。他有时来找我丈夫，因为我丈夫跟他的父亲福楼拜大夫学过医。可是居斯达夫·福楼拜从来不把我放在眼里，我只好服毒，想借此引起他的注意……说实话，我觉得他很漂亮，而且我一向喜欢文学。如果他肯对我稍加眷顾，我一定会拜倒在他脚下。这还用说吗，他是有名气的大作家呀！……可是他直到我死后才讲到我。他是怎样讲的呢？他详详细细地描绘了我四周的一切：人物、物件、气氛……然而他没有看到我的心灵。福楼拜不仅没有理解我，而且甚至宣称爱玛·包法利是他自己！……难道我蓄过浓密的小胡子，秃过顶，有过发福的肚皮？！！唉，我的命苦呀！我三生有幸，总算遇见了一位作家，可是他并不理解我！而且，谁也不理解我。他们以为我不过是一个病人，有一个自作聪明的人甚至把一种疾病称为'包法利症'！人们都把我当作疯子，可是凭什么呢？难道仅仅因为我在偏僻的永镇同愚钝粗野的丈夫一起生活感到寂寞吗？因为我试图跳出，虽然只不过是在想象中跳出这个环境吗？因为我幻想过、渴求过幸福，把自己的爱情献给了无情无义的人而误入歧途吗？唉，这位福楼拜是多么粗鲁！他对我的看法也同样肤浅，正如所有其他人一样！……如果我交上好运，我原本也能住在巴黎，生活得阔绰而幸福，人们也会纷纷拜倒在我的脚下，正像拜倒在其他许多女人脚下一样，虽然这些女人并不比我更能受之无愧……可是我一旦向往爱情和理想，决定逃出这偏僻的洞穴时，人们就骂我是荡妇，就朝我扔石块！……唉，先生，我服毒而死实在是很正确的啊！"

一位婷婷袅袅的黑发女郎走到我身边。她有一种混血儿慵懒的娇媚，一双灰色的眼睛，细腻苍白的面庞，一绺绺长长的卷发，从头顶正中分开，顺两边垂下。我踌躇了一下。她明白了我的犹豫：

"我来告诉您我是谁。我知道您没有认出我来，这不能怨您。我的那位作者把我歪曲得不像样子，连我自己从他那种描写里也认不出自己来了。他在《多米尼克》里给我用的名字是……"

"马德兰·德·涅维尔！"我叫了起来。一想到这部小说，我就不能平静，因为当我们都是十六岁的少年时，我们个个都曾经爱上过这位女主人公。

她耸耸肩膀：

"好吧，如果您喜欢，就叫马德兰·德·涅维尔吧。其实我的真名是燕妮·卡罗琳娜·列奥卡蒂·谢塞，婚后的姓氏是贝罗。同小说里的女主人公没有一个字相同。我年轻、乐观，而且相当轻率。我爱过年轻的弗洛曼丹，我们也曾经很幸福，虽然时间不长……不过他把我过分美化了，写出了那样一本凄惨的书。在这面镜子里，我简直认不出自己来了，在我们互相钟情的两颗心里，只有他那颗心接近本来面目。而他所爱的并不是那个有心计的、谨慎而品德端庄的马德兰，而是我。我可是完全不同的另一个人……

在我临死前，弗洛曼丹来看过我。这已经是在巴黎的事了。我丈夫一直在场，所以我们没有能单独相处。我知道自己快死了，弗洛曼丹也知道。他的神色是那么不安、那么悲伤！……您知道，正是这个场面原本应该是这部小说的中心情节，可是弗洛曼丹没有利用它。他让马德兰继续活下去，这样一来，他那部小说里就充满了弃绝私欲的味道，虽然我们实际上什么都没有抛弃。看来，作者写的只是他本人的回忆，而他的记忆却歪曲了真相。也许是可怜的弗洛曼丹不敢说出真情。不管怎么说，我们的这部小说是不真实的……"

燕妮·卡罗琳娜·列奥卡蒂闪到一边，一个十岁左右的女孩跑到我跟前。她像乔托的肖像画上那样，穿着13世纪佛罗伦萨的衣裳。她尖着嗓子喊：

"我叫贝阿特里齐。从但丁写了《神曲》以后，大家就都知道我了。据说，这位大叔只见过我一面，可是我一点儿也不记得他。我也没有读过他的那本书。听说他把我写成了一个圣徒。可是人们认为，他是用我的名字来象征神圣的教会……唉，做一个象征可糟糕啦，要知道那样我就成了一个谜，而最后就变成一个笨蛋，因为我说不清楚，在他看到我时，他究竟有什么美妙的想法……"

又来了一位女主人公。她把贝阿特里齐推到一旁，怒气冲冲地朝我扑来，仿佛要同我算账似的。可是我并不认识她。

"你怎么又跑到这儿来了？……还想欺侮我，是吗？你写诗骂我，仿佛我是一个淫妇！……"

眼前的一切忽然都消失了。我又回到了现实的世界上，揣摩着我在天堂的奇遇。经过缜密的思忖，我认为可以从这次奇遇里做出某些为文学捧场的结论。

肖像总是比本人看起来更真实，活得更长久。文学作品的女主人公在天才大师的笔下获得了永生。

但是，如果作家眼中的女主人公不同于她们自己对自己的看法，那么虽然那些启迪人的灵感的妇女也希望扬名于世，妇女的自尊心却可能受到损伤。

（赵永穆 译）

帕乌斯托夫斯基

康斯坦丁·格奥尔格耶维奇·帕乌斯托夫斯基（1892—1968），俄罗斯作家。
1912年开始发表作品。代表作有《卡拉—布加兹海湾》《闪烁的云彩》
《查理·隆谢维尔的命运》，自传体小说《一生的故事》《金蔷薇》等。
他的作品具有独特的艺术风格，擅长写作富于抒情色彩的短篇。

※ 一部中篇的来龙去脉

我试着回想起我的中篇小说《卡拉-布加兹海湾》的构思是怎样产生的。这一切是怎样发生的呢？

我童年在基辅的时候，第聂伯河畔的弗拉基米尔小山上，每晚都会出现一位戴着顶满是灰尘的帽子，冒沿下压的老人。他总带着一架旧的天文望远镜，花很长时间把它安到已经弯曲了的铁三角架上。

人们称这个老人为"占星家",并说他是意大利人,因为他故意用外国调把俄语说得走了样。

安好天文望远镜,老人就用熟练而单调的声音说:

"亲爱的先生们,小姐们,晚上好!您只用5个戈比就可以从地球飞到月球和其他各个星球上去。我特别推荐你们看看具有人类血液色调的凶险的火星。谁要是出生在火星相位,就可能在战争中一下子殒命于火枪子弹之下。"

有一次,我和父亲在弗拉基米尔小山上,用天文望远镜看火星。

我看到一个黑洞和一个浅红色的球体,这个球没有任何支撑却勇敢地挂在这个黑洞之间。当我看它的时候,这个球体开始运动到天文望远镜的边上,躲到它的铜圈外了。"占星家"轻轻地转了下天文望远镜,火星就又回到了原来的位置。但它又开始向铜圈移动。

"怎么样?"父亲问,"你看到什么了吗?"

"是的,"我回答,"我连运河都看见了。"

我听说,在火星上有许多人——火星人——也弄不清他们是为什么,在自己的星球上挖掘了一些巨大的运河。

"就算是吧!"父亲说,"别再瞎想了!什么样的运河你也看不到;只有一个天文学家——意大利人斯恰帕雷里发现过它们——那用的还是大型天文望远镜。"

同胞斯恰帕雷里的名字对"占星家"没产生任何影响。

"在火星的左侧我还看到一个什么行星,"我不太确定地说,"但它为什么在天上四处乱跑呢?"

"那哪儿是什么行星呀!""占星家"温厚地感慨说,"那不过是只虫子跳进了你的视线。"

他稳稳地托住我的下巴,灵巧地从我眼前拨去杂物。

火星的景象使我感到寒冷、可怕。我从望远镜旁离开时感到很轻松。灯火幽幽的基辅街道,马车驶过的隆隆响声,混杂着栗子花香的尘埃,都让我觉得舒适而安心。

不,那时我一点也没有想要从地球飞到月球或火星的想法。

"为什么火星像砖一样红？"我问父亲。

父亲给我讲，火星是颗正在死亡的行星，它也曾像我们的地球一样美丽——有海洋，有不太高的山脉，有茂盛的绿色植物；但是海洋和河流逐渐干枯了，绿色植被死亡了，山脉彻底风化了，于是火星变成了个巨大的沙漠。火星上的山应该是由红色岩石构成的，因此火星上的沙砾有些发红。

"这就是说火星是由沙砾构成的一个星球了？"我问。

"是吧，"父亲表示同意，"火星上发生的事在我们地球上也可能发生，地球也将会变成沙漠。但这将是千百万年以后的事了。因此，你不必害怕。到时候人们最终会想出些办法来改变这种岂有此理的状况。"

我告诉父亲，我一点也不害怕；可实际上我感到既害怕又为我们的地球难过。回到家里我又从哥哥那里了解到，现在地球上差不多已有一半陆地被沙漠占领了。

从那时起，我对沙漠的恐惧（虽然我还没有见过沙漠）就开始缠绕在我的心中了。虽然在《环球》上我读到了关于撒哈拉、沙漠热风和沙漠之舟——骆驼等一些令人神往的文章，但却都不能吸引我。

不久，我获得了第一次体味了解沙漠的机会。这回又一次增加了我对沙漠的恐惧。

夏天，我们全家到了祖父马克西姆·格利高里耶维奇住的农村。

夏天多雨而温暖。草木茂盛。篱笆边的荨麻长有一人高，田里的庄稼结了穗，菜园里散发出浓郁的茴香味。一切都预示着丰收的年景。

但是，有一次当我和爷爷一起坐在河边钓鱼时，爷爷突然急忙起身，手搭凉棚遮住太阳，往河对岸的田里眺望了好半天，然后烦心地吐了口吐沫说：

"滚来了，刽子手，魔鬼！怎么能永远消灭它呢？"

我望了望爷爷看的那个方向，但除了一道长长的灰蒙蒙的波浪带以外，什么也看不见。波浪带很快靠近了，我以为要来暴风雨了，可爷爷说：

"这就是那种热风！该死的热魔！从布哈拉，从沙漠刮来的风。一切都要被烤死，多么大的灾难就要逼近了，科斯季克，连喘气都要喘不上来的。"

不祥的波浪带贴着地面直向我们袭来。爷爷急忙收拾起自己长长的榛木鱼杆，缠好，对我说：

"赶快往家跑吧，要不沙尘会迷住眼的。我跟在后面，快跑！"

我向农舍跑去，可热风还是在路上刮到了我。旋风飞转，风沙作响，鸟羽和木片吹上了天。

周围笼罩在一片混沌之中。太阳突然变成了毛茸茸的暗红色，像火星那样。爆竹柳在风中舞动着，发出哨音。背后吹来一股热浪，衬衫在我背上好像着了一样。沙砾打到牙上啪啪作响，沙尘蒙住了眼睛。

我的姑姑费奥多西娅·马克西莫芙娜站在农舍的门槛里，手里捧着精心包裹着的圣像。

"上帝呀，拯救和宽恕我们吧！"她惊恐地叨念着，"纯洁的圣母，把灾难驱走吧！"

龙卷风旋转着突然刮向农舍。封得不严的玻璃窗发出"呜呜"鸣响。房顶的茅草被风掀了起来，下面的一窝麻雀像黑色的子弹一起飞出。

当时父亲和我们不在一起——他留在了基辅，母亲显得十分不安。

我记得，最严重的是不断加剧的高温。我揣摩，再过两个点儿左右，房顶上的茅草就要着起来，随后我们的头发和衣服也要冒烟了。因此，我哭了起来。

傍晚，浓密的爆竹柳的叶子打卷了，搭拉下来，像许多灰色的破布条。所有的篱笆旁都被风聚拢了一堆像面粉一样细的黑色沙尘。

第二天早晨，树叶都变了色，干枯了。摘下的树叶能用手指碾成碎末。风更大了，开始扫落这些枯死的残叶。许多树都光秃秃、黑森森的了，就像是晚秋时节一样。

爷爷到田里去了一趟，回来后心绪不宁，一肚子苦水。他无论如何也解不开自己穿的粗麻布衬衫领口上的红结，他的手抖个不停，他说：

"到了夜里风还不息，所有作物就都彻底完了，包括小花园和小菜园。"

但是风并没有减弱，直刮了两个星期刚消停点儿后，接着就又重刮了起来。大地眼瞅着变成了灰色的垃圾场。

每个农户的女人们都可着嗓子哭叫，男人们垂头丧气地坐在墙根下避风，用小木棒拨拉着土，偶尔冒出两句：

"这是石头，不是土呀！简直就是上了死神的生死簿，人是无处可奔了。"

父亲从基辅回来了，接我们回城里。当我向他仔细询问热风的情况时，他勉强地说：

"收成毁了，风刮到了乌克兰。"

"那能想点什么办法吗？"我问。

"没什么办法。总不能筑起一道两千里长的高高的石墙吧。"

"为什么不能呢？"我问，"中国人不就修了道万里长城吗？"

"可那是中国人，"父亲回答，"他们都是些了不起的能工巧匠。"

这些童年的印象逐年渐渐地淡忘了。但它们当然依旧在我的记忆深处保留着，偶尔还会浮现出来。经常在天旱的时候，总是不自觉地感到些莫名的不安。

成年以后，我喜爱上了俄罗斯的东部，这可能是源于这里自然的清新，有许多清凉的流水，湿润的密林，灰蒙蒙的细雨。

因此，当干旱波及到俄罗斯中部，像灼热的楔子插进来的时候，我的惊慌就变成了对沙漠无力的愤怒。

泥盆纪石灰岩

过去了许多时光，沙漠又一次唤起了我的回忆。

1931年我去奥尔洛夫省利夫内城度夏。那时我正在创作我的第一部长篇，希望到一个没有任何熟人的小城市去，在那里潜心写作，不受人和事的纷扰。

利夫内是我从未去过的城市，我喜爱小城的清洁，无数盛开的葵花，用整块石板铺成的独具特色的马路以及贝斯特拉雅索斯纳河，河水在黄色的泥盆纪石灰岩的厚层处，形成了一个峡谷。

我在城外一处破旧的木结构住宅中租了一间房，它就坐落在河的高岸上。房后是一个能通往岸边丛林的半荒的园子。

老实巴交的老房主在车站报亭里卖报，他的妻子是个阴沉、肥胖的女人，两个女儿大的叫安菲萨，小的叫波林娜。

波林娜纤弱而纯净，和我说话时，总是不好意思地把淡褐色的发辫编来编去的。那时，她17岁。

安菲萨是个身材匀称的姑娘，大约有19岁左右。她面色苍白，一双锐利的灰眼睛，声音低沉。她穿着一身黑色，像个见习修女，在家里几乎不做什么——只是长时间地躺在园中干枯的草地上读书。

在主人的顶楼上，乱放着许多被老鼠咬坏了的书，主要是索伊金版的外国古典作品，我也从顶楼上拿过这些书。

有几次，我从花园居高临下看到安菲萨在贝斯特拉雅索斯纳河岸上。她坐在陡峭的悬崖下，山楂树的树丛边，并排有一个16岁左右瘦削的半大小子，淡黄色的头发，很安静，一双十分专注的眼睛。

安菲萨时常偷偷地拿些吃的东西到河边，男孩吃着，安菲萨则温柔地看着他，抚摸着他的头发。

有一次我看到，她突然用手蒙住脸，哭得全身颤动。男孩停止了吃东西，吃惊地看着她。我悄悄地走开了，一直努力使自己不再想安菲萨和那个男孩。

当初我曾天真地打算，在这个静悄悄的利夫内，没有任何人会把我从自己正在写作的长篇中的人物和情节里拽出去。但生活立刻把我那天真的想法打破了。在我没有弄清安菲萨的事之前，什么集中精力，什么安静地工作，自然也就做不到谈不上了。

还是在我看到她和那个男孩在一起之前，看到她那极度痛苦的目光，我就曾猜想到，在她的生活中有某种痛苦的秘密。

事情果然就是这样。

几天以后的一个夜里，我被滚过的雷声惊醒。雷雨天在利夫内是经常的。当地居民解释说，这是因为这里的地下有铁矿，似乎是因为这个铁矿在"招"雷雨。

深夜的窗外也不消停，一会儿一道疾闪的白色闪电划过，一会儿又凝聚成深不可测的黑暗。此时隔壁传来激动的声音。随后，我听到像安菲萨的声音在生气地喊：

"这是谁想出来的？哪个法律上规定我不能爱他？让我看看这个法律！给了我一个生命，那就不能夺去！一帮坏人！他一天比一天弱，像一支小蜡烛。像一支小蜡烛！"她喊着，喘不上气来了。

"她妈，让她平静一会儿吧！"房东对妻子底气不足地大声说，"让这个傻瓜按着自己的心意活吧，你管不了她。安菲萨，我不会给你钱的，一个子儿也不给。"

"我不需要你们的脏钱！"安菲萨喊道，"我自己能挣，我要带他去克里米亚，在那儿他还可能多活一年，总之我要离开你们。你们免不了出丑。你们要知道这一点！"

我开始猜想，发生了什么事情。房门外的过道上也有人在抽泣。

我打开房门，借着一道闪电看清了波林娜。她额头抵着墙站着，围了条长长的披巾。

我悄声叫了她一下。一声巨雷打破了天空，仿佛一下要把这幢小破房子从房顶砸进地下。波林娜害怕地抓住了我的手。

"天哪！"她低声说，"这可怎么办？这么大的雷雨。"

她小声给我讲了，安菲萨一心爱上了寡妇卡尔波夫娜的儿子科利亚。卡尔波夫娜挨家挨户地给人洗衣服，是个沉静少言的女人。而科利亚有病，他患上了肺结核。安菲萨脾气不好，性情急躁，谁也对付不了她。她要么按自己的想法去做，要么就去自杀。

隔壁的声音忽然静下来。波林娜跑回自己的房间。我躺下来，但却竖着两耳半天也睡不着。

房东那里一点响动也没有。于是我瞌睡起来，迷迷糊糊中听到缓缓的雷声和狗吠。随后我就睡过去了。

我大概刚刚睡着了一小会儿，一阵猛烈的敲门声就把我叫醒了。是房东在敲门。

"我家出事了，"他在门外用死人一样的声音说，"请别见怪，打扰您了。"

"出什么事了？"

"安菲萨跑了，就穿了一身衣服。我要去斯洛博德卡，找卡尔波夫娜，我想她一定是去她家了。请您帮我照看一下家里人，我妻子昏过去了。"

我急忙穿上衣服，给老婆子带上了缬草酊。波林娜叫我，我随她走到台阶上。虽然说不出个所以然来，但我知道马上就要发生不幸。

"我们到河边去，"波林娜悄声说。

"你有灯笼吗？"

"有。"

"快带上。"

波林娜拿来一个不太亮的灯笼，我们沿着光滑的峭壁下到河边。

我确信，安菲萨就在这附近的某处。

"安菲萨——！"波林娜突然绝望地大叫一声，不知为什么，这叫声把我吓了一跳。她喊也白喊，我想，没用。

闪电在河对岸划过，悄然而无力；雷声也是隐隐传来。峭壁的丛林中雨点沙沙作响。

我们顺着河的流向向下走，灯笼勉强亮着。随后一道迟来的闪电点亮了头上的天空，在这个光亮中我看到，前边的河岸上有个发白的什么东西。

我走近这个白东西，向它俯下身子。我看见安菲萨的裙子和她的小衬衣。她的一双湿鞋也扔在那儿。

波林娜尖叫一声，就冲到前边向家里跑去。我跑到渡船那儿，叫醒了摆渡的人。我们坐上木船，开始划行，一直不断地从这边滑到对岸，仔细搜寻着水面。

"光在夜里找还没什么，可还下着这么大的雨呢！"摆渡的打着哈欠说，他还没全醒呢。"没漂上来之前，反正是找不到。要知道，死神连美人也不宽恕。就是这样，我亲爱的朋友。脱掉了衣服，这就是说要死得容易些。嘿！这个小姑娘！"

第二天早晨在河坝附近找到了安菲萨。

她躺在棺材里现出一种无法描述的美，带着自己那两条赤金色浸湿了的沉重的辫子，还有苍白唇边歉意的微笑。

一个老太太对我说："你不要看她，亲爱的，不能看。要知道，这种美能一下子使人心碎。"

可是我不能不看安菲萨。我生命中第一次亲眼见到那种比死更无限强大的女性之爱。在此之前，我只是在书中见过这样的爱，但并不太相信。当时不知为什么，我觉得，这样的爱情最可能应验俄罗斯女人的命运。

送葬的人很多。科利亚远远地跟在后边——他害怕安菲萨的家人。我想走到他跟前，但他跑着躲开了我，拐进一条小巷不见了。

我的心整个被这件事弄乱了，哪怕是一行字也不能再写了。只得从城外搬到城里，确切说不是城里，而是车站，搬到了铁路医生玛丽亚·德米特里耶夫娜·沙茨卡娅的低矮偏暗的房子里。

在安菲萨死前不久，我曾路过城里的一个花园。在夏日影院的附近，地上坐着40来个男孩，看上去他们是在等着干什么，像群麻雀般吵做一团。

从影院中走出位花白头发的人，向孩子们发票；孩子们拥挤着，互骂着，一股脑地涌进影院。

从显得还算年轻的面貌看，花白头发的人不过40岁。他善意地眯起眼睛，看了看我，向我挥了下手离开了。

我决定要向孩子们弄清楚这个奇怪的人。我走进影院看了半个小时的老片子《红小鬼》，听孩子们打口哨，跺脚，兴奋和惊恐地呼叫及发出的阵阵嘘声。

终场时，我随孩子们一起走出去，问他们，那个花白头发的人是谁，为什么要给他们买电影票。

我周围立时聚起了一堆吵吵嚷嚷的孩子们，多多少少地弄清楚了。

原来，这个花白头发的人是铁路医生玛丽亚·德米特里耶夫娜·沙茨卡娅的弟弟。他是个病人，患有脑震荡。他从苏联政府得到大笔抚慰金，但不知道是为什么。每个月领钱的这一天，他都把车站家属的孩子们召集起来，领他们去看电影。

孩子们都准确地知道发抚慰金的日子，每到这一天，孩子们从大清早就到沙茨基家附近，坐在车站前的小花园里，装作完全是偶然才走到这里的样子。

这就是我从孩子们那儿了解到的一切。当然，不包括那些无关主旨的其他一些琐事。例如，雅姆斯卡雅镇上的孩子们也想混进来，向沙茨基蹭票，但车站的孩子们给了他们以歼灭性的回击。

我先前的女房东在安菲萨死后卧床不起，总是觉得心脏难受。有一次医生玛丽亚·德米特里耶夫娜·沙茨卡娅来给她看病，因此我们相识了。这是位高挑身材带着夹鼻眼镜很果断的女人，年纪已不小了，却还保持着高等女校学生的样子。

从她那里我了解到，她的弟弟是位地质学家，患有精神病，因为他所撰写的科学著作在国内和欧洲很著名，这时领取着给他个人的抚慰金。

"您不要再住在这儿了，"玛丽亚·德米特里耶夫娜用医生不容反驳的习惯性口气对我说，"很快就秋天了，雨要多起来了，这儿泥泞的无法过人。而且环境阴沉沉的，能写出些什么呀！搬到我那儿去吧，我有个老妈妈，弟弟，再就是我。在车站的宿舍里有5个房间。我弟弟是个很有礼貌的人，不会妨碍您工作的。"

我同意了，搬到了玛丽亚·德米特里耶夫娜家。因此我结识了地质学家瓦西里·德米特里耶维奇·沙茨基——我后来的一部中篇《卡拉-布加兹海湾》的主人公之一。

家中确实很静，甚至有些沉寂。玛丽亚·德米特里耶夫娜成天在诊所或到病人家里去，见不着影，老太太在家里坐着摆纸牌打卦，地质学家只是偶尔从自己的房间里出来。早晨，他开始从头到尾地读报；然后差不多直到夜里都在快速地写作，一天能写满厚厚的一本笔记。

偶尔从空旷的车站里传出唯一的一辆调车机车的汽笛声。

开始沙茨基有些怕见我，后来熟起来，就开始交谈了。在交谈中弄清了他这个病的特点。早起后，还没有劳累之前，他完全是个健康的人，而且是个有趣的攀谈者。他知道的很多。可稍有些疲惫，就开始乱说起来了。这些胡言乱语源自某种疯狂的思想，但这种思想又是循序着一个不变的逻辑生发而来。

玛丽亚·德米特里耶夫娜给我看了沙茨基的一些笔记，上面写满了密密麻麻的单词，没有句子. 看起来大致是这样："匈奴，日耳曼，戈根索伦，文明的消亡"，"利夫内，狡猾，伪善，谎言"。

这些单词都是由同一个字母打头组成的，但从中偶然也能捕捉到些思想的暗示。

当我工作时，沙茨基从不打扰我，甚至他在隔壁房间里都踮着脚走道。

他得病的经历已写在《卡拉-布加兹海湾》里了。他到中亚进行地质考察时，落入巴斯马赤匪徒之手。每天他和其余的俘虏一起被拉出去枪决。但沙茨基很走运，当按顺序枪杀第5号时，他排的却是第3号；当要杀第2号的时候，他却排了第1号。他虽然幸免于难，但精神却出了问题。姐姐历尽艰难才在克拉斯诺沃德斯克——他藏身的一个被打坏的车厢中找到了他。

每天傍晚，沙茨基都要去利夫内邮局，给人民委员会寄一封挂号信。根据玛丽亚·德米特里耶夫娜的请求，邮局局长不把这些信发出去，而是返给她，她再烧掉。

沙茨基究竟在自己的报告里写了些什么，令我很感兴趣。不久，我就了解到了。

一天晚上，他走进我这里，我正躺着看书。我的鞋子放在床边，鞋尖冲着地中间。

"任何时候也不要这样放鞋，"沙茨基生气地说，"这样危险。"

"为什么？"

"马上您就知道了。"

他走出去几分钟之后，给我带来一页纸。

"请看看，"他说，"您看完后，就给我敲下墙，如果您有什么不明白的地方，我给您解释一下。"

他走出去，我开始读起来。

致人民委员会。我曾不止一次地向人民委员会预警，我国遭受毁灭性灾难的重大危险已迫近。

众所周知，地质层里含有强大的物质能量（如在煤层、石油、页岩里）。人类学会了释放这些能量，并利用它们。

但很少有人知道，在这些地质层形成时，还压缩了当时时代的精神能量。

立夫内城位于欧洲最强的泥盆纪石灰岩的最深厚处。泥盆纪时期，地球上丧失基本人道的残酷蒙昧意识刚刚产生，当时占优势的是甲胄鱼类的混沌大脑。

这种萌发的精神能量聚集于软体动物门——菊石目之中。泥盆纪石灰岩层中，几乎布满了菊石目化石。

每块菊石——是那个时期的一个小型大脑，含有其自身巨大凶恶的精神能量。

很多世纪以来，人们有幸没有学会释放地层中的精神能量。我说'有幸'是因为，如果这种能量实现了在静止状态下的释放，那么整个文明就将毁灭。人们一旦被这种能量所支配，就会变成残忍的野兽，只受卑下盲目的本能所支配，而这将意味着文化的毁灭。

但我已不止一次地通知人民委员会，法西斯分子找到了打开泥盆纪精神能量和激活菊石目的方法。

由于在我们利夫内的地下有最丰富的泥盆纪，因此法西斯分子正在准备在这里释放这种能量。如果此举得逞，将无法制止人类从精神到肉体的全面毁灭。

法西斯分子到利夫内释放泥盆纪精神能量的计划制定得十分周详。但像所有复杂的计划一样，也是容易找到缺陷的。事先没有预见到的一个小环节——就可能使计划失败。

因此，除了必须尽快让大军团包围利夫内以外，还应该向城里居民做出严格的命令，让他们改变习惯的行为（因为法西斯分子的计划正是按照利夫内人习惯了的生活方式而设计的），行为方式要完全出乎法西斯分子的预料之外。用这个例子就可以明白：所有的利夫内公民睡觉前，都把自己的鞋子放在床前，鞋尖冲着地中间。以后就应该把鞋尖冲墙放着。就是这种个别的小事，是计划所无法预料的。因此，实际上正是这些小事将使计划失败。

应当补充的是，自然状态下（实际上很少）从利夫内泥盆纪地层中渗透出来的精神传染源，导致了这个城市的风尚比之同样大小、类型的城市要粗野得多。有3个城市位于泥盆纪石灰岩的深厚之处：克罗梅、利夫内行叶列茨。难怪关于这3个城市有这样的古语："克罗梅——一切盗贼的宫殿"，"利夫内——盗贼的绝妙去处"，而"叶列茨——所有盗贼之父"。

立夫内城内的当地药剂师是法西斯政府的密使。

现在我明白了，为什么沙茨基把我鞋子的鞋尖转向墙。随之而来的也使我感到十分可怖。我知道沙茨基家中的平静是不可靠的，随时可能爆发。

不久我发现，这种爆发发生的并不少，只是沙茨基的母亲和玛丽亚·德米特里耶夫娜会在外人面前掩盖过去。

第二天晚上，当我们都坐在桌后喝茶，心平气和地议论"顺势疗法"的时候，沙茨基拿起盛牛奶的茶壶，平静地把牛奶倒进茶炊的烟筒里。老太太叫了起来，玛丽亚·德米特里耶夫娜严厉地看了看沙茨基说：

"你胡闹什么？"

沙茨基抱歉地微笑着解释说，正是这种野蛮的倒牛奶的举动是完全出乎法西斯分子预料的，因此能破坏他们的计划并挽救人类。

"回你自己的房间去吧！"玛丽亚·德米特里耶夫娜严厉地说，生气地起身大敞开窗户，以放出房间里牛奶烧焦的气味。

沙茨基低下头，顺从地回到自己的房间。

但在自己清醒的时候，沙茨基愿意多说话。就在这样的时候，我了解到他在中亚工作的时间最长，而且是卡拉-布加兹湾的第一批勘探者。

他走遍了海湾的东海岸。当时把这看作是玩命的事情。他记录下所见，在地图上做出标记，还在海湾附近的荒山上发现了煤矿。

他给我看了许多幅照片，这些照片使我震惊。只有地质学家才能这样拍照，山脉奇异地被掘出了纵横交错的深沟，与裸露的人脑惊人的相似；或者是雄伟的断层照片——险恶的乌斯季-乌尔特高原，像一面直立的黑墙耸立在沙漠中。

从沙茨基那儿，我第一次了解了卡拉-布加兹湾——位于里海的这个可怖、谜一样的海湾。

它的海水中蕴藏有取之不尽的芒硝，有消除沙漠的可能性。

沙茨基对沙漠的痛恨就像出自生物的某种天性一样——极端强烈而坚定。他把沙漠叫做干疡、干痂、毁解大地的癌瘤。

"沙漠只会害人，"他说，"他是死神。人类应该明了这一点。当然，如果人类还没有失智发疯的话。"

从一个精神不正常的人嘴里听到这样的话令人感到奇怪。

"应该迫使沙漠就范，不给它以喘息之机，要不断地、致命地、无情地打击它。不倦地打击，直至其消亡。在它的尸体上生成一片润泽热带的乐土。"

他唤醒了我对沙漠潜在的仇恨——我童年时的回应。

"假如人们，"沙茨基说，"只用互相争夺杀戮的一半财力来用于消灭沙漠，那么沙漠早就不存在了。人们的全部财富和千百万人的生命都献给了战争。

还有科学与文化。甚至连诗都会成为大规模屠杀的同谋！"

"瓦夏！"玛丽亚·德米特里耶夫娜从自己的房间里大声叫，"放心吧，不会再有战争，永远不会有了。"

"永远不会有？——这是胡说！"沙茨基出人意料地反驳她，"不过今天夜里，菊石目都将复活。你知道在哪儿吗？就在阿达莫夫斯基磨坊附近。我们散散步去检查一下。"

他开始说胡话。马丽亚·德米特里耶夫娜把他带走，给他服了镇静剂，把他安顿到床上。我想很快就写完这个长篇，以便开始写一部关于消灭沙漠的新书。就这样有了《卡拉-布加兹海湾》朦胧的构思。

我是在深秋时节离开利夫内的，临别前我到昔日的房东家告别。

房东太太还在卧床，老头儿不在家。波林娜一直把我送回城内。

已是黄昏时分，冰在轮下劈啪作响。花园几乎草木凋零了，但在几株苹果树上还挂着些泛红的枯叶。在凝重的天空中，挂着清冷落日余晖下的最后一片云。

波林娜与我并肩而行，信任地挽着我的手。因此使我觉得她像个小姑娘，对她的一股柔情——孤独而羞涩——充满了我的心怀。

从城里影院中传来隐隐的音乐。已是万家灯火。花园上空飘散着茶炊的烟气。在光秃的树枝后已现出星光点点。

一种莫名的激动缩紧了我的心。我想，为了这美丽的大地，乃至为了像波林娜这样一个姑娘，应当唤起人们为了欢乐和理性的生存而斗争。一切使人难过、忧伤的东西——哪怕是让人落下一滴眼泪，都应该根除。还有沙漠、战争、非正义、谎言和对人类心灵的鄙视。

沙琳娜陪我走到城里的第一座房子，在那儿，与我告别。

她垂下头，开始解自己淡褐色的发辫，突然说："以后我要多读书，康斯坦丁·格奥尔基耶维奇。"

她抬起羞涩的眼睛，拉了拉我的手，疾步回家去了。

我乘坐拥挤的硬席车厢到莫斯科。

夜里我去车厢过道吸烟，放下车窗，向外探出头。

火车沿着路堤飞驰穿过落叶的森林，几乎什么也看不见。只是根据声音猜出来——在密林深处车轮发出急促的隆隆回声。空气仿佛被雪粒冻住了，刮到脸上有股冻树叶的味道。

晚秋的夜空在森林上疾驰，与火车同步，摇曳着炫目的星光。忽而发出一阵隆隆的过桥声。

虽然火车在疾速的行进口，仍能看见桥下黑暗中无数星星的反光——不知那里是沼泽还是河水。

火车隆隆作响，带着气，披着烟。震颤的灯笼里将尽的炬火特别明亮。窗外沿着列车行进的轨道飞过一串深红色的火花。火车头欢叫着，陶醉在自己飞快的速度中。

我确信，火车会把我带向幸福。一本新书的构思已在我的头脑中诞生。我相信，我能完成它。

我唱着，头冲着窗外。用一些不连贯的词歌唱这夜色，歌唱这世界上最可爱的地方俄罗斯。

夜风拂面，如同少女芬芳的发辫松散开来。我想亲吻这发辫，这风，这清凉泉涌的大地。但我无法这样做。只是不连贯地唱着，像是迷失了心智。东方天空的美景使我惊异，那里呈现出微弱而柔和的蔚蓝色。

当我还没意识到这是新的曙光在诞生的时候，我惊诧于东方天空这动人的美景，这纯净的微光。

我目睹的窗外这一切，与胸中激荡的所有快乐莫名地交织成一种决断：写作，写作，写作！

但是写什么呢？在那一瞬间对我来说是无所谓的。我对大地美景的思绪，使其免于贫瘠、枯萎和死亡的热望，无论是聚集于什么周围，还是像磁铁一样被吸到某个题目上。

过了一段时间，这些思想成为了《卡拉-布加兹海湾》的构思。当然也可能成为另一本书的构思，但也一定充满了这样的主要内容，充满了这样在当时控制了我的感受。显然，构思几乎总是源自心灵。

从那时起，生活的新时期开始了——称作构思的"酝酿"，更为正确的说法是，用现实材料充实构思。

地图的研究

我在莫斯科搞到了一份里海的全图，于是就长时间地漫步（当然是在自己的想象中）在里海干旱的东岸。

还是在童年时，我对地图就很迷恋。我能几个小时坐在地图前，像是面对一本引人入胜的书一样。

我研究鲜为人知的河流流向，独特的海岸，深入密林深处，那里用小圈标记着不知名的猎区购销站。我像颂诗一样复述着那些响亮的地名——犹戈尔海峡和赫布里蒂群岛，瓜达尔拉马和因维尔涅斯，奥涅加河和科迪勒拉山脉。

这些地方在我的想象中都那么清晰地逐渐活跃起来，仿佛我能够虚构写出在各个大陆的许多国家的旅行日记。

连我那具有浪漫情怀的父亲，都不赞同我这种对地图的过度迷恋。他说，这会给我带来许多失望。

"如果生活过得好的话，"父亲说，"你能够去旅行，那你就会给自己招来一身的不快。你所看到的，完全不是你想象中的。例如，墨西哥可能是个尘土遍地、极其贫穷的国家，赤道上的天空可能会是灰蒙蒙的，令人烦闷。"

我不相信父亲的话，我无法相信赤道的天空有一会儿是灰蒙蒙的。按我的想法，赤道上空应是那样凝重，甚至使乞利马扎罗山上的雪都变成了靛蓝色。

但无论如何，我对这种迷恋毫无办法。后来进入成年了，我才确实弄清了，父亲说的并不完全对。

例如，当我第一次去克里米亚（我曾在地图上反复研究过它），尽管，当时完全是出乎我的想象的另一副样子。但是，我对克里米亚预知的概念却使我比对这里一无所知而来敏锐得多。

每走一步，我都能找到我的想象中所没有的东西，而在克里米亚这些新发现的特点特别强烈地让我记住。

我觉得这种感受，无论对地方对人都一样。

我们说每个人对果戈理都有个概念，但是假如我们能在实际生活中看到他，那么我们就会发现他有许多不符合我们对他已形成的概念中的特点。正是这些特点鲜明而有力地铭刻在我们记忆中。

而假如我们没有这些预先的概念，我们就不能在果戈理身上发现更多的东西，对我们而言他依然是个完全普通的人。我们惯于把果戈理想象成有几分忧郁，几分疑虑，几分散漫。因此我们会立刻发现，与这一形象相去甚远的那些材料——眼睛炯炯有神，活泼、甚至有些好动，惹人发笑，穿着雅致，及一口浓重的乌克兰口音。

我很难充分确凿地表达出这些思想，但我想就是这样。

习惯于在地图上旅行和在自己的想象中看各个地方，能帮助人们在现实中正确地去观察。

在这些地方总是留下了如您所想象的极轻的痕迹，附加的色彩，附加的光泽，淡淡的薄雾，不至于使您用枯燥的目光去看一切。

就这样，在莫斯科我已漫游了里海忧郁的海岸，同时还读了很多书、科学报告，甚至一些关于沙漠的诗——差不多在列宁格勒图书馆能找到的一切。

我读了普热瓦利斯基和阿努钦、斯文·戈金和万别尔、马克—加哈姆和格鲁姆-格日迈洛的书，谢甫琴科在曼格什拉克的日记，西瓦和布哈里的历史书，尉官布塔科夫的报告笔记，卡列林的游记，大量地质调查和一些阿拉伯诗人的诗。

人类钻研和求知的壮阔世界在我面前打开。

到了该去里海，去卡拉-布加兹湾的时候了，可是我没有钱。

我到一家出版社，向社长——一个白头发的枯燥的人建议，与我签订一项写作《卡拉-布加兹海湾》一书的合同。社长没精打采地听完我的建议说：

"可能您失去了对苏维埃现实的所有概念，或者说根本就没有，因此来建议出版这样的书。"

"为什么是这样？"

"在您的这个海湾里开采芒硝。难道您真的要写一部关于轻泻盐的长篇小说？或许您是在跟我开玩笑？您怎么回事呀？打算会有傻瓜出版家能为这种荒唐的主意花费哪怕是一个戈比吗？"

我十分困难地从别的地方弄到了点钱。

我到了萨拉托夫，从那里顺伏尔加河而下，到阿斯特拉罕。在那里我困住了。我的很少的一点经费用完了，为了继续前进，我不得不在阿拉斯特罕为

《三十天》杂志和阿斯特拉罕的报纸写几篇特写。

为了写这几篇特写，我去了阿斯特拉罕和恩巴河。这些旅行对我写作卡拉-布加兹湾的书有所帮助。

我顺着长满芦苇的海岸乘船由里海到达恩巴河。老式的明轮轮船被奇怪地称作"天芥菜号"。像所有的老式轮船一样，船上有许多红铜物件、舷梯扶手、罗盘、望远镜、所有的仪器，甚至包括船舱高高的门槛——所有这些都是铜的。"天芥菜号"就像用砖头擦拭得锃亮冒烟的粗茶炊，荡游在浅海轻波之上。

海豹肚皮朝上地躺在温暖的浅水里，像是些海上的浴者。偶尔它才懒懒地动一下圆乎乎的鳍脚。

在捕鱼的浮码头——渔船，一些穿着蓝水兵服的皓齿女孩儿随在"天芥菜"号的后面，打着口哨，嬉笑着。

白云与白沙岛倒映在光滑的水面上，有时无法将它们相互分清。

小城古里耶夫缭绕着烧干牛粪的烟气。穿过没有水路的草原去恩巴乘的是刚开通的电动火车。

在恩巴河上的多索尔，在闪亮的粉红色湖水间，石油泵像多索尔笛般响着，散发着一股盐水气味。房子的窗户上没有玻璃，代之以细密的金属网。从外面只能看到网子上爬满吸血的小飞虫，屋子里面黑洞洞的。

在恩巴河，我满脑装的都是有关石油的事情，有关"盐盆"的话题，关于沙漠勘探，关于石油的轻与重，关于委内瑞拉著名的石油湖马拉开波——恩巴的工程师们到那里实习过。

我看到一个工程师被避日虫咬了一口，第二天就死了。

中亚暑气蒸腾。夜里，星斗透过尘埃闪闪发光。哈萨克的老人们沿街而行，穿着肥而短杂色花纹的印花布灯笼裤——粉色的布底上散印着黑色的大芍药花和绿叶。

但每次旅行后我都返回阿斯特拉罕，回到阿斯特拉罕报的一个记者的小木屋里。他坚持邀我到他家里去，于是我就住到了他那儿。

小木屋坐落在瓦尔瓦茨耶夫运河岸边的一个小花园里，一簇簇旱金莲争相怒放。

我在凉亭里写自己的特写，凉亭之小，仅能容下一人。我也在那里过夜。

记者的妻子是位病弱和蔼的少妇，成天在厨房里一边翻弄着儿童罩衣，一边偷偷地哭泣——两个月前她刚刚生下的一个男孩夭亡了。

我从阿斯特拉罕到了马哈奇-卡拉、巴库和克拉斯诺沃德斯克。后来的一切已经写在我的《卡拉-布加兹海湾》里了。

我返回了莫斯科，但几天后我又不得不以记者的身份前往北乌拉尔——到别列兹尼基和索利卡姆斯克。

我从难以置信的亚洲的炎热，一下子落入如此境地：阴郁的枞树，沼泽，覆盖着苔藓的群山和早冬。

在那儿我开始写《卡拉-布加兹海湾》，住在索里卡斯克旅馆。这个旅馆过去曾是座修道院，房间顶棚是拱形的，很冷；除我之外，那里像在前线的情形一样挤住着3位化学工程师———一男二女，他们在索里卡姆斯钾矿工作。

旅馆散发着17世纪的气息，神香、面包、毛皮的混合气味，夜里穿着光板皮袄的守夜人敲击铁板报时。在雪花飞舞的朦胧中，呈现出一座"斯特罗冈诺夫时代"的雪花石膏大教堂。

这里一点也唤不起对亚洲的记忆，但不知为什么我却因此写得很轻松。

这就是我要讲的《卡拉-布加兹海湾》一书形成的简略过程，但是实在是不可能把我在一路上的际遇旅行、谈话和各种事情都细数出来，更不可能详细讲述了。

当然，您会发现，所搜集的材料部分——只是一小部分用到小说里了，而其余的大部分却被扔到书外了。

但这并不值得可惜，这些材料在任何时候都可能在其他新书的章节里获得生命力的。

我写《卡拉-布加兹海湾》没有考虑到材料的正确布局，我就是按照在里海沿岸旅行累计素材的顺序安排的。

《卡拉-布加兹海湾》出版后，批评家在这个中篇里找到了"螺旋式结构"，并为此而非常高兴。但这不是我有意而为之的。

当我写作《卡拉-布加兹海湾》的时候，我主要是考虑，在我们的生活中有许多能用抒情和英雄的声音来加以充实的，并鲜活而准确地表现出来；无论是关于芒硝的故事，还是关于北方森林中造纸厂的建设故事。

所有这些都能以巨大的力量敲击心灵，但一个必要的条件是，这些故事的写作者要力求事实，相信智慧的力量，相信心灵的拯救力量，热爱大地。

近日，我读了帕芙拉·安托克利斯基的诗，从中找到两节，出色地传达了人类的心灵沉醉于生活的状态。这种心声不能不听：

从远方小提琴的颤音，

预感到春的行程，

用千百万琴弦清亮的回应

映衬着雪融的宁静——

世代长存

人间一切如此的乐音，

清新不朽，

为了人类的欢心……

※ 第一篇小说

我沿普里雅特河乘轮船从切尔诺贝利镇返回基辅。夏天我是在切尔诺贝利附近度过的，住在退休将军列夫科维奇荒芜的庄园中。我的年级老师安排我到列夫科维奇家去做家庭教师，要我给将军的笨儿子补习两门秋天复试的功课。

老式地主的房子建在低地上，每晚四周都冷气森森的。周围沼地里蛙声一片，杜香草的气味令人头晕。

喝晚茶的时候，列夫科维奇的那些调皮孩子们，直接从路台上用火枪打野鸭子。

肥胖，花白胡子，样子凶恶，瞪着一双黑眼睛的列夫科维奇本人，则整天坐在露台上的软安乐椅里，喘着气，偶尔用粗哑的声音吆喝：

“没个家样，这伙坏小子！简直是个脏乱窝！我要把你们都赶到妖婆那里去，让你们什么也得不到！”

可谁也不理他那嘶哑的叫喊。他的妻子“列夫科维奇太太”——一个不太老、好动却很吝啬的女人掌管着庄园和家事，一夏天她都穿着那种窸窣作响的束身衣。

除了这些不务正业的儿子们，列夫科维奇还有个20岁上下的女儿，名叫“贞德”。她从早到晚像个男人一样，骑着一匹褐色的烈性公马，把自己扮作一副魔女的样子。

她常常喜欢毫无意义地重复一句话：“我蔑视”。

当有人把我介绍给她时，她从马上伸出手，眼睛盯着我的眼睛说：

“我蔑视！”

我没有奢望很快就能离开这个狂躁的家庭，因此，当我终于坐在了铺着干草的四轮马车上，车夫伊戈纳特抖动起缰绳，车轮迟缓地载着我们向切尔诺贝利驶去时，我感觉轻松极了。

刚驶出庄园的大门，低矮的沼地树林的静谧便扑面而来。

日落时分，我们才晃晃荡荡地来到切尔诺贝利，在一个大车店里住宿下来。轮船误点了。

大车店是一个上了年纪的犹太人开的，他姓库舍尔。

他安排我睡在一个放着先人肖像的小厅房里，那肖像是些带着绸便帽的白胡子老头和带假发披着黑色网眼披肩的老妇人，老妇人们都是泪眼婆娑的样子。

厨房的灯发出股煤油味儿，我刚躺到厚得令人气闷的羽绒褥子上，一群群的臭虫就从所有的缝隙中向我爬来。

我跳起来，急忙穿上衣服走到台阶上。这幢房子就建在河岸沙地边上，普里皮亚特河暗中时而闪动一下波光，岸上有成垛的木板。

我坐在台阶的长凳上，立起学生制服的大衣领子。夜色很凉，我感到浑身发冷。

在台阶上坐着两个陌生人，黑暗中我看不清他们。一个抽着马合烟，另一个弓着身子，像是在睡觉。院里传来马车夫伊戈纳特巨大的鼾声，他睡在了大车的干草上，此刻我很羡慕他。

"有臭虫吧？"抽马合烟的人高声问我。

我听出了他的声音，就是那个矮矮的个子，愁眉苦脸地光脚穿着胶皮套鞋的犹太人。我和伊戈纳特来的时候，他给我们打开了院门，并要10个戈比。我给了他一个十戈比的银币。库舍尔从窗户里看见了这一切，呵斥道："从我的院里滚出去，要饭的！要对你重复一千遍吗？"

可穿套鞋的这个人连一眼都没看库舍尔。他向我使个眼色说："您听见了吗？每一个银币都烧他的手，这样他会啬啬死的，记住我的话！"

当我问库舍尔，这是个什么样的人时，库舍尔不高兴地说："那个约西卡呀？是个疯子。哎，我懂得，如果一个人指着别人活着，最起码要尊重别人，而不能像大卫那样从自己的宝座上俯看别人。"

"因为那些臭虫吧？"——约西卡冲我说，深深地吸了口烟。我看到了他腮边的硬胡子。"你还得给库舍尔加点钱，人要是一门心思发财，他就没什么顾忌。"

"约夏！"那个弓着身子的人突然用低哑凶狠的声音说，"你为什么害死赫里斯佳？我都两年睡不好觉了……"

"尼基福尔，你说这些混话，简直连一点点头脑都没有！"约夏生气地叫道，"我害死了她？！到你的圣父米哈伊尔那里问问去，是谁害死了她？或者去问问县警察局长苏哈连科。"

"我的心肝！"尼基福尔绝望地说，"我的太阳永远地落在了沼泽后了。"

"够了！"约夏冲他呵斥道。

"叨念叨念她也不让！"尼基福尔不听约夏的，他说，"我要到基辅总主教本人那儿，他要不赦免，我就不离开。"

"够了！"约夏又重复一遍，"为了她的一根头发，我情愿卖了自己这条小命。你还说呢！"

他忽然呜咽着不停地抽泣起来。为了抑制自己，他的喉咙中发出微弱的声响。

"哭吧，傻家伙，"尼基福尔平静、甚至赞许地说，"要不是赫里斯佳爱你这个没用的倒霉蛋，我就是一下子结果了你也不算作孽。"

"结果了我吧！"——约夏叫道，"谢谢！我也是这么想的，我最好是烂在坟墓里。"

"你过去是傻瓜，现在还是傻瓜，"尼基福尔伤心地回答，"我从基辅回来后，就结果你，免得你毒害我的心。我完全一无所有了。"

"你的房子扔给谁了？"约夏止住哭泣问。

"谁也没给，钉死了——就放着去吧！那个房子现在对我来说，就像鼻烟对于死人一样！"

我听见了这样一阵不明不白的谈话。普里皮亚特河上腾起了一层雾气。潮湿的木板发出一股强烈的药材味儿。镇里时而传出几声狗叫。

"要是知道那个魔鬼船什么时候到就好了！"尼基福尔苦恼地说，"约夏，我们能不能喝上半瓶儿，这能让我心里好受点。可现在到哪儿能弄半瓶呢？"

我在大衣里暖和过来，靠着墙打起了瞌睡。

早晨轮船没有到。库舍尔说，可能由于大雾夜里泊到哪儿了；不用担心，反正轮船在切尔诺贝利要停靠几个点儿呢。

我喝足了茶，车夫伊戈纳特回去了。

由于无事可做，我便到镇里闲逛了一气。街道上的一些小店铺已经开门了，里面散出咸鲱鱼和洗衣皂味。理发店门上用一个大道钉挂起块招牌，身着长褂、脸上布着雀斑的理发师站在那里嗑瓜子。因为没事儿，我便进去刮刮脸。理发师叹着气，往我的脸上涂抹冰凉的皂沫，并开始用外省理发师通常的客气方式问我——我是谁，为什么事到这里来。

突然，一些孩子打着口哨，做着鬼脸，沿着窗外木板人行道飞奔而去，随之传来约夏那熟悉的声音：

我这豪壮的歌儿

不要惊扰我的美人儿美妙的梦。

"拉扎尔！"木隔板后传来一个女人的喊声，"插上门！约西卡又醉了。我的上帝呀，这是怎么搞的！"

理发师插上门，又挡上窗户。

"一看到理发店有人，"他叹息着解释说，"他马上就会进来唱歌、跳舞、哭叫。"

"他是怎么回事？"

理发师还没得来得及回答，从隔板墙后边走出一个披散着头发的年轻女人，一副惊奇的眼神，由于激动而双眼闪亮。

"您听听，顾客先生！"她说，"一来向您问好！再者说呢，拉扎尔也讲不出什么，因为男人不懂女人的心。什么？！别摇头，拉扎尔，您听听，再好好想一想我对您说的话。要让您知道，一个姑娘为了对一个年轻人的爱情去下了怎样的地狱。"

"玛妮亚，"理发师说，"别再着魔了。"

约西卡已经不知在不远的什么地方喊着：

我刚一死去，

你就来到我的坟前，

给我带来些香肠

还有一瓶老烧酒！

"多么可怕！"玛妮亚说，"这个约西卡！就是当初那个应该在基辅学医的约西卡，切尔诺贝利最善良的女人别霞的儿子。感谢上帝，她没活到让她丢脸的时候。您明白，客人，一个女人要怎样地爱上一个男人，才能去为他忍受熬煎。"

"你这是说什么呀，玛妮亚，"理发师叹口气说，"客人一点也不明白你说的这些话。"

"我们这儿有个集市，"玛妮亚说，"那次鳏居的守林人尼基福尔带着自己唯一的女儿赫里斯佳从卡尔皮洛夫卡来这里赶集。噢，您要是见了她，您都会发狂！我告诉您——她的眼睛像蓝天一样蓝，辫子闪闪发亮，像在金水里洗过似的。那么温存，那么苗条，我不知该怎么形容！那个约西卡一看到她就不会说话了，立刻爱上了她。这件事，我对您说，我看不出有什么值得惊奇的。如果沙皇本人遇到她，也会为她而颠倒的。令人惊奇的倒是她也爱上了他。您也见过他吧？小模小样的，像个男孩儿似的，红红的头发，尖细的嗓音，净是怪出。总归一句话，赫里斯佳离开父亲到约西卡家去了。您去看看那个屋子，真够瞧的！一只山羊住在里边都挤得够呛，更别说他们两个人了。唯一的好处就是干净。您说结果怎么样——别霞像对王国公主那样接纳了她。赫里斯佳和约西卡住在了一起，像他的妻子一样，而他是那么快乐，——满脸发光，像个灯笼。可您知道，犹太人与东正教徒同居意味着什么？他们不能在教堂举行婚礼。全镇像100只母鸡一样咯咯叫起来。当时，约西卡决定去教堂，到弗拉基米尔神父那里接受洗礼。而那个神父却对他说：'应该先接受洗礼，然后才能去祸害东正教的姑娘。你做的恰恰相反，现在没有大主教的允许，我不能给你这个耶路撒冷贵族施洗。'

约西卡骂了他几句难听的话就走了。这时，我们的列比——犹太教的牧师出来干涉了。他得知约西卡要去受洗，就在犹太教会里一直诅咒到他的祖宗十代。而尼基福尔也来了，在赫里斯佳脚下打滚，求她回家。她只是一个劲儿地哭，说什么也不回去。唉，当然是有人暗中教唆，一些小孩子一看到赫里斯佳就喊：'哎，吃犹太饭的赫里斯佳，你想吃禁肉了吗？'边说，边做下流动作。在街上，所有人都回头看她，盯着她，嘲笑她。还有一次，有人从院栅栏后向她背上扔牲畜粪便。别霞大婶的小屋子被人涂满了柏油。您能想象得到吗？"

"噢，别霞大婶！"理发师叹息着说，"这真是个女人！"

"等一等，让我讲完！'玛妮亚冲着他嚷道，"犹太牧师把别霞大婶叫到自己那里说：'您把淫乱领到了自己家中，尊敬的别霞·伊兹赖列芙娜。您违反了戒律，为此我诅咒你的全家，耶和华也会像对待卖淫者那样惩罚你。可怜可怜自己的满头白发吧。'您知道吗，她竟是这么回答的：'您不是犹太牧师，'她说，'您是警察！别人相亲相爱，犯着你什么了，要用你那油腻的爪子来干涉！'她啐了一口就走了。于是，犹太牧师便在犹太教会中诅咒她了。我们这里多会折腾人。不过您不要向任何人讲这件事。全镇只关注这一件事，最终，县警察局长苏哈连科把约西卡和赫里斯佳传唤到自己那里，他说：'约西卡，你亵渎侮辱了希腊-罗斯教堂神甫米哈伊尔神父，我要把你送交法庭，让你在我这里尝尝苦役的滋味。另外我要把赫里斯佳强制遣返到你的父亲那里。限你们3天好好想一想。你们给我搅乱了全县，因为你们我将惹恼省长大人的。'"

"苏哈连科立刻把约西卡关到了一个冷房子里，——后来他说，只是想吓吓他们。您想想，发生了什么？您不会相信我的，赫里斯佳竟因痛苦而死。看她可真可怜，那些善良人的心都碎了。她连哭了几天，眼泪哭尽了，眼睛哭干了，什么也不吃，只是请求要到她的约西卡那儿去。在'最后的审判日'那天晚上，她睡下后再没醒来。她躺在那里显得那么苍白而幸福，该是在感谢上帝领她离开了这个龌龊的世界。为什么对她如此惩罚，让她爱上了那个约西卡？您告诉我，这是为什么？难道世上没有其他的人了吗？苏哈连科立刻放出了约西卡，但他已经完全疯了，从那天起开始喝酒，向别人要饭。"

"要换我宁可去死，"理发师说，"向自己的脑门开枪。"

"噢，您有多勇敢！"玛妮亚高声叹道，"要真的事到临头，您得怕死怕的躲到百里之外。您一点都不明白，爱情能够把女人的心烧成灰。"

"什么女人心，男人心，"理发师回答，耸耸了肩，"有什么差别！"

我从理发的地方回到大车店，约西卡没在，尼基福尔也不在。库舍尔穿着件破坎肩正坐在窗前喝茶。房间里的大个儿苍蝇嗡嗡飞。

小轮船晚上才到，它要在切尔诺贝利停到半夜。他们把我安排到客舱里一个破漆布长沙发上。

夜里又起了雾。轮船把头靠着岸，一直到上午雾散去的时候。我在船上没找到尼基福尔，他想必是和约西卡一起喝酒去了。

我这么详细地讲述这件事，是因为回到基辅后，我立刻烧掉了写有早期诗作的所有笔记，我看着那些精心编织的诗句化为灰烬永远地消失了，一点也不可惜。什么"泡沫状的水晶"，"蓝宝石般的天空"，"欧洲的小酒馆和西班牙吉卜赛人的舞蹈"。

这件事使我顿悟，原来伴随爱情而来的并不是"濒死百合的痛楚"，而是一块块的畜粪，人们把它扔到美丽而专情女人的背上。

意识到这点，我想起了一句话："可怕的世纪，可怕的人心"，就决定写自己的第一篇如自我总结的，关于描写赫里斯佳命运的"真正的小说"。

在做这件事上我曾苦恼了很长时间，不明白为什么虽然有悲剧的内容，我却表现得枯燥无味。后来我找到了问题的所在。首先是因为故事是用别人的话写成的，其次因为我被赫里斯佳的爱情所吸引，而把地方残忍的风俗习见放置到了一边。

我又重新写了这篇小说。最使我惊异的是，那些精选的美丽词语怎么也"弄"不进去。它要求真实质朴。

当我把自己这第一篇小说带到从前发表过我的诗的杂志编辑部时，编辑说：

"白费力气，年轻人，这篇小说不能发表。光为这个警察局长就得给我们点厉害看看。但总的说来小说写的还是有力度的。您给我们拿点别的什么来吧，只是请您用个笔名，您还只是个中学生。为此，他们会把您从学校赶出来的。"

我把小说拿回来，放起来了。直到第二年春天我把它拿出来，重读一遍又觉察到一个情况：作品中没有作者的感受——没有他的愤怒，没有他的思想，没有他对赫里斯佳的敬佩。

于是我又重新整理了小说，把它带给编辑，——不是为了发表，而是征求意见。

编辑当我的面读了一遍。站起来，拍了拍我的肩膀，只说了一句话："恭喜你！"

这样我第一次确信，对于作家来说，主要的就是在任何作品中，哪怕是这样一个小小的短篇，也要最大限度地表现出自己，表现出自己的时代和自己的人民。无论是在读者面前虚饰的羞愧，无论是担心重复已被其他作家说过的话（以另一种方式），也无论是对评论家和编辑的顾虑，都不应该妨碍作家在作品中对自己的表现。

写作是应该忘掉一切，就像在世上只为自己或最亲近的人而写作那样。

需要给自己的内心世界以自由，为它打开一切闸门，就会吃惊地看到，在自己的意识中，封锁着比你想象要多得多的思想、感觉和诗的力量。

创作进行的过程中，自身也会获得新的性质，变得复杂而丰富。

这很像自然界的春天。虽然阳光的温度没有改变，但它能融化积雪，温暖空气、土壤和树木。地球上充满了喧闹、水声、水滴和雪融的玲珑之音——汇成了春的千万种讯息。但是，我要重复一遍，阳光的温度并没有改变。

创作中也是这样。意识自身的实质是不会改变的，但创作时会唤起新的思想、形象、感觉和词语的漩涡、湍流、瀑布。因此，有时人们会对自己写出的东西感到惊讶。

只有能够向人们讲出新的、有意义的和有趣的事情的人，才可能成为作家。

至于我自己，我很快明白了，可讲的实在是太少了。创作激情的爆发，如果置于空泛之中，也可能像它产生那样，轻易地就熄灭了。我对生活观察的积累太贫乏太狭隘。

当时我的书本知识多于生活，而不是生活多于书本，需要最大限度地用生活充实自己。

明白了这个道理，我有10年时间完全抛弃了写作，像高尔基所说的"到人间去"，开始浪迹俄罗斯，变换过多种职业，交往形形色色的人们。

但这不是在刻意地创造生活。我不是个职业的观察家或事实的搜集者。

不是！我不过是在生活，不是努力想纪录些什么或者为了将来写作记下些什么。

我曾生活过，工作过，爱恋过，痛苦过，希望过，幻想过，我只知道一点——或早或晚，可能是在成年或晚年，我都会开始写作，这完全不是由于我为自己定下了一个这样的任务，而是因为我的存在的要求。因为文学对我而言，是世界上最壮美的现象。

※ 奥斯卡·王尔德

1895年11月，著名的英国作家奥斯卡·王尔德戴着手铐，被从伦敦押送到了里丁苦役监狱。他的罪名是"道德败坏"，因此被判数年关押。

在里丁火车站，一群好奇的人围住了王尔德。当时作家身上穿着带道道的囚衣，周围是一群卫兵，他淋着冰冷的雨水，平生第一次哭了起来。围观的人群则哈哈大笑。

在此之前，王尔德从来没有落过泪，也没有受过苦。在此之前，他是伦敦一个出了名的纨绔子弟，一个游手好闲的人，又是一名能说会道的天才。他到彼卡吉利散步时，胸襟上常佩戴一小朵向日葵花。整个贵族化的伦敦都在模仿王尔德，穿戴得像王尔德，重复着他的俏皮话，和他一样大买宝石，也几乎和他一样眯缝着眼睛，傲慢地审视着周围的世界。

王尔德不想去发现在英国俯拾皆是的社会不平等现象。每当遭遇那些现象时，他总是以他圆滑的奇谈怪论，努力缓解自己的良知，他藏身在书斋之中，欣赏自己那些诗文、名画和宝石。

他喜爱一切人工的东西。对他来说，温室比森林更可爱，香水比秋日田野的芬芳更可亲。他不大喜欢大自然。对他来说，大自然显得粗糙而又令人厌倦。他像摆弄玩具一样摆弄着人生。世上存在的一切，甚至锐利的人类思维，对他来讲，都只是可以用来取乐和享受的东西。

在伦敦王尔德家的旁边，有一个乞丐。他的破衣烂衫使王尔德十分生气。他请了一个伦敦的好裁缝，让他给这个乞丐用上等好料子缝制了一套衣服。

衣服做好时，王尔德还亲自用粉笔标出了衣服上的缺陷之处。从此之后，王尔德住处的窗户下就常站着一个身着好看的贵重衣衫的老人。乞丐从此也不再惹怒王尔德的趣味了。"甚至连贫穷也应该是美丽的。"

王尔德就是这样生活的，他目空一切，醉心读书，赏玩宝物。他每天傍晚都要去夜总会和沙龙，这是他生活中最快乐的时刻。他整个人都焕然一新。他浮肿的脸也会变得年轻而又白净。

他很善于叙述。他讲过几十个童话、神话和故事，其中有悲伤的，也有欢乐的。他常常用他那出人意料的新奇思想、出色的比喻和论述，把它们汇集成一门罕见的知识。

魔术师能突然从袖口拉出一大堆彩色绸条，和魔术师一样，他也能让自己讲述的故事随心所欲，出口成章，使得听众十分惊讶，而且内容又从不重复。在他离开时，他会把刚刚讲的故事忘得一干二净，他会把他的故事当成礼物送给第一个听众。他把他给大家讲述的故事提供给朋友们，让他们写下来，而他本人却写得很少。在他讲述的大量故事中，事后能被写成文字的充其量也不过百分之一吧。王尔德是一个既懒惰又慷慨的人。

"在人类历史上，"他的一位传记作者写道，"还从来没有出现过这样才华横溢的交谈者。"

可判刑以后，一切都完了。朋友们离他而去，书籍被烧毁，妻子因悲伤过度死去了，孩子也被夺走了，贫穷和苦难成了这个人的命运，一直到死也未得解脱。

在牢房里王尔德终于明白了什么是痛苦，什么是社会的不公平。他饱受压抑和羞辱之后，极尽最后的力量大声抱怨所受的苦难，呼唤公平，把这呐喊的声浪，像一口带血的唾沫，吐向出卖他的英国社会。王尔德的这声呐喊，就是《里丁监狱之歌》。

在此之前一年，他曾狂妄地感到奇怪，人们为什么要去同情穷人的苦难，那时，他认为应该获得同情的，只有美和欢乐。现在他却写道：

"穷人是智慧的。他们更富同情心，更温情，他们的感受也比我们更深。我将来出狱，若到富人家乞讨，肯定一无所得，凡是能给我一点儿充饥的东西的，可能都是穷苦人家。"

一年之前，他曾经说过，生活中最高尚的是艺术和艺术家。现在他的观点不同了：

"许多优秀的人物，如渔夫、牧人、农民和工人，他们对艺术知之甚少，尽管如此，他们仍然是人间真正的精英。"

一年之前，他曾表达过对自然的完全蔑视。甚至连花朵，田野上的石竹和菊花，也要被他染上绿色之后再别上胸襟。那些花朵的自然颜色让他感到太艳丽了。现在他却写道："我感觉到一种渴望，对简朴和原始的渴望，对大海的渴望，对于我来说，大海和大地一样，也是我的母亲。"

在狱中，他十分仰慕自然主义者林耐，当林耐第一次见到被染料木染得金黄的大片大片山地草场时，他曾长跪在地上，兴奋地哭了起来。

有必要服上一段苦役，有必要看上一眼死刑犯的脸色，再看一下精神失常的囚犯如何遭到毒打，如何一连几个月地拆解旧缆绳，以至于指甲都被磨脱，他们如何把沉重的石头毫无意义地从一处推到另一处，如何失去朋友，失去美好的过去，最终，唯有这样，他才能明白英国的社会制度是"糟糕透顶的，不公平的"，他才有可能在自己笔记的结尾写下这样的文字："在如今的社会中，没有我的位置。而大自然将会为我在大山中找到一个藏身之处，它让夜空布满星星，使我不至于摔倒，能够在黑夜中寻路，让风沙淹没我的足迹，使谁也无法跟踪我。

它能倾江河湖海的大水把我的身体洗净，用苦辛的草药医治我的疾病。"

在狱中，王尔德生平第一次懂得了什么是同志之谊。"我在狱中感受到了许多来自难友的爱抚和对自己痛苦的同情，这是我一生从来没有过的深切的感受。"

王尔德满怀与他同监服开遭受苦役惩罚的所有囚犯所给予的真诚的爱，走出了监狱。

出狱以后，王尔德写了两篇很出名的文章，题为《狱中生活书信》。这两篇作品，大概相当于王尔德此前所写作品的总和。

在一篇文章中，他带着强忍的愤怒，描述了和成年人一起被投入英国监狱的儿童所遭受的痛苦，在另一篇文章中他描写了狱中风俗的野蛮。

这两篇作品使王尔德进入了优秀人物的行列。王尔德第一次以一个批判者的身份出现了。

有一篇文章写的是一件似乎很不起眼的事：里丁监狱里有个狱警叫马丁，仅仅因为他给了一个饥饿的小犯人几块面包干，结果就被开除了。

"孩子们在英国许多监狱里日夜受到的残酷迫害是令人难以置信的。只有亲眼目睹这一切的人，才会相信英国制度的惨无人道。儿童在狱中经受的恐怖已经达到了顶点。如果能使狱方停止折磨狱中的儿童，那么里丁监狱中的任何一个囚犯都会非常心甘情愿为自己加刑，多少年都在所不惜。"

王尔德当时所以这样写，十分清楚，他，一个伟大的前唯美主义者，和别的囚犯一样，为了这个他常在单人牢房里见到的嚎哭不止的瘦小儿童，他无疑也会心甘情愿地多坐几年牢。

出狱后不久，王尔德在自愿的流亡中死于巴黎。

他被英国、伦敦和朋友们淡忘了，在贫困中死去。给他送葬的，只有他所住街区里的一些穷人。

1937年

※ 弗里德里希·席勒

在安徒生的一则童话中，说有一丛已经枯萎的玫瑰，在严酷的冬天里盛开着白色芬芳的小花，这是因为有一只善良的人手触摸了这丛玫瑰。

这篇童话故事很可能写的是弗里德里希·席勒。

"他有天赋，"歌德评论席勒说，"凡是他触摸过的东西都会变得高尚起来。"

我的桌子上有一本旧书——席勒的传记。在这本书的第一页上有一行字，不知是谁的笔迹，显然是一位老人用有些哆嗦的手写下的："一个十分高尚的人！"

当我看到这句话时，我不禁想道：那个对这位伟大的德国诗人作出了如此朴素而又精确评价的人，大概哭了。

我情不自禁地开始在书页中寻找泪痕。但是此书出版迄今已经70余年了。泪滴早已干涸，它们的痕迹也早就消失。留在我们心中的惟有对诗人的无限敬仰和为他的早逝而感到的深刻悲痛，正如席勒的一个朋友所指出的那样，诗人是被"古老善良的德国"这个"奴隶养成所"的残酷和自命不凡的愚蠢折磨致死的。

席勒的传记作者很多，但没有一个人尝试过如何说清楚，这到底是什么样的一个奇迹，从一个无聊的德国小市民阶层，在厚颜无耻的符腾堡公爵的模范兵营中，会出现这样一个光芒四射、无畏而又朴实无华的诗人。他是一个完全无愧于我们所称的"人类的精英"的人。席勒在实行军队体制的军校学习。这个学校的学生，只要被发现谁有一点儿自由思想，他就会受到数年关押拘禁的严厉惩罚。

就是在这里，在这样的监狱中，他写作了自己的第一部反叛性剧本——《强盗》。

他痛斥独裁者，他深信人民起义是救星，为了自由和人的尊严，他号召人们参加起义。难怪法兰西国民议会于1792年接受他加入了法国国籍，这项法令是由丹东签署的。

在法国，人们甚至不太知道他的名字，都说这个极大的荣誉赐给了《强盗》

的作者"日列"先生。几年之后，诗人的朋友们才猜出来，那位神秘的"日列"先生就是席勒。

《强盗》是在兵营年老守门人的小黑屋里写成的。在那里，席勒躲开了长官们秃鹰一样凶神恶煞的眼睛。

许多处女作的遭遇往往都是令人惊讶的。《强盗》是在楼梯下面写成的；彭斯那些美妙的诗篇写于苏格兰的简易小房中，窗户小到几乎不透亮光；契诃夫的许多短篇小说是在莫斯科贫困住宅的窗台上写出来的；安徒生童话是在外省旅馆的廉价客房中写成的。

然而，这些简陋的住处却在我们的想象中闪耀着天才和青春的光芒，对我们来说，它们比最漂亮、最豪华的宫廷大厅还要壮观。

《强盗》像一声惊雷在全欧洲滚动轰鸣，给腐败的德国吹来一阵清风，引发了一场暴风骤雨。

席勒——这场雷电的代言人，"狂飙突进"的倡导者，在军校毕业时被授予团级军医职务的他，被迫逃出了符腾堡，以免被捕入狱。这部大胆剧作的出现，使公爵怒不可遏。

从此也开始了席勒那漂泊和艰苦的生活。他曾经当过州立剧院的编剧，刊物出版人，历史教员，但他首先是一位诗人、戏剧家和一个具有巨大个人魅力的人。

用他同时代人的话来说，席勒精神的纯洁，浪漫的情趣，他思想的力量，他的善良，还有诗歌的天赋——所有这一切甚至明显地反映在他的外表上，让人一目了然。

他个子很高，很清瘦，脸色白净，一头浅栗色的头发，他有着深邃而又沉思的目光，灵巧而又优雅的举止，脸上总是带着一种开朗的微笑。他不仅对一切都襟怀坦白，而且还时时面带腼腆。

显然，因为所有这些，朋友们才不顾一切地喜欢他，女性们才那样温情的钟情于他。

甚至席勒的一次十分短暂的出现，也往往会使人们以及他们有规律的生活方式突然发生变化。他随身带着自己不安的思想，在各地传播。他在每个地方都能发现诗，而无论这首诗是多么的朴素无华，他善于不被人觉察地把人们带进诗歌的意境和自己丰富想象的世界。

他认为，艺术是培养人的一种手段，能把人培养成"理性王国"的真正公民。

《强盗》完成以后，他又写了几部剧本：《阴谋与爱情》、《唐·卡洛斯》《华伦斯坦》、《玛利亚·斯图亚特》、《奥尔良的姑娘》和《威廉·泰尔》。

所有这些剧作——无论是就情节的紧张还是就思想的深刻而言，都是戏剧艺术中的杰作。

《阴谋与爱情》是对专制暴君和由此衍生的生活中的一切卑鄙丑恶行为的无情抨击。与此同时，也讲述了一个美丽姑娘死去的动人故事。

这个剧本直到现在还在世界各地的舞台上盛演不衰。在我国国内战争时期，这个剧本尤其流行。

有一次，在基辅，在苏联军队攻占该城后的第二或第三天，我观看了《阴谋与爱情》的演出。

在观众大厅里坐着的是全副武装、半饥半饱、浑身散发着火药味的红军战士。观众的热情达到了白热化的程度，以致演坏蛋总督的那位演员竟害怕起来，他担心在观众中有人会向他开枪。

情况确实如此，他的担心是不无根据的。在观众席的后几排座位上，有人喊出声来："坏蛋，寄生虫，你等着！"枪闩啪的响了一下。观众大厅里立即发生了一阵骚乱，原来是战友们把一个狂怒战士的枪夺了下来。

《阴谋与爱情》我看了很多遍。这出戏在莫斯科瓦赫坦戈夫剧院演得特别好。伴奏音乐是贝多芬的神奇音乐（贝多芬根据席勒的《欢乐颂》写了第九交响乐的尾声），舞台布景华美壮丽，一个德国老城里的冬天景色，凋谢了的柳树，银白色的积雪，平民小房中闪动的烛光。像席勒和歌德这样两个同样伟大的德国人，是不可能不会面的。

席勒赶到魏玛市，在那里结识了歌德，不久，这个相识转变成了友谊。歌德说，和席勒会见之后，"他身上的一切都欢乐地伸展开来，鲜花怒放了"。著名的德国学者洪堡熟知歌德和席勒，他断言，这两个伟大人物的相互影响是美好的，会结出丰硕的果实。

当席勒病重，他的死亡已经临近的时候，歌德是被瞒住的，他不知情况。

"伟大的老人"病了，家人怕他过于激动。但是，歌德还是猜测到了。他害怕去向周围的人探问席勒的情况，为的是能给自己留下哪怕是一丁点儿希望，希望朋友将会康复。他偷偷地一连几夜哭泣，不让任何人到自己跟前去。

当他听到自己的一个老仆人的哭声时，才得知席勒已经去世。后来他写道："我深知我自己将不久于人世。我已经失去了自己生命的一半。"

给歌德和席勒合竖一座纪念碑，是再恰当不过的了。在碑座上，他们两人并肩站立着。1945年，苏联士兵刚从法西斯手中解放魏玛，在他们还满身征尘、十分疲惫的时候，他们就来到歌德和席勒的墓前，献上鲜花，似乎在以此表示，在两个伟大德国诗人生活过的这个国家里，不能允许任何人来损夺和摧残人类的理性。

1955年

※ 一位童话大师

与作家克里斯蒂安·安徒生结识的时候，我只有7岁。

那是一个冬日的夜晚，离20世纪的到来只剩下几个小时。快乐的丹麦童话作家在新世纪的门槛前迎接了我。

他久久地看着我，眯起一只眼睛，笑着，然后从口袋里拿出一块雪白芳香的手帕，抖了抖，突然，从手帕里掉出一朵很大的白玫瑰花。顷刻间，整个房间都被它银色的光芒照亮了，回响起隐隐约约的、柔缓的叮当声。原来，这是玫瑰花瓣落在我们那时住的地下室砖地板上发出的声音。

和安徒生的偶遇就是老派作家们所说的"梦境变现实"的情景。只不过，这多半是我的梦。

在那个我所讲述的冬日夜晚，我们家正在装扮新年枞树。每到这时，大人们都要把我打发到外面去，担心我因为枞树提前感到高兴。我无论如何都不能明白，为什么不能在某个确定的日期来临之前就兴高采烈。在我看来，快乐并不是我们家庭中的常客，它还不至于让我们这些孩子们等待得太苦。

但是无论怎样，我还是被打发到了街上。黄昏中的那一时刻来临了，路灯还没亮，但马上就要点亮了。因为这个"马上"，因为盼望，路灯一下子亮起来，我的心像是停止了跳动。我清楚地知道，在绿色煤气灯的映衬下，在商店玻璃橱窗的最下面，马上会现出各种各样神奇的玩意儿："雪姑娘"冰刀，七彩虹的螺旋形蜡烛，白色小礼帽中的小丑面具，骑在烈性枣红马上的锡兵，响炮，金纸环。所有这些东西都散发出一种诱人的糨糊和松节油的气味。

我从大人口中得知，这个夜晚十分特别。为了等到这样的夜晚，还需要再活上一百年。而这件事，毫无疑问，几乎谁也办不到。

我问爸爸，"特别的夜晚"是什么意思。父亲说，这个夜晚特别，是因为它和其他所有的夜晚都不一样。

的确，19世纪那最后一个冬夜和其他所有的夜晚都不一样。大雪缓缓地落下，非常庄严，雪花那样大，就好像轻盈的白花从天上落到了城市。所有的街道上都响起了依稀的马车铃铛声。

我一回到家，枞树就立即被点亮了，房间里的蜡烛开始欢快地噼啪作响，就好像周围爆裂开了百合花的干蒴果。

枞树旁边放着一本厚厚的书——妈妈给我的礼物。这是克里斯蒂安·安徒生的童话。

我坐在枞树下，打开了书。那里面有很多盖着香烟纸的彩色图片。要想看这些油彩未干的图片，必须得小心地吹开香烟纸。

在那里，五彩焰火照亮了雪宫殿的墙壁，野天鹅在映衬着粉红色云朵的大海上飞翔，小锡兵单脚站在大钟上，手里紧握着长枪。

我读了起来，读得如此痴迷，让大人们很失望，因为我几乎没去留意盛装的枞树。

我先读完了坚定的小锡兵和美丽的女舞蹈家的童话，之后，是白雪皇后的故事。人类那美妙的、同时我感到就像花朵一般芬芳的善良，从这本烫金书的书页中喷薄而出。

之后，疲惫和蜡烛的热气让我在枞树下打起了瞌睡，瞌睡中，我看见了丢下一朵白玫瑰的安徒生。从那时起，我对他的认识总是和这个愉快的梦境联系在一起的。

当然，那时我还不理解安徒生童话中的双重含义。我不知道，在每一个儿童童话中都包含着另一个只有成年人才能完全理解的童话。

这是我过了很久之后才理解的。我知道我很幸运，能够在艰难而伟大的20世纪前夜遇到一个可爱的怪人，诗人安徒生，他教会我相信，太阳永远会战胜阴霾，人类善良的心灵永远会战胜罪恶。

在自己的一生中，安徒生善于保持愉快的心情，虽然他的童年并没有为此提供任何愉快的条件。他生于1805年，拿破仑战争时期，生在古老的欧登塞城一个鞋匠的家庭。

欧登塞位于富由恩岛群山中的一个盆地里。这个岛的盆地中几乎总有散不去的雾气，而在山顶，则盛开着杜鹃花。

如果仔细想想欧登塞像什么，那么，它可能多半会使人联想起用黑橡树雕成的玩具城。欧登塞因自己的木雕刻师而远近闻名，它并非徒有虚名。其中的一个雕刻师，中世纪的大师克劳斯·伯格，用黑木为欧登塞的教堂雕刻了一座巨大的圣坛。这座圣坛，宏伟而又威严，它不仅使孩子们、同时也让成年人感到敬畏。

但是，丹麦的雕刻师们不单单做圣坛和神像。他们更喜欢用大块的木头雕刻那些按照海上的规矩装饰帆船艄柱的形象。那是些粗糙但传神的雕塑，有圣母、海神涅普顿、众海神、海豚和弯曲的海马。这些雕像漆成金色、赭石和钴蓝色，并且，颜色涂得非常厚重，在很多年间，海浪都不会冲掉或损坏它。

事实上，这些轮船塑像的雕刻师们就是表现大海和自己手艺的诗人。就是在这样一位雕刻师的家中，出现了19世纪最伟大的丹麦雕刻家、安徒生的朋友阿尔伯特·托瓦德森，这是不足为奇的。

小安徒生看见了雕刻师独出心裁的作品，不仅在轮船上，而且还在欧登塞的房屋上。可能，他知道欧登塞那所非常非常古旧的房子，在那上面的一块厚木板上，在郁金香和玫瑰图案的边框中间，写着竣工时间。那儿还刻着一首诗，孩子们会背诵它。而在鞋匠的门上挂着一块木牌，上面画着一只双头鹰，表示鞋匠只缝制成双成对的鞋子。

安徒生的父亲是鞋匠，但是，他的门上没挂双头鹰木牌。这种牌子只有鞋匠行会的成员才有权利悬挂，而安徒生的父亲却穷得付不起入会费。

安徒生在贫穷中长大。安徒生家中唯一能引以为荣的，就是他们家中非同寻常的整洁，还有一个长着茂密洋葱的泥土箱，以及窗台上的几个花瓶。

花瓶中鲜艳的郁金香盛开着。而窗外则可以听到钟声、兵营旁激昂的敲鼓声、流浪艺人的长笛声，还有沿着运河把简陋的平底驳船拖往临近海湾的海员们嘶哑的歌声。

在这个安静小男孩身边各种各样的人与事、各种各样的色彩和声音中，安徒生为快乐的心情和各种故事的构思找到了理由。

在家中，小安徒生只有一个知恩的听众——一只名叫卡尔的猫。但是，卡尔有一个很大的缺点——它常常是还没听完一个有趣的童话，就睡着了。猫的生活，就像人们说的那样，总是自私的。

但是，小男孩从不生那只老猫的气。他总是原谅它，因为卡尔从来不怀疑世界上存在巫师和狡猾的克鲁姆培——杜姆培，还有机智的烟囱清洁工，它从来不怀疑会说话的花儿和头戴钻石王冠的青蛙。

最早的那些童话，小男孩是从父亲和隔壁养老院的老太太们那儿听来的。她们整天弓着腰纺织灰色的绸布，嘟哝着简单的故事。小男孩用自己的方式改编这些故事，给它们润色，像是添加了新的色彩，然后用自己的话，重新讲给养老院的人听，令大家不敢辨认。而那些人赞叹不已地相互交头接耳地嘀咕说，小安徒生太聪明了，因此在世上会活不长的。

在接着写下去之前，我应该在此稍做停留，讲讲我曾一笔带过的安徒生的特点——善于在每一步所遇到的趣味横生的美好事物中发掘快乐的能力。

也许，把这种特点称为能力不太恰当，更应该把它称做是禀赋，称做是善于捕捉在懒人眼前会溜走的那些东西的罕见本领。

我们在大地上行走，但是，我们是否经常想到，要弯下身子仔细看看这片大地，看看我们脚下的一切？而如果我们弯下身子，甚至趴在地上，仔细地观察大地，那么在每一寸土地上，我们都会找到很多奇妙的东西。

睡莲上散落的一星星绿宝石般的干苔藓，或是样子酷似紫红色士兵帽缨的矢车菊花朵，这些难道不有趣吗？还有珍珠贝的碎片——那样小，甚至无法用它给娃娃做一个随身用的小镜子，但是，若想要它无穷地变幻，并且闪耀出多种恬淡的色彩，像清晨朝霞升起时浸罗的海上空的那些色彩，它却又足够大了。

每一棵充盈着馥郁汁水的小草，每一粒飞翔的椴树种子，难道不都是美好的吗？那粒种子一定会长成一棵参天大树。

还有什么你在自己的脚下看不到呢！可以把所有这些写成故事或童话，对于这样的童话，人们只能吃惊地摇晃着头，相互说："在这个瘦高个儿、这个欧登塞鞋匠的儿子身上，从哪里来的如此值得称道的天赋呢？也许，他就是一个巫师？"

使孩子们进入童话世界的不仅是民间诗歌，还有剧院。孩子们总是把演出理解为童话。鲜艳的舞台装饰，彩灯灯光，叮当作响的骑士盔甲，和战场上的轰鸣声一样的音乐，长着蓝睫毛的公主的眼泪，紧握锯齿型长剑手柄的红胡子坏蛋，穿着薄纱衣会跳舞的女孩——这些无论怎样都不像现实，毫无疑问，它们只可能存在于童话之中。

欧登塞有自己的剧院。在那里，小安徒生第一次观看了一出有着浪漫名字的话剧《多瑙河的姑娘》。他被这部话剧惊呆了，从那时起，他成为了一名狂热的戏剧爱好者，终其一生，直至去世。

没有钱去看戏。小安徒生则用想象中的演出去代替现实的演出。他和城里贴海报的彼得交上了朋友，帮他的忙，而彼得因此送给安徒生每一部新戏的海报。

安徒生把海报带回家，躲到角落里，读完剧名和剧中人物的名字，便马上开始构思自己吸引人的话剧，而他用的是和海报上一样的名字。

这种构思能持续好几天。如此这般，一座假想儿童剧院的秘密演出开始了，在这里，小男孩承担了一切：作者和演员，作曲和舞美，灯光和歌手。

安徒生是家里的独生子，虽然父母生活贫寒，但他仍然过得自由自在，无忧无虑。他从未受过惩罚。他所做的唯一的事情就是不断地幻想。这种状态甚至妨碍了他及时地学会读写。比起同龄人，他很晚才识字，直至成年仍不能完全自信地书写，常犯一些拼写错误。

更多的时间安徒生是在欧登塞河畔的一间老磨坊里度过的。这间磨坊因年久

117

失修而摇摇欲坠，在它的四周，水花飞溅，水流不断。水藻的绿胡子从它的水槽上垂落下来。河坝边的浮萍下游动着慵懒的鱼儿。

不知是谁对小男孩说，就在磨坊的下面，在地球的另一端坐落着中国，还说中国人可以非常轻松地挖一条通向欧登塞的地下通道，他们会穿着自己绣着金龙的红色绸缎袍子，手拿优雅的扇子，突然出现在落后的丹麦小城的街头。

小男孩久久地等待着这个奇迹的到来，但是，它不知为什么却没有发生。

在欧登塞，除了磨坊，还有一个地方吸引小安徒生。在运河岸边坐落着一个退休老海员的庄园。海员在自己的花园里安置了几门不大的木头炮，而旁边则站着一个也是木制的高大士兵。当运河里的轮船开过来时，这些木头炮进行空弹射击，而士兵则用木枪射击。老海员就用这种方式为自己幸运的同伴——那些尚未退休的船长们鸣放礼炮。

几年后，安徒生又一次来到了这个庄园，那时他已经成了一名大学生。海员已经死了，但是，在鲜花盛开的花坛中迎接年轻诗人的是一群美丽热情的少女——老船长的孙女们。

那时，安徒生第一次感受到了对其中一个姑娘的爱，遗憾的是，这只是无望而迷茫的爱。在他动荡的有生之年，所有对女人的爱都是以这样的情形告终的。

安徒生幻想他所能想象到的一切东西。父母期望小男孩成为一个好裁缝。母亲教他裁剪缝纫。但是，小男孩一旦缝点儿什么，则肯定是给自己的娃娃（他已经有了一个自己的家庭木偶剧院）做的鲜艳的连衣裙。而他学会的并不是裁剪，而是用纸精巧地剪出一些别致的花边，或是剪出一些单脚旋转的小舞女。他的这种独特的手艺让所有人感到震惊，甚至在他年老的时候。

缝纫的手艺日后对于成为了作家的安徒生大有裨益。他常把手稿弄得很脏，以至于没有地方做修改。于是安徒生把这些改动的地方誊写在另外的纸上，然后仔细地用线把它们缝在手稿上——在手稿上打补丁。

安徒生14岁时，父亲去世了。回想到父亲的去世，安徒生说，有一只蝈蝈在父亲遗体的上方叫了一整夜，与此同时，小安徒生也哭了一整夜。

就这样，在炉子后面那只蝈蝈的歌声中，腼腆的鞋匠离开了人世，他没有什么可值得称道的东西，除了把自己的儿子——一位童话作家和诗人——奉献给了世界。

父亲死后不久，安徒生征得母亲的同意，带着微不足道的盘缠离开欧登塞来到首都哥本哈根，去追求幸福，虽然他自己还不清楚，究竟什么是幸福。

在安徒生复杂的生平中，很难确定他是什么时候开始写自己神奇的童话处女作的。

自幼年起，他的记忆中就充满了各种神奇的故事。但是，它们藏匿得很深。青年安徒生认为自己可以从事任何一种职业——歌唱家、舞蹈家、朗诵演员、诗人、讽刺作家、剧作家，却唯独不是一个童话作家。即使是这样，童话若隐若现的声音很早就时而在此部或彼部作品中出现，就像刚刚被触碰又戛然而止的琴弦发出的声音。

在我们周遭的生活中，自由的想象捕捉到成百上千的细节并把它们组成优美而智慧的故事。

没有什么东西，无论是啤酒瓶颈、黄莺身上掉落的羽毛上的一滴露水还是街头生锈的路灯，会被一位童话作家所忽视。任何一个思想，最有力、最伟大的思想，都可以在这些微不足道的东西的友好协助下被表达出来。

是什么推动安徒生进入了童话领域？

他自己说，写童话时最轻松，他能与大自然独处，"聆听它的声音"，尤其是他在西兰岛的森林中休息时。那里的森林几乎永远白雾缭绕，在星星的微弱光亮中打着瞌睡。大海遥远的喁喁私语传到森林深处，给森林添加了一种独特的神秘感。

但是，我们也知道，安徒生的很多童话是在冬天写成的，在孩子们热闹地庆祝圣诞节的时候写的，他使童话绚丽缤纷，就像小枞树上的装饰品。

还需要说些什么呢？北方的冬天，地毯般的白雪，炉子里噼啪作响的火苗，还有冬日夜晚里的灯光，——这一切都孕育着童话。但是也可能，是发生在哥本哈根街头的一个偶然事件，促使安徒生成了一名童话大师。

一个小男孩在哥本哈根一所老房子的窗台上玩耍。玩具并不太多，只有几幅拼图，一匹用硬纸板做的没尾巴的马，它已经不止一次被水洗过并因此退了色，此外还有一个缺胳膊少腿的小锡兵。

小男孩的母亲，一个年轻的妇人，坐在窗前绣花。

这时，从老港口方向——那里的天边飘荡着一列列轮船，让人昏昏欲睡，从空荡的大街的深处，走来一个穿着黑衣、个子很高、非常清瘦的人。他迈着有些迅速的、不太自信的步伐走来，挥动长长的双臂，自言自语着。

帽子被他拿在手里，因此能非常清楚地看到他宽大的额头、细长的鹰鼻和眯起来的灰色眼睛。

他并不漂亮，但是很优雅，让人觉得他是一个外国人。一片芳香的薄荷叶插在他常礼服的扣襻里。

假如能够听见这个陌生人的自言自语，我们就能分辨出他在缓缓地读着一首诗：

> 我把你保存在自己的胸膛，
>
> 啊，饱含我所有回忆的温柔玫瑰……

绣架旁的女人抬起头，对男孩儿说："我们的诗人安徒生先生来了。听着他的摇篮曲，你就能睡得很香了。"

男孩皱着眉头看了看穿黑衣服的陌生人，抓起自己唯一的瘸腿小锡兵，跑到街上，把小锡兵塞到安徒生的手里，然后马上跑开了。

这是一件罕见的慷慨礼物。安徒生明白这一点。他把小锡兵和薄荷叶并排插到常礼服的扣襻里，就像是佩戴上一枚勋章，之后拿出手帕，轻轻地按在眼睛上——显然，朋友们抱怨他过分敏感，并非是毫无根据的。

而那个妇人停止绣花，抬起头来，心里想，假如她能爱上这个诗人，和他共同生活将是一件多么美好而又多么艰难的事啊。有这样的说法，说安徒生无论如何都不愿放弃自己的写诗习惯和奇思怪想，哪怕是为了他热爱的年轻歌唱家燕妮·林德——大家都叫她"耀眼的燕妮"，安徒生也不愿意。

而这些奇思怪想是很多的。有一天，他甚至想把一只风鸣竖琴固定在帆船的桅杆上，想听它在丹麦常刮的西北风下发出的凄婉歌声。

安徒生认为自己的生活很美好，近乎无忧无虑，但毫无疑问，这只是因为他那孩子式的乐观态度。这种对生活的善待一般来说是丰富内心的可靠标志。像安徒生这样的人，不愿意把时间和经历浪费在和生活中的失意作斗争上，当周围如此清新地闪耀着诗歌的光芒，应该生活在诗中，依靠它生活并且不错过春天的嘴唇亲吻树木的那一瞬间。永远都不去想生活中的痛苦该有多好啊！和这令人陶醉、芳香扑鼻的春天比起来，那些痛苦又算得上什么呢！

安徒生愿意这样思考，这样生活，但是，现实对他并非像他应该得到的那样宽厚。

曾有过很多、非常之多的痛苦和委屈，尤其是在哥本哈根的最初岁月里，当时，他一穷二白，面对的是来自出名诗人、作家、音乐家们轻蔑的庇护。

甚至到了老年，安徒生也非常经常地意识到，他是丹麦文学中的"穷亲戚"，他，一个穷鞋匠的儿子，应该在达官和教授中间辨清自己的位置。

安徒生在谈到自己时，说他在自己的生命历程中不止一次饮下了苦酒。人们对他避而不谈，制造关于他的流言飞语，嘲笑他。为什么？

因为他身体中流淌着"农夫的血"，因为他与那些目空一切、生活富足的庸才们不相像，因为他是"上天仁慈"造就的真正诗人，因为他贫穷，最后，还因为他"不善于生活"。

在丹麦的市民社会中，不善于生活被认为是最严重的缺陷。安徒生在这个社会中非常不自在，——这个怪人，用哲学家克尔凯郭尔的话来说，是活生生的可笑的诗歌主人公，他突然从诗集中跑了出来，却忘了如何返回图书馆书架的秘诀。

"我身上一切好的东西都被踩进了污泥。"安徒生讲到自己时说。他还说过一些更为痛苦的话，把自己比方一只落水狗，小孩子们向这只落水狗扔石头，甚至不是出于恶意，而是为了无聊的取闹。

是啊，这个人的生活道路并不是铺满玫瑰的，虽然他善于在夜空中看见酷似白夜之闪亮的蔷薇的辉光，善于听见森林里老树桩的低吟。

安徒生饱经苦难，我们不得不折服于这个人的勇气，他在自己的生活道路上既未丧失对人们的善心，也没丧失对平等的渴望，更没失去在任何地方发现诗意的能力。

他痛苦，但是并未屈服。他愤懑。他以自己和穷人，即农民和工人们亲如血肉的联系而骄傲。他加入了"工人联盟"，并且是丹麦作家中第一个给工人们朗读童话的人。

他会变得充满嘲讽、毫不留情，如果他遇到了对普通人的蔑视，遇到了不公和谎言的话。在他身上，孩童般的真诚和辛辣的讽刺共生。在自己关于没穿衣服的国王的故事中，他非常有力地体现了这种讽刺。

在穷人的儿子、安徒生的朋友建筑师托尔瓦德森去世的时候，安徒生无法忍受让丹麦贵族在伟大的大师棺材前装模作样行进这样一个想法。

安徒生写了一首悼念托尔瓦德森的诗。他把全哥本哈根的穷人孩子都召集到了葬礼上来。这些孩子们沿着送葬的队伍围成一圈，唱着安徒生的颂诗，那首颂诗是这样开头的：

让穷苦人走到棺材前，

逝者本人就出身于穷人……

安徒生写过自己的诗人朋友英格曼，写到他在农民的土壤上寻找诗歌的种子。这些话语更适合用来描绘安徒生本人。他从农民的土地上拾起诗歌的种子，在自己的心中温暖它们，把它们撒在低矮的茅舍里，这些种子长大，开出了使穷人的心灵感到欣慰的、独特而艳丽的诗歌之花。

曾经有过艰苦而屈辱的学习生涯，当安徒生不得不和比他小很多岁的男孩子同坐在一张课桌后面的时候。

曾经有过心乱如麻和找寻属于自己的道路的艰难岁月。安徒生本人很长时间都不知道，哪些艺术领域才适合于他的天赋。

"就像山民在大理石悬崖上挖台阶一样，"安徒生在老年时关于自己说道，"我缓慢而艰难地在文学中占据了自己的一席之地。"

他并不清楚自己的能力，直到诗人英格曼开玩笑似的对他说："你有在任何污水沟中找到珍珠的宝贵天赋。"

这句话使安徒生找到了自己。

就在他生命的第二十三个年头，第一本真正的安徒生作品出版了，这就是《阿迈厄岛步行记》。在这本书中，安徒生终于决定把"自己那串五光十色的想象"放飞到世界中去。

对于在此之前毫无名气的诗人的轻盈而激动的赞叹传遍了丹麦。他的未来变得清晰了。安徒生带着自己作品的第一笔微薄稿酬，开始了在欧洲的旅行。

完全有理由认为，安徒生接连不断的旅行不仅是游山玩水，而且更是对自己那些伟大的同时代人的拜谒。因为安徒生无论到了什么地方，都要去结识自己喜爱的作家、诗人、音乐家和艺术家。

安徒生认为，这样的结识不仅是自然的，而且也是必要的。安徒生伟大的同时代人的智慧和天才的闪光，使他感受到了自身的力量，充实了自己。

长久的激动不安，频繁的国家、城市、民族以及旅伴的更迭，"旅行诗歌"的浪涛，美妙的相遇和同样美妙的想象，这就是安徒生全部的生活。

在哪里遭遇了写作的激情，他就在哪里写作。在罗马和巴黎，在雅典和君士坦丁堡，在伦敦和阿姆斯特丹的旅馆中，他尖锐而急促的鹅毛笔在锡制的墨水瓶上究竟留下了多少道划痕，谁又能数得清呢！

我提到了安徒生急促的笔。为了解释这句话，不得不暂时停止讲述他的旅行。

安徒生的写作速度很快，虽然在写成之后他还要长时间挑剔地修改自己的手稿。

他写得快，是因为他拥有即兴写作的天赋。安徒生是一个纯粹的即兴作家。

即兴写作，就是诗人对每一个陌生想法、对每一个外来推动力的迅速回应，并且，他能把这种思路快速地转变成为一组组形象以及和谐的画面。只有在大量观察和精确记忆的基础上，才可能有即兴创作。

那个关于意大利的中篇小说，安徒生就是作为一个即兴作家写就的。因此，他用这个词命名了那篇小说——《即兴诗人》。也可能，安徒生对海涅的深深敬爱可以解释为，他在这个德国诗人的身上看到了自己即兴创作的志同道合者。

但是，还是让我们回到安徒生的旅行上来吧。

他的第一次旅行是在挤满了上千只轮船的卡特加海峡完成的。这是一次非常愉快的旅行。那时，卡特加海峡中出现了最早的蒸汽轮船："丹麦号"和"卡列多尼亚号"。它们引起了帆船船长们风暴般的愤怒。

当蒸汽轮船把烟雾喷满整个海湾，胆怯地穿过一排排帆船时，它们遭受了闻所未闻的嘲笑。

帆船船长们用扬声器喊出了最不堪入耳的骂人话。蒸汽轮船被称为"烟囱清洁工"、"排烟船"、"熏黑的尾巴"和"臭木盆"。这残酷的海上内讧使安徒生感到非常好玩。

但是，在卡特加海峡的航行算不了什么。在它之后，开始了安徒生"真正的旅行"。他多次游历了整个欧洲，到过小亚细亚，甚至还到过非洲。

他在巴黎结识了维克多·雨果以及伟大的演员拉舍尔，和巴尔扎克交谈过，在海涅家做过客。在他见到那位年轻的德国诗人时，海涅年轻美丽的巴黎妻子被一大群吵嚷的孩子包围着。

海涅发现了安徒生的不知所措（童话大师暗地里有些害怕孩子们），便说道："您别害怕。这不是我们的孩子。他们是我们从邻居那里借来的。"

仲马带安徒生去廉价的巴黎剧院，而有一天，安徒生看见仲马在写自己的又一部小说，他一会儿大声地与自己的主人公们对骂，一会儿又笑弯了腰。

瓦格纳、舒曼、门德尔松、罗西尼、李斯特为安徒生演奏过自己的作品。安徒生称李斯特为"琴弦上的暴风雨精灵"。

在伦敦，安徒生见到了狄更斯。他们相互望着对方的眼睛。安徒生没有忍住，转过身哭了。

那是面对狄更斯伟大的心灵而流出的激动的泪水。

之后，安徒生去狄更斯海边的小屋做客。院子里，一位意大利流浪手风琴师在凄凉地演奏着，窗外，黄昏中闪烁着灯塔的亮光，房子旁边，笨重的轮船从泰晤士河驶进大海，而远方的河岸，好像煤炭在燃烧，——那是伦敦的船坞在喷云吐雾。

"我们家里满是孩子。"狄更斯对安徒生说，他拍拍巴掌，马上，几个男孩女孩——狄更斯的儿女们——便跑进了房间，围住安徒生，吻他，以表达对他的童话故事的感谢。

但是，安徒生最常去、也待得更长久的地方是意大利。

对于他来说，就像对于很多作家和艺术家一样，罗马就是第二故乡。

意大利征服了安徒生。他爱上了它的一切：长满了茂盛常春藤的石板桥，被黝黑的孩子们弄得斑驳的残破的大楼正面，酸橙林，"盛开的莲花"威尼斯，拉特兰的塑像，凉爽而醉人的秋天的空气，罗马上空圆屋顶的闪耀，古老的油画，暖融融的太阳，还有那些由意大利而在心中生出的硕果累累的构思。

安徒生死于1875年。

尽管遭遇过频繁的痛苦，但他还是获得了真正的幸福，受到了自己人民的爱戴。

我不想列举安徒生所有的作品。这也并非是必要的。我只想给出一幅关于这位诗人和童话家的速写，这个迷人的怪人，他直到去世都还是一个心灵纯净的孩子，这个充满灵感的即兴作家，他能抓住人类的灵魂，无论是儿童还是成年人的灵魂。

他是一个穷人们的诗人，虽然，国王们也把能握到他那干瘦的手当做一种荣耀。

他是一个平民歌手。他的全部生活证明，真正艺术的宝藏只存在于对人民的意识中，别无他处。

诗歌使人民的心灵充实，就好像无数湿润的雨滴浸润着丹麦的空气。因此人们说，无论在哪里，都没有丹麦这样的宽阔鲜艳的彩虹。

就让这彩虹更多地闪耀吧，就像一道多彩的凯旋门，竖立在童话大师安徒生的墓地上方，竖立在他所钟爱的白玫瑰丛的上方。

1955年

※ 小议巴别尔

我们相信第一印象。我们通常认为，它是准确无误的。我们确信，关于一个人的看法无论改变过多少次，我们迟早都会返回到第一印象。

人们对第一印象的信赖，原因只有一个，那就是对自己的洞察力有十分的把握。在自己的生活中，我经常检验这种"第一印象"，然而结果却非常不稳定。

第一印象常常给我们提出一些狡猾的谜语。

我和巴别尔就是在某种谜一般的、夹杂着我的惊讶之情的场景之中第一次相见的。那是1925年，在敖德萨近郊，在中喷泉的别墅区。

从敖德萨往西，朝着开阔的大海方向，绵延着好几公里长的老别墅和花园区。这片地方都以喷泉命名（小喷泉、中喷泉和大喷泉），虽然那里什么喷泉都没有。是的，好像从来就没有过。

喷泉区的别墅名称当然也很"豪华"，按敖德萨的叫法为"维拉"。瓦里图赫维拉、岗察留克维拉、沙伊·克拉波特尼茨基维拉。整个喷泉区被分隔成一个个小站（按照有轨电车的站数）——从第一站一直到第十六站。

喷泉区的电车站相互之间没什么区别（花园，别墅，探向大海的陡坡，染料木树丛，破损的篱笆，然后还是花园），除了不同的气味和不同的空气浓度。

在第一站，有轨电车的车窗中飘进久置的滨藜和西红柿茎叶的干枯味道。这是因为，第一站位于城郊，在城市的菜园子和荒地的边上。在那里，在落满尘土的草丛下面，就像上万枚玩具般的小太阳，无数的碎玻璃片闪耀着光芒。被打碎的啤酒瓶闪耀着尤为美丽的、绿宝石般的亮光。

每走过一公里，有轨电车就离城郊越来越远，离大海越来越近，直到第九站，那里浪涛拍岸的新鲜声响已经能清晰地传到耳畔。

很快，这隆隆的响声，这海浪冲刷，然后又被阳光晒干的岩石的味道，又远远地在周遭飘散开来，与之伴随的是一股烤鲭鱼的香甜烟雾。人们在铁板上煎鱼。这些铁板是喷泉区的居民从废弃的别墅和看守房的屋顶上揭下来的。

而第十六站过后，空气一下子变了——原来苍白的、有些令人疲惫的空气，现在变成了淡淡的、悠远的蓝色。这种蓝色不知疲惫地把翻腾的浪花从阿纳托利亚海岸追赶到大喷泉的沙滩上来。

在第九站，我租了一间别墅过夏。旁边，穿过马路，就住着巴别尔和他的妻子——一头棕红色头发的漂亮的叶甫盖尼娅·鲍利索夫娜，还有他的妹妹玛丽。大家都温情地叫她"小玛丽"。

就像敖德萨人常说的那样，小玛丽"不可思议"地酷似自己的哥哥，并且毫无怨言地执行他的吩咐。而巴别尔的吩咐很多，而且名目繁多——从用打字机誊写他的手稿，直到与那些纠缠不休的男女崇拜者们作斗争。还是在那时，这些崇拜者们就成群结队地从城里赶来"看看巴别尔"，这使巴别尔感到不安，感到光火。

巴别尔刚从骑兵军回来，在那里，他用柳托夫的名字作为普通一兵服役。

巴别尔的小说那时已发表在多种报刊上——如高尔基的《编年史》、《列夫》、《红色处女地》和敖德萨的几家报纸。追随着巴别尔，敖德萨的文学青年们蜂拥而至。他们与那些女崇拜者们同样使他感到恼火。

荣誉与他齐头并进。在我们眼中，他已经成为了一把文学标尺，而且，还是一个不容置疑的、充满嘲讽的智者。

有时，巴别尔叫我去他家吃饭。大家合力把一口盛着稀粥的巨大铝锅抬到桌子上（"嗨哟，使劲儿！再使把劲儿！"）。巴别尔把这口锅叫做"牧首"，每次当它出现的时候，巴别尔的眼睛都会发出贪婪的光芒。

当他在沙滩上给我朗诵吉卜林的诗，或者赫尔岑的《往事与随想》，或是不知如何落进他手里的德国作家埃德施米德的小说《公爵夫人》时，他的眼睛也闪烁出这样的光芒。《公爵夫人》这部小说还写的是中世纪的法国诗人弗朗索瓦·维永，他因为抢劫被判绞刑，小说写了他对一个做修女的公爵夫人的悲剧式的爱。

除此之外，巴别尔还喜欢读兰波的长诗《醉舟》。他用法语动听地朗读这些诗歌，读得坚定、轻松，就好像把我沉浸在了它们奥妙的音节之中，沉浸在同样奥妙地奔涌着的形象和比喻的洪流之中。

"顺便说说，"有一天巴别尔谈道，"兰波不仅是一个诗人，还是一个冒险家。他在阿比西尼亚贩卖过象牙，是因为象皮病死的。他身上有些和吉卜林共同的东西。"

"是什么呢？"我问道。

巴别尔没有马上回答。他坐在热乎乎的沙滩上，往水里抛着光滑的鹅卵石。

那时，我们最喜欢做的事情就是扔鹅卵石，看谁扔得远，还竖起耳朵听它们是怎样呼哨着落入水中，发出一个开香槟酒瓶塞儿的声音。

"在《讽刺》周刊，"巴别尔说起了与前面那些话毫不相干的事情，"一个非常有天分的讽刺诗人萨沙·乔尔内发表了自己的作品。"

"我知道。题目是《阿龙·法尔弗尔尼克抓住了和乞丐大学生爱泼施坦在一起的继承人女儿》。"

"不，不是那首！他有一些诗是非常忧郁、平白的。'如果不是，可世上毕竟有过，有过贝多芬、海涅、普希金和格里格。'他的真名是格利克贝格。我想起他，是因为我们刚刚往海里扔了鹅卵石，而他在自己的一首诗里这样写道：'还存在思想孤独的岛屿。/勇敢些，别怕在那岛上休息。/在那里，阴郁的礁石探向大海，/可以思考，也可把石子往水中扔去。'"

我看了看巴别尔。他忧郁地笑了笑。

"他是一个安静的犹太人。我在没开始写作之前，也曾经是那样。那时我并不明白，用安静和胆怯是干不成文学的。为了剔除自己作品中你最喜欢的然而却很多余的那些部分，需要强健有力的手指和绳索般粗壮的神经，有时还得不惜鲜血淋漓。这仿佛是自我折磨。我干嘛闯进这苦役般的创作事业！我不明白！我可以像我父亲那样去操纵农用汽车、各种脱谷机和马克-科尔米卡簸谷机。您见过它们吗？很漂亮，散发着淡雅的油漆味道。也能听到，在它们的筛子上，干麦粒发出丝绸般的沙沙声。但是，我没有从事这些，却考进了精神神经病医学院，仅仅是因为我想生活在彼得格勒，想写出拙劣的小故事。创作！我有严重的哮喘病，甚至不能正常地大声说话。而作家是不应该小声嘀咕的，而要放开嗓门说话。马雅可夫斯基恐怕就从不小声嘀咕，而莱蒙托夫，则用自己的诗句给那些'以卑鄙著称的先人们'的后代以痛击。"

我是后来才知道萨沙·乔尔内是怎样死的。他住在普罗旺斯，在阿尔卑斯山脚下的一个小城里，离大海很远。大海只是在远处泛着蓝光，像一片烟雾蒙蒙的天空。

小城四周是密密麻麻的五针松林——一种地中海地区的松树，芳香扑鼻，树脂丰富，散发着热气。

成百上千的肺病和心脏病人来到这树林中，来呼吸它们富有疗效的芳香空气。那些被医生宣布只能活两年的人，在这里疗养之后还能活上很多年。

萨沙·乔尔内生活得非常平静，在自己极小的花园里不慌不忙地干活，当和缓的风从海上，可能就是从科西嘉岛吹来的时候，他就开心地聆听五针松林热烈的喧响。

有一天，海滨的一个人，确切地说，是一个罪犯，他点着烟后，扔下了一根还燃着的火柴，马上，小城四周的森林就吐出了浓烟和火焰。

萨沙·乔尔内第一个冲过去灭火。跟在他身后的是全城的居民。火被扑灭了，但是萨沙·乔尔内几个小时后却在这个小城的小医院里去世了，病因是心脏病发作。

……我很难记叙巴别尔。

我和他在中喷泉的相识已经过去了很多年，但直到现在，就像第一次见面一样，我仍然觉得，他是一个过于复杂的人，一个能纵观一切、明了一切的人。

这种情势总是使我在和他见面的时候感到局促。我感到自己是一个小孩子，害怕他笑意盎然的眼睛和他致命的讽刺。只有那么一次，我决定把自己未发表的作品——中篇小说《法尔西斯坦大地的尘土》——拿去给他"点评"。

多蒙巴别尔的关照，这部小说我写了两次，因为他把唯一的一份原稿弄丢了（还是从很久以前起，我就有一个习惯，写完一本书后，就把草稿毁掉，只给自己留下一份用打字机誊清的稿子。只有在那时，我才感到小说真的写完了，一种非常幸福的感觉，令人遗憾的是，它只能持续几个小时）。

我满心失望地开始第二次从头写作这部小说。写完的时候（这是一件沉重的、缺乏感激的工作），巴别尔几乎就是在同一天找到了原稿。

他把它带给我，但是表现得不像一个被告，反而像一个原告。他说这部小说的唯一优点，就是它是作者怀着一种克制的激情写成的。但是，他又立刻给我指出了充满东方美感的片段，"美味糕"——用他的话说。又立刻责骂我错误地引用了叶塞宁的诗歌。

"叶塞宁的许多词句使人心痛。"他生气地说，"不能这样漠然地对待诗人的词句，如果您认为自己是个小说家的话。"

我很难叙述巴别尔，还因为我曾经多次在自己的自传作品中记叙过他。我总是觉得，我已经把他写尽了，虽然，这毫无疑问是不可信的。在不同的时期，我会越来越记忆犹新地想起巴别尔的话，想起他生活中各种各样的逸事。

我第一次读到的巴别尔作品，是他的手稿。我被那种情景震惊了，巴别尔的语言，和经典作家的语言一样，和其他作家的语言也一样，是更加饱满、更加成熟和生动的。巴别尔的语言以不同凡响的新颖紧凑使人震惊，或者更确切地说，使人入迷。这个人带着我们没有的那种新颖，观察并倾听着这个世界。

谈起长篇大论时，巴别尔总是满怀厌恶。小说中每一个多余的词汇都会引起他简直是生理上的憎恶。他把手稿上的多余词语恶狠狠地勾去，铅笔把纸都划破了。

对于自己的工作，他几乎从来不说"写作"，而是说"编写"。与此同时，他还多次抱怨自己没有创作天赋，缺乏想象力。而想象力，用他自己的话说，是"散文和诗歌的上帝"。

但是，无论巴别尔的主人公多么现实，有时甚至是自然主义的，他所描写的一切场景和一切故事，一切"巴别尔式的东西"，仍然发生在有一点儿颠倒的、时而几乎令人难以置信的、甚至可笑的世界中。他善于用笑话制造经典。

有几次，他恼火地对自己大喊："是什么在支撑我的作品？什么样的水泥？它们应该在受到第一次撞击的时候就粉身碎骨。我常常从早上就开始描写无谓的事情、细节和局部，而到了傍晚时分，这种描写却变成了匀称的叙述。"

他自问自答，说支撑他作品的仅仅是风格，但他马上又嘲笑自己："谁会相信，小说可以仅靠一种风格存在吗？没有内容，没有情节，没有错综复杂的故事？简直是胡说八道。"

他写得很慢，总是拖延，不能按时交稿。因此，对于他来讲最常见的状态，就是最后的交稿期限之前的恐惧，就是那样一种愿望，盼望能够挤出哪怕几天，甚至几个小时的时间来，用来改稿子，一直修改，不受催促，不受干扰地进行修改。为此，他想尽了一切办法——骗人，躲进一个难以想象的僻静之处，只求人们找不到他，别打扰他。

巴别尔有段时间生活在莫斯科近郊的扎戈尔斯克。他没把自己的地址告诉任何人。要想见他，首先得与玛丽进行一场复杂的谈判。一次，巴别尔还是叫我去扎戈尔斯克见他。

巴别尔怀疑在这一天会遭到某个编辑的突然袭击，于是立刻和我去了一个偏僻的老修道院。

我们在那里坐了很久，直到所有可能载着编辑从莫斯科开来的危险火车都过去了。巴别尔一直在骂那些不让他工作的残忍而愚笨的人。之后，他派我去侦察——看看编辑的危险是否还存在，是否还需要再待一些时候。危险还没过去，于是，我们在修道院里待了很长时间，直到灰蓝色的黄昏降临。

我总把巴别尔当做名副其实的南方人，当做黑海人和敖德萨人，当听他说俄罗斯中部的黄昏是一天中最好的时光时，我便暗暗地感到惊奇，他说这黄昏是最"令人神往的"、透明的时分，此时，隐约可见的树影沉入最温柔的空气，柳月像平常一样马上就要蓦然出现在森林的尽头。远方的某处，响起了猎人的枪声。

"不知为什么，"巴别尔说，"所有夜晚的枪声都使我们感到非常遥远。"

我们后来谈起了列斯科夫。巴别尔想到了离扎戈尔斯克不远的勃洛克家的沙赫马托沃庄园，他把勃洛克称为"着魔的旅行者"。我感到很开心。这个绰号十分适合勃洛克。他从迷人的远方来到我们身边，又把我们带向远方——带向他那天才而忧郁的诗歌构成的夜莺花园。

那时，即使是一个没有文学经验的人也知道，巴别尔是作为一个胜利者和革新者、作为一个一级大师出现在文学中的。如果仅仅为后人保留他的两个短篇小说——《盐》和《戈达里》，那么，甚至仅用这两篇小说就可以证明，俄国文学步入完美的脚步是那样平稳，就像在托尔斯泰、契诃夫和高尔基的时代一样。

凭借一切外在的表现，甚至是"凭着心跳"，就像巴格里茨基所说的那样，巴别尔就是一个具有巨大、丰富天赋的作家。在这篇文章的开头我谈到了对人的第一印象。凭第一印象，无论如何都不能说巴别尔是一个作家。他全然没有作家千篇一律的特点：既没有悦目的外表，也没有丝毫的造作，更没有思想深刻的谈话。只有眼睛——那双锐利的眼睛，能够洞穿你的全身，这双笑意荡漾、同时又十分腼腆并充满嘲讽的眼睛能勉强暴露他的作家身份。还有那他时不时沉浸于其中的平静少语的忧郁，也表明他是一个作家。

巴别尔迅速、合理地进入了我们的文学，我们应为此而感谢高尔基。巴别尔在给高尔基的回信中满怀着虔敬的爱意，就像一个儿子对父亲所能怀有的感情。

……几乎每一个作家都会在老同行那里得到一张步入生活的通行证。我认为，而且是有些根据的，伊萨克·艾玛努伊洛维奇·巴别尔和其他人一起，给了我这样一张通行证，正是因此，我直到自己的最后一刻都会保持着对他的爱戴，对他的天才的赞叹和朋友间的感激之情。

1966年

博尔赫斯

豪尔赫·路易斯·博尔赫斯（1899—1986），阿根廷诗人、小说家、散文家。生于布宜诺斯艾利斯。博尔赫斯的第一部诗集《布宜诺斯艾利斯的热情》出版于1923年；他的第一部散文集《调查》出版于1925年；20世纪30年代起，博尔赫斯开始创作短篇小说，陆续出版《交叉小径的花园》《杜撰集》《阿莱夫》《死亡与罗盘》《老虎的金子》等小说集，成为西班牙语世界著名的短篇小说大师。他在1961年获国际性的福门托奖，1979年荣获西班牙的塞万提斯奖。

※ 书

在人类浩繁的工具中，最令人叹为观止的无疑是书，其余的皆为人体的延伸，诸如显微镜、望远镜是视力的延伸；电话则是语言的延续；犁耙和刀剑则是手臂的延长。而书则完全不同，它是记忆和想象的延伸。

在《恺撒大帝和克雷奥帕特拉》一剧中，萧伯纳曾说亚历山大图书馆是人类记忆的中心。书便是记忆，此外，还是想像力。什么是对往事的追忆？还不是一系列梦幻的总和么？追忆梦幻和回忆往事之间究竟有些什么差异呢？这便是书的职能。

我曾试图撰写一部书的历史，但不是就书论书，因为我对书（特别是对收藏家的那些冗长不堪的书）的本身并无兴趣。我是想写人们对书进行的各种不同的评价。施本格勒比我先走了一步，他在《西方的衰落》一书中有许多关于书的精彩论述。除了同意施本格勒的看法外，我也谈谈自己的一孔之见。

古人并不像我们这样推崇书——这令我十分吃惊。他们只把书看成是口头语言的替代物。"说出的话会飞掉，写下的东西留下来。"这句人们经常引用的话，并不是说口头语言会转瞬即逝，而是说书面语言是持久的、然而是僵死的东西，口头语言则像是长了翅膀一样，十分轻盈，正如柏拉图所说，口头语言是"轻快的、神圣的"。令人感到奇怪的是，人类的许多伟大的导师的学说均是口授的。

我们先来看看毕达哥拉斯的情况。我们知道，毕达哥拉斯故意不留下书面的东西，那是因为他不愿被任何书写的词语束缚住。毫无疑问，他肯定已经感受到"文字能致人死命，精神使人新生"这句而后在《圣经》中出现的话的含义。他感受到了这一点，不愿受制于书面语言。因此，亚里士多德从未提到过毕达哥拉斯，而只是谈到毕达哥拉斯学派的弟子们。譬如，他对我们说过，毕达哥拉斯学派的传人们重视信仰、法规，主张永恒的复归。这些思想过了很久以后被尼采又发掘了出来。这就是受圣阿古斯丁在《上帝之城》一书批驳过的时间是循环的看法。圣阿古斯丁运用了一个绝妙的比喻，说基督的十字架把我们从禁欲主义者的圆形迷宫中解放出来。时间是周而复始的看法，休谟、布朗基，以及别的许多哲学家都谈到过。

毕达哥拉斯有意不写下任何东西，他是想在他逝世后，他的思想还能继续留在他的弟子们的脑海中。这就是"Msgisterdinit"（我不懂希腊文，只能用拉丁文来表示，其意为"吾师曰"）的来源，但这并不意味着他的弟子们会被导师说过的话束缚住手脚。恰恰相反，这正好强调了他们可以完全自由地发挥导师指出的思想。

我们并不清楚是不是他开创了时间是周而复始的理论，但我们知道，他的弟子们却很推崇这个理论。毕达哥拉斯虽已作古，但他的弟子们却通过某种轮回的方式（这正是毕达哥拉斯所喜欢的）继承了他的思想，当有人指责他们，说他们提出了某种新的说法时，他们就会这样说：我们的导师曾经这样说过。

此外，我们还有另外一些例子：最引人注目的要算柏拉图了。他说书就像是肖像（可能他这时想到了雕塑或绘画），人们会把它们看作是有生命的，但向它们提问时，它们却不会作答。为了改变书不会说话的缺陷，他搞了个柏拉图式的对话。这样，柏拉图便以许多人的身份出现了。有苏格拉底、高尔吉亚和别的人物。对此我们还可以做这样的理解，即柏拉图想象着苏格拉底仍然活在世上，以此来告慰自己。每当他遇到什么问题时，他总扪心自问：要是苏格拉底还活着，对此会说些什么呢？以此表明苏格拉底虽死犹存。他死后也没有留下任何书面的东西，是一位靠口授的宗师。

对于耶稣基督，我们知道他只写过几句话，却早已被泥沙给抹去了。之后，他没有再写过我们知道的东西。菩萨也是一位口授的大师，他的说教至今仍萦回于人们的耳际。下面我们看一下安瑟伦的名言：把一本书置于一个无知者的手中，就像把一柄剑放在一个顽童的手中那样危险。古代的人们就是这样看待书的。在整个东方还有这样的观念：书不应该用来揭示事物，它仅仅是用来帮助我们去发现事物。尽管我对希伯来文一无所知，我多少还学了点"神秘哲学"，看了《启明书》和《关系论》的英文和德文版。我知道这些书写出来不是为了让人们去理解他们，而是为了让人们去解释它们，它们激励读者去继续思索。在古代，人们没有像我们这样崇敬书，尽管我们知道马其顿国王亚历山大在枕头下总放着两件武器：《伊利亚特》和剑。那时候人们非常尊敬荷马，但是，并不像我们现在这样把他看作是一位圣贤。

那时候人们并不认为《伊利亚特》和《奥德赛》是神圣的书，那只是两部受到尊敬的书，人们可以对它们进行批评。

柏拉图将诗人们从他的共和国里驱逐出去，却又未被人们指责为排斥异己。我们还可以举一个古代人反对书的例子，那就是塞涅卡，在他致卢西里奥的令人赞叹的书信中有一封信是指责一位虚荣心很强的人，说他的图书室里收藏了一百册书，塞涅卡因此问道，谁有时间看完这一百册书呢？现在的情况完全不同了，为数众多的图书馆已受到人们的重视。

对于古代的一些事我们是很难理解的，那时的人不像我们这样崇敬书，他们总把书看成是口头语言的替代物。后来，从东方传来了一个新的观念——关于天书的观念。我们来举两个例子，先从后来的例子说起，即谈谈穆斯林教徒对书的看法。他们认为《古兰经》产生于世界诞生之前，也产生于阿拉伯语形成之前。他们认为它是真主固有的一个属性，却不是上帝的作品，就像是怜悯、公道一样。《古兰经》里曾极神秘地谈到过该书的原型，它乃是一部在天上写成的《古兰经》，它便是《古兰经》的柏拉图式的原型。《古兰经》里说，正因为这本书在天上写成，因而它是真主的一个属性，它产生于天地形成之前。穆斯林的学者或阿訇都是这么认为的。

我们还有一个近在咫尺的例子：《圣经》，或说得更具体一点，《犹太教典》和《摩西五书》。据认为，这些书都是圣灵口授的，把不同的作者在不同的时代写成的书都说成是出自同一圣灵之手，这的确是件颇为有趣的事情。《圣经》说，神是无处不在的。希伯来人想把不同时代的各种文学作品综合起来，合成一本书，其书名就是"Torá"，（意即希腊文的《圣经》）所有这些书都被归于一个共同的作者：神灵。

一次，人们问萧伯纳是否相信《圣经》系圣灵之作，他回答说，所有值得反复阅读的书都是神灵的作品，也就是说，一本书的含义必定会超越作者的意图。作者的意图往往是浅薄的，有时甚至是错误的，然而，书里总包含有更多的含义。拿《堂吉诃德》为例，它就不仅仅是一部嘲讽骑士小说的书，它是一部纯净的书，书中绝没有任何信手拈来之物。

我们来设想一下这样一首诗的含意。譬如我说：

> 潺潺流水晶莹透亮
> 岸边绿树映在水中
> 绿色草原密布浓荫

显而易见，这三行诗每行都是十一个音节，它为作者所喜爱，是他意志的体现，是人为的。

但是，同神灵写出来的作品相比这又是怎么回事呢？同写出书的神的观念相比又是怎么回事呢？在神灵写出的这本书中没有信手拈来的东西，一切都是合情合理的，每个字母都是事先想好的。譬如，《圣经》是以Bereshitbaraelohim开头的，其第一个字母为"B"，因为这一字母与Bendecir（赐福）一词相应。这是一部没有任何信手拈来之物的书。这一情况使我们想到《神秘哲学》，它会促使我们去研究文字，去研究由神灵书写的书，这与古人的想法相反，他们对灵感的看法比较模糊。

歌唱吧，诗神，阿喀琉斯暴怒了。荷马在《伊利亚特》这一史诗开篇时是这样说的。他说的诗神即为灵感。倘若人们想到神灵，那一定会想到某个更具体更有力量的东西，这个东西便是下凡到文学上来的上帝。上帝已写了一本书，在这本书中，绝无任何信口开河之词，连这本书的字数，每句诗的音节的多寡都有一定之规。正因为这样，我们能用字母来做文字游戏，也能衡量每个字母的价值，原因便是这一切都是经过事先斟酌的。

这便是对书的第二种看法，即书是神灵之作。或许这种看法比古人的想法更接近于我们现在的看法。古人认为书是口头语言的代替物，以后又认为书是神圣的，之后，又被其他一些看法所取代。譬如，有人认为一本书代表一个国家。我们还记得穆斯林们把以色列人称为书之人，也还记得海涅的那句话，他说那个民族的祖国就是一本书。那个民族指的是犹太人，那本书是《圣经》。如此说来，我们对书又有了个新的看法，即每个国家都由一本书来代表，或由著有许多书的作者来代表。

令人诧异的是（我并不认为这点迄今已被人们所发现），各国推选的代表其形象并不十分像这些国家。譬如，有人会想，英国应推约翰逊博士为代表。然而，事实并非如此，英国选了莎士比亚，而莎士比亚（我们权且这么说）正是最不富有英国特色的英国作家。英国作家的特点寓意含蓄，也就是意在不言中。而莎士比亚恰恰相反，他善于在比喻中运用夸张手法。倘若有人说莎士比亚是意大利人或犹太人，丝毫也不会令我们吃惊。

德国的情况也是如此。这是一个值得尊敬、但极易狂热的国家，它恰恰选了一个宽宏大度、并不狂热、国家观念极其淡薄的人为其代表，他就是歌德。德国是由歌德来代表的。

法国尚未选出能代表自己的作者，人们倾向于雨果。毫无疑义，我十分敬佩雨果，但雨果并不是典型的法国人，他可以说是个在法国的外国人。雨果那层出不穷的比喻和华丽的词藻表明他并不是典型的法国人。

更令人惊奇的例子要算西班牙了。西班牙本应由维加、卡尔德隆或克维多来代表，但并非如此。它却由塞万提斯来代表。塞万提斯是宗教迫害时期的人，然而他的态度是温和的、宽容的。可以说，他既无西班牙人的美德，也无西班牙人的恶习。

仿佛每个国家都想由一个与众不同的人来代表，以补救自己的不足，弥补自己的缺陷。我们本应选择萨米恩托的《法昆多》当作国书，但我们没有这样做。由于我们有战争的历史，刀光剑影的历史，我们便把叙述一个逃兵的史诗《马丁·菲耶罗》作为代表。尽管这本书被选中是有理由的，但怎么能设想我们的历史会让这么一个征服荒原的逃兵来代表？然而，事实就是这样，似乎每个国家都感到有这个必要。

关于书的问题，许多作家都有光辉的论述，我只想谈谈其中的几位作家。首先我要说的是蒙田，他在一篇谈书的论文中有这么一句至理名言：我若无兴便不命笔。蒙田认为强制性的阅读是虚假的观念，他说过，倘若他看书时看到一段费解的章节，便把书放下，因为他把看书当作一种享受。

我还记得许多年以前有人曾作过一次关于什么是绘画的民意测验。当人们问到我的姐姐诺拉的时候，她说：绘画是以形式和色彩给人以愉悦的艺术。我可以说，文学也是一种给人以愉悦的形式。如果我们看的书很费解，那么，书的作者就是失败的了。因此，我认为像乔伊斯这样的作家从根本上说是失败的，因为读他的书异常费力。

看一本书不应花费很大的气力，费力便令人感到不舒服。我想蒙田说的颇有道理。他还列举了几位他喜欢的作者，他谈到维吉尔，说对于《农事诗集》和《伊尼特》他更喜欢前者，而我却喜欢后者，但这是无关紧要的。蒙田谈起书来总是充满了激情。他说尽管看书是一种享受，却带有忧郁之情。

爱默生的看法与蒙田大相径庭。他对书也作了重要的论述。在一次讲座上，他称图书馆是一座神奇的陈列大厅，在大厅里人类的精灵都像着了魔一样沉睡着，等待我们用咒语把它从沉睡中解脱出来，我们必须打开书，那时它们便会醒来。他还说，看了书我们便能与人类的优秀分子在一起，但我们不能光听他们的话，最好是同时看看书评。

我曾在布宜诺斯艾利斯大学文学哲学系当了二十余年的英国文学教授。我总是告诫我的学生们要少看参考书，不要光看评论，要多看原著。看原著可能他们并不全懂，但他们听到了某个作家的声音，并感到欣慰。我以为，一个作者最重要的东西是他的音调，一本书最重要的东西是作者的声音，这个声音通过书本到达我们的耳中。

我一生中有一部分时间是在阅读中度过的。我以为读书是一种享受，另一种较小的享受乃是写诗，我们或将它称为创作，这是对我们读过的东西的一种回忆和遗忘相结合的过程。

爱默生和蒙田都主张我们应该只看能使我们愉快的东西，他们都认为看书是一种幸福。我们对书都寄予厚望。我一贯主张要反复阅读，我以为反复阅读比只看一遍更重要，当然，反复阅读必须以初读为前提。我对书就是这样迷恋，这样说未免有点动情，当然我们不想太激动，我只是对你们说说自己的心里话，我不是对所有的人说话，因为"所有的人"是个抽象的概念，而每一个人才是具体的。

我仍然没有把自己当成盲人。我继续买书，继续让书堆满我的家，前些日子有人送我一套布罗克出版社一九六六年出版的百科全书，我感受到这本书在我家里，觉得这是一种幸福。这一套字体潇洒、共有二十余卷的百科全书在我家里，只是我不能阅读，里面有许多我看不见的地图和插画。尽管如此，这套书总在我家里，我感觉到书对我具有亲切的吸引力，我想，书是我们人类能够得到幸福的一种手段之一。

有人在谈论书的消失，我以为这是不可能的，可以谈谈书和报纸或唱片的不同。它们的区别就在于，一张报读后便会弃之脑后，一张唱片听后也会被人遗忘，因为那是比较机械的东西，没有严肃的内容，而读一本书能使人永志不忘。

关于书是神圣的概念——如关于《古兰经》《圣经》《吠陀经》里面叙述了

吠陀如何创造了世界的看法——可能已经过时了，然而书仍然具有我们试图不让它失去的某种神圣的东西。人们取来一本书，打开它，这本身就有美学的含义。让词语躺卧在书中，让那些具有象征意义的符号僵卧着又有什么意义呢？毫无意义。倘若我们不打开它，书又有什么用呢？它仅仅是一卷纸或是一卷皮而已。但是，如果我们去读它，就会出现新奇的东西，我以为每读一次都会有新的内容。

赫拉克利特曾经说过（我已引用过多次），任何人也不能两次走进同一条河流，这是因为河水是在不断地变换着，而我们并不比河水的变化更小。我们每读一次书，书也在变化，词语的含义在变化。此时，每本书都满载着已逝去的时光的含义。

我刚才说过我不同意看书评，现在我想跟自己唱一唱反调（说几句自相矛盾的话也无妨么）。哈姆莱特已经不完全是莎士比亚在十七世纪初塑造的哈姆莱特了，哈姆莱特已非柯勒律治、歌德和布拉德莱笔下的哈姆莱特了，这个人物已被重新进行了塑造。堂吉诃德的情况是如此，卢戈内斯和马丁内斯·埃斯特拉达的命运也是这样，《马丁·菲耶罗》也已经不是以前的《马丁·菲耶罗》了，因为读者在不断地丰富着书的内容。

当我们看一本古书的时候，仿佛看到了从成书之日起经过的全部岁月，也看到了我们自己。因而，有必要对书表示崇敬，尽管有的书有许多错误，我们也可能对作者的观点不能表示苟同，但是它总含有某种神圣的令人尊敬的东西。对书我们虽不能迷信，但我们确实愿意从中找到幸福，获得智慧。

（陈凯先 译）

※ 论《堂吉诃德》

再次讨论《堂吉诃德》这个题目有可能费力不讨好，因为关于这部著作人们实在写的太多了，整批整批的图书，远远超过《堂吉诃德》书中教士和理发师烧毁的书籍。但是，只要谈起一位友人，总是让人感到愉快的，总会有一种幸福感。这种情况并不是任何小说里的人物都会有的。我想阿加门农和贝奥武浦会使人觉得比较遥远。我常常想：假如我们同哈姆莱特王子友好地谈一谈，他会不会就不再小看我们了，如同他瞧不起罗森克朗兹和吉尔登特一样。因为有些人物，我想，是小说中最重要的人物，我们可以放心而又谦卑地称他们为朋友。比如，我想到了Huckleberry Finn，Mr.Prckwick，Peer Gynt和其他不多几个人。

现在，来说说咱们的朋友堂吉诃德吧。但是，首先要说说这部作品有个奇怪的命运。因为在一定程度上我们几乎不能理解为什么语法学家和语言学院院士总是以某种方式高度评价《堂吉诃德》。如果让我说的话，19世纪赞美这部作品的理由是错误的。比如，咱们看看胡安·蒙塔尔沃的《塞万提斯忘记的篇章》吧，我们会发现塞万提斯是因为善于使用谚语而受到表扬的。实际上，大家都知道，塞万提斯是嘲笑谚语的，他故意让矮胖的桑丘大量地重复使用谚语。于是，有人说塞万提斯是个喜欢装饰的作家。应该说，塞万提斯一点也不喜欢装饰性的作品，也不特别喜欢精致考究的玩意儿；我曾经在什么地方看到过，书中那著名的"致雷莫斯伯爵的献词"是塞万提斯的一位朋友写的，或者是从什么书上抄来的，因为塞万提斯本人对写这类东西没有什么兴趣。塞万提斯还因为"风格优美"而受到过称赞；而"优美风格"意味着许多东西。如果我们想一想塞万提斯用某种方式把拉曼却地区奇情异想的绅士堂吉诃德这个人物和命运讲给我们听了，我们一定会接受他那优美的风格，或者更确切地说，不只是优美的风格，因为我们在说优美的风格时，考虑的仅仅是话语方面的东西。

我常常想：塞万提斯创造奇迹的方法是什么呢？而他果然获得了成功。我记得在我阅读过的书籍里有一件事情印象很深，有某种让我悲伤的东西。斯蒂文森说过："作品的人物是什么？"他自己回答说："归根到底，人物只不过是一大串话语罢了。"事实如此，可我们却认为他是在亵渎人物。因为我们一想到堂吉诃德，或者Huckleberry Finn，Mr.Pickwick，PeerGynt，Lord Jim，一定没想那都是一串串话语。我们也可以说这些朋友是由一串串话语构成的，这当然是指视觉而言。当我们在虚构小说里遇到一个真正的人物时，我们知道这个人物存在于创造了他的那个世界之外的地方。众所周知，有成千上万的东西是我们不认识的，但它们的确存在。实际上，虚构小说中有些人物仅凭一句话就活了起来。可能关于这些人物的事情，我们知之不多，但是他们的本质我们都清楚。比如，那个由塞万提斯的同代人莎士比亚创造的人物Yorick，可怜的Yorick，人家用一两行字就把他给造出来了。他就活起来了。后来就不知道他别的事情了，可是我们觉得的确认识他。可能在阅读《尤利西斯》之后，我们了解了许多关于斯蒂芬·德迪勒斯和利厄波尔·布卢姆的故事和环境。可是，关于堂吉诃德这类人物，我们并不了解，知道的事情很少。

现在，我来谈谈《堂吉诃德》这部作品。我们可以说这本书就是一场冲突，一场梦想与现实的冲突。这样的断言当然是错误的，因为没有理由可以说梦想不如今天报纸上的内容真实，或者不如记录在日记上事情真实。虽说如此，因为我们必须使用语言，我们就得说一说梦想和现实，因为如果想一想歌德，那我们也可以谈谈《诗与真》，诗歌和真实。但是，当塞万提斯考虑写这本书的时候，我猜想他一定想到了梦想和现实的冲突，想到了堂吉诃德从谣曲中读到的英雄业绩、布列塔尼故事、法兰西故事中的英雄业绩等和17世纪初西班牙单调的生活现实之间的冲突。从这本书的题目上，我们就可以发现这个冲突。我认为，有些英语翻译家把"拉曼却地区奇情异想的绅士堂吉诃德"译成The Ingenious Knight:Don Quixote de la Mancha是错误的，因为Knight和Don是一回事。如果让我说的话，或许可以翻译成"The ingenious country gentleman"，冲突就在这里。

当然，从这部书的整体上看，特别是上卷，这个梦想和现实的冲突激烈而又明显。我们看到一位骑士总是急急忙忙走在西班牙尘土飞扬的道路上，从事他的博爱事业。除此之外，我们还能发现许多这个关于冲突想法的迹象。当然了，因为塞万提斯是个极聪明的人，不可能不知道即使他把梦想与现实对立起来，我们说，这个现实也不是通常说的那个单调的现实。那是塞万提斯创造的现实；也就是说：《堂吉诃德》书中代表现实的人们是塞万提斯梦想的一部分，如同堂吉诃德及其关于骑士精神、保护无辜者和普通人权利那些骄傲的思想一样。

有一种梦想和现实的混合物纵贯全书。

比如，人们可以指出一个事实，我敢说：这个事实已经有好多人指出过了，因为关于《堂吉诃德》的文章实在太多了。事实上，如同人们经常说起《哈姆莱特》中的戏剧一样，人们也总是说起《堂吉诃德》中的著作。当神甫和理发师清点堂吉诃德的藏书时，我们吃惊地发现有一本书是塞万提斯写的，于是我们觉得理发师和神甫随时都有可能遇到一册我们现在正阅读的这同一作品。也许这个情况会令人回想起另外一本书来，人类的又一个美梦：《一千零一夜》。午夜时分，哲海什雅里漫不经心地开始讲故事，这个故事就是哲海什雅里的故事。

于是，我们就可以这样无限地听下去。当然，这有可能是抄写员的简单错误造成的，尽管哲海什雅里讲述自己的故事如同讲述其他夜间故事一样地美妙神奇。

此外，我们注意到《堂吉诃德》中还有这样的现象：许多故事互相编织在一起。起初，我们可能认为：这是由于塞万提斯事先早就料到读者可能会因为总是同堂吉诃德和桑丘在一起而感到厌倦，因此为了让读者高兴才故意把许多故事编织在一起的。但是，我认为他这样做是另有理由的。这另一个理由可能就是：《死乞白赖想知道究竟的人》中的一些故事、被俘的故事等等，是另外的故事。梦想和现实的联系，即：这本书的关键也就在于此。例如，被俘的故事讲述了俘虏的囚禁生活，这时俘虏谈到一位难友。这位难友终于让我们明白：他就是写这本书的米盖尔·德·塞万提斯·萨维特拉。同样，有个塞万提斯梦中的人物，这个人物又梦见了塞万提斯，他把塞万提斯变成了一场梦。后来，在这部作品的下卷，我们又吃惊地发现：书中的人物读过上卷的内容，而且还阅读过一个对手的模仿之作。这些书中的人物毫不吝惜地提出文学上的看法，坚决站在塞万提斯这一边。因此给人的印象似乎是塞万提斯始终都在飞快地走进和走出自己的作品，当然，他一定感到这种游戏是个享受。

当然，从那时起，有些作家也玩起这个游戏来了（请允许我提到皮兰德娄）；我喜爱的一位作家：亨利·易卜生也玩过这个游戏。我不知道大家是不是能够回忆起：在《彼尔·英特》第三幕结束的时候，有个失事的情节。彼尔·英特险些淹死。这时，大幕马上要落下了。于是，彼尔·英特说道："走到这份上，我可不能再出事了，因为，已经到了第三幕结尾的地方，我怎么能死掉呢？"我们在萧伯纳的一篇序言里也看到过类似的笑话。他说："如果一个小说家写道：'他看见自己的儿子再过一两章就要一命归天了，因此就热泪盈眶'，那是毫无用处的。"假如让我说的话，那发明这个游戏的恰恰是塞万提斯。除非没有人发明任何东西，因为总会有那么一些可恶的先驱者在我们之前发明了许多东西。

这样，我们在《堂吉诃德》里看到了双重性。现实和梦想的双重性。但是，与此同时，塞万提斯早就知道：现实所用的素材与梦想一样。这是他肯定感觉到了的东西。人人都会在生命的某个时刻感觉到现实和梦想属于同一个素材。但是，塞万提斯喜欢提醒我们：我们当作纯粹现实的东西其实也是一场梦。因此，那整个作品都是一种梦。到了结尾的地方，我们感到归根结底我们自己也可能是一场梦。

另外，还有个事实，我也想提醒一下各位：塞万提斯说到拉曼却地区、说到17世纪初西班牙尘土飞扬的道路、说到那些旅店的时候，他心里想：这些都是枯燥无味的东西、非常普通的东西。这与辛克莱·刘易斯谈到《大街》时的感觉有相似之处，事情就是如此。可是至今人们还记得巴尔梅林·德·英格兰、迪兰特·布兰克、阿玛迪·德·高拉等等名字，这是因为塞万提斯曾经嘲笑过这些人。所以在某种意义上这些人也就名垂千古了。因此，如果有人要嘲笑我们的话，那用不着生气，因为根据上面的道理，嘲笑有可能让我们流芳百世哩。当然，我想咱们不会有这样的运气：遇到一个像塞万提斯这样的人把我们给嘲笑一通。不过，大家要乐观一些，盼望有一天能撞上塞万提斯才好。

现在，咱们应该谈另外一件事了。这件事与前面我提醒大家的那些事有着同样的重要性。萧伯纳说过：作家能够拥有多少时间取决于你相信他的程度。具体到堂吉诃德，我想，大家都确信是了解他的。我认为对于堂吉诃德的现实性，大家都是坚信不疑的。当然，柯勒律治写过关于放弃信仰也会自动中止的文章。现在，我还是来具体谈谈我的这个判断吧。

我想大家都相信阿隆索·吉哈诺这个人的。他虽然长得有些古怪，我们从他一亮相就相信他了。也就是说，从作品的第一章第一行开始，我们就相信他了。但是，塞万提斯把他介绍给我们的时候，我猜想：塞万提斯对堂吉诃德知之甚少。塞万提斯知道的情况非常有限，可能跟我们大家差不多。他大概会把堂吉诃德想成一个英雄，一部幽默小说中的核心人物，但是丝毫看不出他打算进入我们所说的心理活动的栏子。假如是别的作家选取了阿隆索·吉哈诺这个题材，或者描写阿隆索·吉哈诺由于读书太多而发疯的过程，肯定会写他发疯的细节，肯定会告诉他失去理智的缓慢过程。肯定会描写他是如何从发生一次错觉开始，起初如何说出当个游侠骑士的戏言，后来又如何认真起来的，也许所有这一切对那位作家都毫无用处。

而塞万提斯仅仅说了一句：堂吉诃德疯了。于是我们就相信了。

那么相信堂吉诃德又意味着什么呢？我想这意味着相信这个人物的真实性，人物心理的真实性。因为相信人物是一回事，相信发生的事情则完全不同。莎士比亚的例子就很清楚。我估计大家都相信哈姆莱特王子，也都相信麦克白。但是，无法相信事情真的会像莎士比亚讲述的那样在丹麦王宫里发生了，也不会相信《麦克白》里的那三个女巫。

具体到堂吉诃德，可以肯定我们相信他的真实性。我不能肯定的是——这可能是亵渎吧，总而言之，咱们是在朋友圈子里谈话，不是面对整体，而是一个个地对话，这还是不一样的，对吗？——或者不能完全肯定的是，我不是像相信堂吉诃德那样地相信桑丘。因为有时我感到，我心里想：桑丘纯粹是为了跟堂吉诃德唱对台戏而设立的。

另外还有其他一些人物。我想我还是相信参孙·卡拉斯科的，相信神甫、理发师，或许还有公爵，不过，对他们我用不着想得太多。在阅读《堂吉诃德》的时候，我有个奇怪的感觉，我常常想别人会不会也有同感。阅读《堂吉诃德》时，我感到那些冒险故事不是就事论事的。柯勒律治评论说：我们在阅读《堂吉诃德》时从来不问："后来呢？"而是在想从前出什么事情了，总是想重新把前一章再读一遍，而并不急于往下看。

原因何在呢？我猜想，这原因就是我们感觉到，或者至少我感觉到：那些冒险故事纯粹是堂吉诃德的形容词。纯粹是作者的诡辩，为的是让我们更深入地去了解堂吉诃德。因此，有些著作，比如阿索林的《〈堂吉诃德〉之路》或者乌纳穆诺的《堂吉诃德与桑丘的生活》，在一定程度上会让我们觉得多余。因为这两个作家把书中的冒险故事或者地理位置看得太认真了。我们一面真的相信堂吉诃德，同时也知道塞万提斯编造这些故事是为了让我们更好地了解堂吉诃德。

　　我不知道是不是任何文学都是如此。我不知道我们是不是能看到这样一本好书：虽然我们不接受里面的人物，却能接受其中的情节。我想永远也不会有这种事情的；我认为要想接受一部作品，必须接受它的中心人物。我们可以想一想：我们的确对那些惊险场面感兴趣，但是更感兴趣的是那场面里的英雄。比如，甚至在我们另外一个了不起的朋友身上——请各位原谅前面没有来得及提到他——福尔摩斯先生，我不知道大家是不是真的相信《巴斯克维尔的猎犬》。我是不相信的，至少不相信那些故事。但是，我相信福尔摩斯先生，相信华生医生，相信他俩的友谊。

　　同样的事也发生在堂吉诃德身上。比如，他讲述在蒙特西诺斯洞穴里看到的事情时就是如此。可是我觉得他是非常真实的人物。洞穴里那些故事没有什么特别之处，看不出在那些故事的策划中有什么特别的考虑，但是在某种意义上，那些故事好像是一面面镜子，我们可以从中看到堂吉诃德。尽管如此，到结尾时，当他回到家乡告别人世时，我们还是为他感到遗憾，因为我们不得不相信那些冒险故事。他从一开始就是个勇士。他对那个把他打倒的蒙面骑士说出这番话时，更是个勇士了："杜尔西内亚·德尔·托博索是世界上最漂亮的女人，我是人间最不幸的骑士。"可是，全书结尾处，他发现自己的一生是个幻觉，是执拗，明白自己错了，极为伤心地告别了人间。

　　现在，我们要谈谈这部伟大作品中最了不起的场景了：阿隆索·吉哈诺真的死了。或许遗憾的是我们对阿隆索·吉哈诺了解得太少了。书中只介绍了他发疯前的一点情况。或许也不算是遗憾，因为我们觉得朋友们——疏远了他。于是，我们也可以爱他了。到了最后，阿隆索·吉哈诺发现自己从来都不是堂吉诃德，发现堂吉诃德纯粹是个幻觉，发现自己就要离开人世的时候，我们心里充满了悲伤，塞万提斯更是如此。

　　任何作家都抵挡不住抒写"华彩篇章"的诱惑。何况，我们应该想到堂吉诃德已经陪伴塞万提斯多年了。阿隆索的死期来到时，塞万提斯一定会感到自己是在跟一位亲爱的老朋友告别。假如是个蹩脚作家，或者有可能对死亡来临一事就不那么悲伤了，那就有可能去写"华彩篇章"。

　　现在，我已经走到亵渎圣人的边缘了，可我还是认为：哈姆莱特快要死了的时候，他总应该说些比"其余的都是寂静"好一些的话。因为这句话给我的印象就是"华彩篇章"，听起来相当虚假。我热爱莎士比亚，我非常尊敬他，所以才能说出这些话来，希望他能原谅我。可是我永远都要说：除云哈姆莱特会说这种"其余的都是寂静"……没有什么人会在死前说这种话的。总而言之，他是个爱时髦的公子哥，喜欢炫耀自己。

而堂吉诃德的情况不同，塞万提斯对眼前发生的事情感到害怕，他写道："他就这样在亲友的悲泣和泪水中"，后面的话我记不得了，但意思是："灵魂飞升了，我是说：他死了。"

因此，我猜想：塞万提斯重读这个句子的时候一定会感觉到语义未尽。虽然如此，他也会感到这句话创造了一个伟大的奇迹。在一定程度上，我们感到塞万提斯很伤心，他像我们一样地难过。因此，人们可以原谅他这个半句话、诱惑人的话，实际上这句话不是半句，也不是诱惑人的，而是一条窄缝，让我们可以窥见塞万提斯心中的感想。

好了，如果大家有什么问题的话，我尽量回答。我感到塞万提斯与《堂吉诃德》这个题目，还没有说到点子上。可能是我有些激动。经过六年之后，我又来到了奥斯丁。或许这份感情超过了我对塞万提斯和堂吉诃德的感情。我认为人类将永远会想念堂吉诃德的，因为归根到底，在他身上有一种我们无法忘记的东西：时而给我们增加活力，时而又夺去我们的活力，这个东西就是幸福。尽管堂吉诃德一生坎坷，这部作品给我们最后的感觉却是幸福。我坚信：《堂吉诃德》会继续给人类以幸福。可以重复一句有名的大白话，当然任何名句都可以变成白话："某些美好的东西就是一种永远的幸福。"因此在某种程度上，堂吉诃德会从根本上给我们带来幸福——除非有时我们变得软弱，除非我们对堂吉诃德的事情伤感起来。我经常心里想：在我一生经历的许多快事中，能够认识堂吉诃德是一大幸福。

（赵德明 译）

格林

格拉汉姆·格林（1904—1991），英国小说家。曾长期任自由撰稿人，1957年到过中国。代表作有小说《内心人》《斯坦布尔列车》《一只卖出的枪》《密使》《这是个战场》《布赖顿硬糖》《权力与荣耀》等。

※ 旧书店

　　我不知道弗洛伊德会对这怎么解释，反正有三十多年时间，我最幸福的梦都是关于旧书店的：一些我从前根本不认识的书店或者我正在光顾的熟悉的老书店。其实那些熟悉的书店肯定已经不存在了，我很不情愿地得出这个结论。在巴黎，离火车北站不远的一个地方，对于那里一条上山的长街尽头的一家书店，我有着非常生动鲜明的记忆。那是一家有着许多高高书架、门进很深的书店（我得用梯子才能够到那些书架的上头）。至少有两次我搜寻遍了它的每一个书架（我想我在那儿买到了阿波利奈尔的《法尼·西尔》的译本），但是在二战结束之后，我去那里寻找那家书店的努力却是归于徒然。当然，那家书店可能已经消失了，甚至那条街道本身也不在那儿了。此外在伦敦有一家书店，非常频繁地出现在我的梦中：我能够非常清楚地记得它的门面，但是却记不得它内部的情况了。它就坐落在你来尤斯顿路的路上，在夏洛特街后面的那个地区。我从来没有走进去过，但是我肯定如今那儿再也没有这么一家书店了。我总是带着一种幸福和期待感从这样的梦中醒来。

在我生活的各个不同时期，我一直坚持写关于我的梦的日记，在我今年（一九七二年）的日记里，在前七个月的日记里就包括有六个关于旧书店的梦。相当奇怪的是，它们都不是快乐的梦；也许这是因为我的一个亲爱伙伴在一九七一年底去世了吧，我曾经和此人一起去淘书，在二战刚刚结束之后，我和此人一起，开始去搜罗维多利亚时期的侦探小说。同样，在今年的一些梦中，出现过一本我打算送给我的朋友约翰·苏特罗作圣诞礼物的有关铁路的旧书（他曾经在牛津创建了铁路俱乐部），当我从书架上把它抽出来的时候，书皮却已经掉了一半；甚至那些旧的红色纳尔逊七便士丛书（那么没道理地受到乔治·奥威尔的中伤，尽管它的初版太昂贵了，但我仍然很喜欢拥有它）结果都是不同版本的。在所有这些梦中，似乎没有什么好到值得一买的书。

我的朋友戴维·洛是一个书商，他的收藏品曾经使我的思想天马行空、放荡不羁，不止是通过一些梦，而是通过长达五十年的淘书中的无数小小探险和在其中结下的友谊。（在十七岁上我就变成了查林克罗斯路上的一个漫游者，唉，现在我很少叨扰那里了。）

旧书商们在我以往认识的各种人物中是属于那种最友好又最古怪的人。如果我没有成为一个作家，那么他们的行当一定会成为我最喜欢选择的行当。在他们那儿有书籍发霉的气味儿，在那儿有寻宝探宝的感觉。由于这个缘故，我宁愿到码放得最混乱的书店，在那种地方，地形学和天文学的书籍混放在一起，神学和地质学的书籍混放在一起，一堆堆没有分类的书籍乱堆在楼梯间里，正对着一个标着"旅游图书"的房间，而在这个房间里可能包括一些我所喜欢的柯南道尔的侦探小说、《失去的世界》或者《克罗斯科的悲剧》。我害怕走进马格斯书店或者夸里奇书店，因为我知道在那种地方不可能作出什么个人的发现，在那儿书商不会犯任何错误。从戴维·洛的收藏中我意识到我害怕去威廉四世大街的巴恩斯书店是多么错误。但是现在来补救我的这个错误未免为时太晚了。

一个人要想真正进入这个充满机会和冒险的魔幻世界，就必须既是收藏家又是书商。我本来宁愿做一个书商的，但是由于二战我失去了机会。在德国人大规模空袭伦敦期间，我碰巧和戴维·洛（我已经和他很熟了）和小科尔是隶属于同一个哨所的临时防空员，小科尔在那些日子是一个书"贩子"。我和科尔的第一次侦察任务是去搜寻一个伞投炸弹，有人说它挂在布鲁姆斯伯里一个广场的树上。我们根本没有找到它，就给自己放了假。科尔领着我去看了一趟他的房间：我记得破旧的书籍堆得到处都是，甚至床底下都堆着书，我们俩一致同意，如果有一天我们俩都能在战争中幸免于难，我们就一起经营旧书。后来我离开伦敦到西非干别的工作，我们失去了联系。我已经失去了成为旧书商的惟一一次机会。

要成为收藏家相对比较容易。你收藏什么并不重要，只要你有入门的钥匙。收藏并不重要，重要的是寻求的乐趣，是你遇见的那些人物，是你结交的朋友。我还是个十几岁的少年的时候，就初次尝到了购买收藏南极探险作品的滋味，我对北极不感兴趣。那些书籍都已经不在了。那些书现在会有一些价值，但是谁会在乎呢？在战前，我收集查理二世复辟时期的文学作品，因为我当时正在写一部罗切斯特传记，这本书直到三十多年以后才得以出版。那些书并不是最早的版本（我当时买不起）；那些书也已经不在了：其中有些书是在德国人对伦敦大轰炸的时候遗失的，也有一些是在我离开英国的时候很遗憾地放弃的。

现在我依然在收藏维多利亚时期的侦探小说：在四十年代的弗伊尔斯书店，我曾经一次花半克朗找到多少书呀！虽然约翰·卡特在十年后推出了著名的斯科里布纳目录，它所到之处造就了无数收藏家。

对于收藏家来说，毫无疑问，比起那种寻找的兴奋，比起有时这种寻找把你带到的那些神奇陌生的地方来说，收藏品本身价值的重要性倒变得次要了。就在最近，我和我的兄弟休（他收藏的侦探小说的范围包括从维多利亚时期到一九一四年，所以我们经常结伴淘书）曾经在倾盆大雨中穿过坐落在一片废弃地区中的令人忧郁的利茨街周围，那地方简直就是格里尔森绝望的纪录片的一部分。我们寻找着一家书店，它曾被收入一本很可靠的指南。但是随着我们在那些废弃的工厂之间身上变得越来越湿淋淋的，我们对那本指南的信任也变得越来越少了。然而，当我们终于到达那家肯定曾经存在过的书店时，那里一扇挪了窝儿的门上挂着一个招牌"书店"，其中"书"字的前三个字母都不见了，所有的窗户都破碎了，地板上神秘地乱扔着一些孩子的靴子和鞋，还有一些好鞋。难道这是什么小孩黑手党的聚会地点吗？好像是在那类地方，发现了一些新酒吧和过去从来没有尝过的啤酒，倒也是对淘书者的某种奖赏。

这和皮卡迪利大街上那家年代久远的书店完全是不同的世界，那家书店有古籍旧书部，我最近还到那里去消磨过时间，如果偶然问起他们是否有威尔弗里德·斯科恩·布伦特的什么著作，他们就会问"他写什么，先生？小说吗？"

我想戴维·洛对于这些昂贵的书店太宽厚仁慈了，但是我想，一个人如果干这行，他就不得不对那种头戴大礼帽身穿燕尾服、衣着讲究的坏蛋作出友好的姿态。我避开那些新开的大学书店，那儿都是红砖和玻璃，塞满了二手的学术书籍，那些书即使在它们初次问世的时候就很沉闷无聊。唉，至于狄龙小姐的书店，它躲过了扔在商店街周围的所有炸弹幸存下来，但是它今天也没有昔日的那种魅力了。有时候，戴维·洛在讲礼貌上做得过分了：对于那位邦珀斯书店的大名鼎鼎的威尔逊先生来说，"精"是一个褒义的形容词，我倒是宁愿说他"滑"。不，比起查林克罗斯路来，伦敦西区现在再也不是我的魂牵梦萦之地了，但是感谢上帝，塞西尔短街依然保持着塞西尔短街的样子，即便是戴维·洛已经搬到牛津鄠去了。

在一个开心的日子里，我从戴维那里买到一份奇怪的十八世纪的手稿，封面由白色皮纸制成，上面有一个手写的标题《赫尔顿尼亚纳》。它花了我五个畿尼，在三十年代这是很大的一笔钱，但是在经过一些研究之后，我靠着在《旁观者》杂志上写的一篇文章，把这个书价挣回来了。文章谈到这样一个稀奇古怪的故事，一连串残酷的骗局使一个名叫赫尔顿的不得人心的商人大受其苦，很显然这个故事是他的敌人写的。我拥有这份手稿，一直到一封有趣的来信"插入进来"，信中谈到手稿里提到的一些十八世纪的伦敦商店名，信是由安布罗斯·希尔爵士写的。这使我很高兴，靠这种方法，在《赫尔顿尼亚纳》上面我除了付出了一点劳动之外什么钱也没花。

也许我最看重的是淘到了《复活节前一周的任务》，由沃尔特·柯卡姆·布朗特翻译，一六八七年出版，配有七张霍拉版画，封面是同时代压印的红色摩洛哥羊皮。它被献给英格兰女王。"英格兰的女王、王后们又称圣了，"布朗特写道，"结果无限伟大，于是人们发现通往天堂之路就是效忠宫廷之路。"他在一年后就不会写这些话了，因为荷兰的威廉来到了。他将不得不在国外出版这本书，或者根本没有出版家的印刷，没有在坐落于海霍尔本羊羔街的马修·特纳书局公开出版。这本漂亮的书，我在克拉彭公地的盖洛普先生的书店里花了半个克朗，我在那儿买我的安东尼·伍德作品。盖洛普先生的书店是二战的牺牲品之一，它在同一天里和两百码以外的我的房子一样"上天了"。

但愿戴维·洛在书中包括一个被炸弹和建筑师们毁掉的已亡书店名单。例如原坐落于威斯特本园林的那家消失了的我喜欢的旧书店，还有坐落在金克罗斯车站对面三角地的消失了的小书店，在那里我曾经买到《探险记》和《夏洛克·福尔摩斯回忆录》的首版本，花的是在那个时候看来过分的价格五英镑。那是淘书的令人难过的一面，与新书店的开张相比，更多得多的书店消失了。甚至布莱顿也不是它当年的样子了。

（邹海仑 译）

卡津

艾尔弗雷德·卡津（1915—1998），美国文学评论家。
生于纽约市，就读于纽约市立学院和哥伦比亚大学，曾在哈佛大学、明尼苏达大学、
史密斯学院等大学任教。他的评论著作主要有《立于本土》《内藏的叶子》
《同代人》和《生命的妙书》。他还著有三本自传性的著作：《城市旦的行人》
《出发于三十年代》和《纽约犹太人》。

大师谈经典

155

※ 查泰莱夫人在美国

最近，纽约的格罗夫出版社送给我一本《查泰莱夫人的情人》，这是劳伦斯第三次也是最后一次修改的未加删节的版本。书前有马克·肖勒的引言和阿奇博尔德·麦克利什撰写的序；书的护封上印有雅克·巴尔赞和埃德蒙·威尔逊对此书的崇高和充满深情的赞辞。自一九五六年以来我一直没有看到或想起劳伦斯的书。当时，我在斯德哥尔摩的一家百货商店里买到了这本书的未加删节的版本，

我为有这样一位醉心于二十世纪文学的年轻的美国出版商愿意并且有勇气在这个国家首次出版而感到高兴。

我有自己的一份差事要做，无法即刻投入到此书的世界中。我生活在纽约的一群冷漠的中产阶级邻居当中，按照纽约中产阶级圈子里的时尚，人们正在逐渐地走向"颓废"，因此当一群白人黑人混杂的青年男子戴着耳环、穿着紧裹在腿上的裤子，涂了油的头发往后扎成鸭尾式的发束从我面前嗖嗖地走过时，我并不会感到太大的愤怒。

在街角的一处报摊前，我停下来买下午的报纸，性杂志的封面使我眼花缭乱。在那些封面上至少有一打女郎，摆出一副懒洋洋的姿态，她们都有着那么大的乳房而同时又那么羞答答地遮掩着，我实在为这种用窗帘、围裙和衬衫玩"躲猫猫"把戏所做出的惊人努力而叹服。由此我想到我的一位朋友，他就给这类杂志中的一种撰写"严肃"故事，有一次他送给我一本，这使我十一岁的儿子大为高兴，他没想到他居然能够这样正大光明地看到如此许多。如今反映同性恋的淫秽杂志已同以异性恋为内容的杂志不相上下。这些肌肉发达的青年，有时会出现在以希腊为背景的画面前，双手搭在腰际。我真想知道我的那位阴郁的报贩朋友对这一切是怎么想的。

不过我并没有去询问他。我正忙于思考那一周我阅读的几本当代小说，一本是写恋尸癖的，另一本是写牧师之间的鸡奸什么的，还有一本则是描写乱伦的。尽管在评论约翰·奥哈拉的《自平台上》时，我已经谈了我对这主题的看法，然而他把自己的社会才华浪费在对性交的几近崇拜描绘上，依然令我十分愤慨。不过，跟那些与他有同样才华的更年轻的作家相比，我不能不承认奥哈拉以他那种守旧的方式对性还不失浪漫。同斯科特·菲茨杰拉德一样，他把性看成是上流社会的一种特权！与奥哈拉相反，我想到了诺曼·梅勒，我曾在电视上见到过他，那以后过了数周，他在与多萝西·帕克和杜鲁门·卡波特进行电视讨论时，将生活的目的解释为"个人的发展"，他崇尚菲德尔·卡斯特罗，因为后者看上去"颓废"，并且认为床上的"能干"是举足轻重的。

为此，我想，查泰莱夫人已经过时了。难道不是金西居然根据大量数据统计出了某些男人一周内的射精次数，并且把他们作为科学知识兜售给公众？我想起我的学生——那位史密斯学院的二年级学生，在讨论海明威笔下的人物时，她蔑视地抬起头，并且尖声地宣布他们"对性感到恐惧"。在阿默斯特校园里，我发现那些十八岁的青年人在谈论惠特曼或哈特·克兰的同性恋时，就像研讨会上的精神分析医生那样从容和冷静。

我在二次大战期间听说过这样一位美国官僚，他十分守正，以至于每当带回一位姑娘过夜时，他总是要把妻子的照片翻过去面朝着墙。而在一个阳光明丽的四月天，站在百老汇和八十六号大街上，我想起大学时代，我和朋友们是何等喜欢劳伦斯，我想起布莱克的主张：

> 男人于女人何望？
> 是欲望满足之相。
> 女人于男人何望？
> 是欲望满足之相。

一种难耐的怀旧和年华倏忽即逝的惆怅之情萦绕着我。噢，老天爷，我这样想，世上是否还有依旧喜欢劳伦斯、惠特曼、威廉·布莱克和西格蒙德·弗洛伊德的旧式逆子的一席之地？

就像在别处一样，愚笨之徒是否已占领此地替代了那些面露狞笑的嬉皮士们和那些将"洛丽塔"尊为性文学专家——这多么有趣——的合唱队女歌手？

我回想起几周前看到的《纽约时报书评》，那上面登有征集半打关于"如何获得性能力"材料的广告，并且想起前左派狂热分子变成的超级分析聪明人；想到所有的窃笑声，性手册，黄色杂志，自恋的同性恋者，乱伦，恋尸狂，应召女郎和她们的生意人，我不仅感到自己的落伍，而且为之高兴。任"能力"见鬼去吧，欢呼欲望满足之相，欢呼惠特曼的"内心的甜蜜的地狱"，让能力滚开，让热情重现！

我不知道是否还有人想回到我《查泰莱夫人的情人》的第一个版本，我不知道是否还有人会把这本书看成是不道德的，会无视劳伦斯的浪漫和虔诚，他对社会道德规范的摒弃和他把性看成是神圣的狂喜的信念？尽管波士顿或苏城的某个警察头目或是华盛顿的某位邮政官员可能对劳伦斯作为一位严肃的艺术家知之甚少，然而他们是否对《查泰莱夫人的情人》在人们精神上产生的深刻影响知道得更少、甚至把它看成是洪水猛兽？我不能不承认，事实上正是如此。正如垮掉的一代从一个极端体现了为感觉而感觉和为感觉而自由的荒谬理想一样，那些立法者和执法者的头脑以为一本书能将一个人引向堕落，同时却忽视了我们文化中日益膨胀的性放纵现象。青少年的性犯罪行为源于他们的个人绝望，对他们来说，性即意味着狂暴的刺激。

除了某些由四个字母组成的词——这些词表达了那些聚集在军队、监狱和海船里的无数男人们所具有的得不到满足的欲望和由此而产生的绝望——之外，这些卫道士们将盯住这本书里的哪些内容呢？对于D.H.劳伦斯这位出生于一八八五年，并在公理会教堂中长大的人来说，这些词语体现了他对一种新的男女间真诚之爱的渴望；除了表面上的淫词秽语外（更确切地说，由于它们和它们所体现的我们自身的某些因素），美国精神中的有些部分很快便识别出什么是它所害怕或仅仅是不了解的"不道德"。

几年以前，美国上演了一部温柔感伤的意大利电影，它描写一位智力不太健全的乡下姑娘被她认定是"圣约瑟"的陌生人勾引的故事。人们打着标语聚集在纽约剧院前抗议，其中有一条标语人们是永远不会忘记的，那上面写着："我们将财富给了欧洲，而他们回报我们的却是污秽。"这些人是否仅仅因为劳伦斯使用了某些词语，因为他相信在性交中能达到"心灵之爱的神圣境界"（济慈语），而将他的"鲁莽"、将他这位德比郡矿工儿子对英国人的教养的极度厌恶与"污秽"等同起来？因为他相信在现代工业社会可恨的抽象和不断滋事的状态下，这最终将成为人们通往自由、神圣，成为建立一种惟一能给男人和女人以慰藉的新结合途径？在更彬彬有礼的时代，从传统观念出发，人们反对这本书，是基于劳伦斯富有浪漫色彩的挑战行为，以及他对爱的崇拜。在我们这个日渐局狭的世界上，对那些过于狂热地为性爱而性爱的人是否会实施严肃的政治上的反对呢？奥威尔的《一九八四》中的男女主人公的罪恶就于他们无视国家，而只是彼此献身于对方。对一九五九年那个时代的人们不说，查泰莱夫人和她的猎场看守人的真正罪过在于他们不能与整个群体保持融洽，在于他们全身心的相爱，在于他们对所处时代的卑琐和盲从作了轻蔑和令人难忘的评说。

这种"罪过"现已成为当代小说中少数几个关于爱情的教训之一。在现在的作品里，一个男人和一个女人谈情说爱时说出的政治批评远远超过了昔日的那帮激进分子。我发现，对思想意识的蔑视通过强烈的情欲来表现，才是《查泰莱夫人的情人》在一九五九年那个时代的真正意义。然而具有讽刺意味的是，这却是劳伦斯智慧天才于无意中结出的硕果。因为在这部带有宣传色彩的小说里，劳伦斯的整个意图在于使性爱成为反对工业社会的革命的武器。在西方，我们全体，从劳伦斯发表《查泰莱夫人的情人》最后版本的三十年来，已经走得这么远了。在二次大战后牢固的社会模式确立之前，人们还是希望改变我们的社会，而不是逃避它。劳伦斯与爱默生、梭罗、惠特曼，还有布莱克和年轻的华兹华斯以及雪莱一道属于英美文学中激进主义的伟大传统，他相信"心灵之爱的神圣"能够彻底革新社会，能够改变"撒旦的工厂"、那些可厌城市，以及被劳伦斯视为人类自由精神之敌的工业毒雾。

呼吁把更强健力量作为一种变革的手段确实是《查泰莱夫人的情人》的崇高目的。这部小说赞美爱、赞美肉体之爱的升华，它象征了代表自由人民阶级的猎场看守人麦勒斯与最优秀的英国自由派知识阶层的结合。查泰莱夫人的原型是康斯坦斯·里德，这位苏格兰画家的女儿本人是费边社会员，她对麦勒斯的爱情是对无能而专横的上层阶级的抗议，这个阶级的化身就是她的丈夫克利福德爵士，一个由于战争而造成下肢瘫痪的人。他不仅没有能力使他的妻子生育，而且变得越来越自私、暴躁和"正经"，他的瘫痪包含了旧日英国上层阶级的卑庸和无能，这也是他经验中的必然因素。就劳伦斯极其敏锐、深刻的洞察力（马克·肖勒在他的引言里谈到了这一点）而言，"那种认为社会和心理冲突完全一致的观点如此有力地体现在这本书的结构中，如果不顾劳伦斯实际上只有一种看法的事实，而认为他表现了两个主题，那未免太鲁莽了。"

劳伦斯仍然跻身于英美文学中浪漫主义诗人们的伟大行列之中，对于这些激进的新教徒来说，"敏锐的直接能力"，对精神的狂热而执著的追求，使宗教权威完全成了多余之物。在无意识中，他们以人类各种官能的完美结合解释了所有的生活经验，而这恰是典型的宗教想象。劳伦斯的小说体现了试图赋予两性以宗教价值；从性爱的幸福中产生的同情心将影响到生活的各个方面，这必然会与工业社会中纯粹外在的关系，日益增长的冷漠发生碰撞。

正是由于劳伦斯的最主要的主题是爱而不是性，因而在浪漫主义传统中，他是一位政治性的作家。像所有的宗教改革家们一样，他的言论是个人化的，社会对它不产生什么影响，因为它是从与自身相似的一切当中吸收养分而成长起来的。我们这个时代生活的外部，喧嚣、压抑，令人难以忍受，当查泰莱夫人乘车经过镇上时，她看到工业化的英国中部工业区的黑烟已污染了一切事物："砖垒的住宅被灰尘熏得通黑，黑色的岩石屋顶露出发亮的尖利边缘，泥浆由于掺进煤屑而变成了黑色。"然而，尽管生命是如此脆弱，就像猎场看守人给他情人看的刚刚孵出的小鸡一样——它站在那里，靠它那两根纤弱得简直不可思议的细腿，通过它那几乎毫无重量的小爪，康妮感到这个小生命的微微颤动"。但生活毕竟是一个人能够维护的，尤其是能够尊重的惟一的价值标准。麦勒斯与痛苦的最后岁月里的劳伦斯如此相似，身体虚弱、脸色苍白，也体现了那个时代的人在肉体上的脆弱。他全身心地投入到爱情之中，然而他也被生活刺痛，时常抱怨，在这个工作重负不堪忍受、人与人之间日益隔绝、犯罪现象司空见惯的社会所造成的精神状态下，人的感情世界又是多么无能为力。

然而麦勒斯承受了爱情的风险，这是美好而可怕的投入与性的体验结合着的深度，它与虚构狂截然不同，那种诸如逢场作戏的男女关系、卖淫之类淫秽的想入非非，"这是生命，不可能那么干净，如果你一定要那么干净，就等于死亡"。他知道在作为小说主旨的温柔（劳伦斯起初将这部作品命名为《温柔》）之外，将有一个更糟的时代，那时社会将永远摆脱不掉战争这个强迫性的能量排泄方式。

在一九五九年来读这本书，我意识到一九二八年存在于劳伦斯头脑中的关于温柔的政治寓意至今仍然是我们面临的一种选择。在晚年由于疾病缠身而悲观失望的情况下，劳伦斯仍然坚信在一个完全被猜忌和怀疑腐蚀的社会里，对人的肉体需求的基于人性的坦诚认识，对在他看来产生于纯粹的精神生活的怨恨和恶意的坚决斗争，这一切能够使人类走向新的自由和友爱。然而西方工业社会的每一次新的发展，旧日乡村生活所具有的活力和亲切感的每一次失落，向个人证明的实在太多了。《查泰莱夫人的情人》结尾处在沉寂和颓唐的气氛中，这对暂时分别的情人等待着分手和他们的孩子问世，——这是爱情的必然周期。全书以之作为结束的麦勒斯的长信也向我们证明，就像在劳伦斯小说中常有的那样，语言由于其最终的匮乏而难以胜任感情的表达。劳伦斯曾这样写道："我们没有能够表达感情的语言，因为我们的感情甚至不是为我们存在的。"这是他的独创性尝试的尺度，也是他对完整的人性的看法。

另一方面，在这个完全封闭的社会和毫无激情地墨守成规的人们中，将爱作为一种逃避的观念日益增长，一种过于强烈的要抓住感情的努力使《查泰莱夫人的情人》带上了几分歇斯底里。

劳伦斯在写作时常常有一种狂热的紧迫感，他成功地使他的文风融进了生命的飞逝感和呼吸的急促感，以及感情自身所激发起的生理节奏。他越是受到疾病的致命威胁，就越是努力地在语言中唤起那种为感觉和性的激发与陶醉所具有的心态，这些内容通过间接和含蓄的表达而得到更为成功的揭示，那种认为文字，即使是D.H.劳伦斯的文字，能够触及感情的最深层内涵的看法是愚蠢的。在描写紧张状态时，亦即文字努力穿越外在层面时，神秘主义者的语言常常难以胜任；如果文字能让人联想到上帝的存在，精神主义者就不必在语言上如此煞费苦心了。

劳伦斯的奔涌的、迅急的、感觉异常敏锐的语言，经常能制造出一种卓越的语言现实，一种与性爱的狂喜相似的诗的现实，作品试图把这种狂喜描述出来，然而实际上却向我们掩盖了它。一个人对艺术研究得越多，他就越能认识到艺术不是生命的模仿，它永远不可能贴近人的实际经验，它是一种独立的创造，是自然的补充，而不是对它的描摹。劳伦斯的那种充满激情、扣人心弦的语言本质上所描写的是艺术的而不是感情的陶醉。在属于思想意识的语言中没有——真是幸运！——通向感情之巅的桥梁。

劳伦斯不像那些刺探者、报刊审查员和道学家们所指控的那样，是一位色情作家，在某种意义上说，他甚至不是一个"现实"作家。《查泰莱夫人的情人》中那些最好的段落——它们并不总是写爱的——的激动人心之处在于生命之美的赞颂。劳伦斯对于体验有着如此发自内心的虔诚，而他又如此热衷于新教式的对个人独特意识与生活的认同，因而，在流畅的直陈和文体的平易之后潜藏着语言本身的激动，潜藏着他将个人的感受扩大到整个自然对生活的拥抱。一个令人啼笑皆非而又有趣的事实是，正是促使劳伦斯将性与圣灵等同起来的过多的宗教精神，使他受到那些认为性只能被限定在某种范围内的道德家们的敌视。的确，劳伦斯过多地重视了性，但他也过多地重视了生命，我们没有同样敏锐的价值感。在一个大多数作家都缺乏像劳伦斯那样对整个人类社会强烈的责任感的时代里，正是劳伦斯的执著，正是由于他不把性看成是一种癖好和偷偷摸摸的行为才很可能产生了当今世界对于他的独特评价，认为他是天真而不是淫秽。

从这个意义上看，《查泰莱夫人的情人》已变得不合时宜。劳伦斯将爱塑造成我们社会的对立力量的最后努力为我们提供了一种小说观念，正像他为我们提供了性爱的神性象征一样，对于被削弱的个人而言，它过于强烈、抒情，过于恬然、任性了。自从亨利·詹姆斯将"形式"的束缚带进当代小说以后，我们已开始崇尚外在的精致，这对劳伦斯产生了不利影响。此外还有我们对作为决定论的心理学的信奉，对于我们而言，爱是既无助又难以摆脱的。乡村所具有的神秘感，情人们在其中谈情说爱的古老的英国森林，这都是美国所没有的。劳伦斯怀着狂喜和几乎令人难以忍受的敏感所描写的乡村，对于美国人却引不起多少同感。美国人的恋爱场所必然是洗澡间和卧室，这两个词早已成为世故的隐私的最后的用词。

劳伦斯对赤身裸体在雨中嬉戏的情人的描写，他以女性般的精确对女人的感觉和男人的身体的描述——这些都属于另一个世界。《查泰莱夫人的情人》带给我们另一个时代的回忆。那时，人们仍然相信，建立自由是他们在地球上生存的命运；那时，性是男人被压抑的能量的主要象征。当这个城堡被拆除时，生命之流将奔涌而出，畅通无阻。

穆尔

布赖恩·穆尔（1921—），加拿大当代著名作家，原籍爱尔兰。

主要作品有《金格尔·科菲的运气》《伟大的维多利亚收藏品》《冰淇淋皇帝》《医生的妻子》和《黑袍》。他的作品极富创造性，大部分作品被改编为电影，广获名誉。

※ 写在一本复仇记的前面

本文所写的人物并非出于虚构；对在世与已死的人的影射都是故意的。

世界上会有十五个人在读了这段文字后感到害怕吗？不能这样讲，这话本身就是说我这人无足轻重。会不会有十五个人在阅读时忐忑不安呢？我想可以这么说。我现在已经是微近中年的人了。在我的前半生中认识了不少人，并知道他们中一些人不愿公之于世的许多事。你感到不安吗，S——？或者你，F——？抑或是你呢，和我曾经有过旧情的T——？我为何不将你们的尊姓大名全写出来呢？这是因为，一则我所认识的并不只是一个S，要是能同时让你们两个人都不舒服，那岂不更好？再则，要是把你们谁是谁都一一点出来，你们就会结帮成伙来堵住我的嘴。在本文里，我打算跟你们单个儿地、可也是集体地较量一番，叫你们一个一个地认识我是谁，但又不让你们知道我到底是谁，这样你们就谁也弄不清你们所想到的是不是同一个人。这就是我的策略。

下面准备引用一条语录，作家们为了讨人喜欢，总要毕恭毕敬地献上一条语录，以冀借重某些伟人的名言，使读者对书中的胡说八道也像对那语录一样肃然起敬。鄙人的用意则不是为了讨人喜欢，而是为了叫人害怕。

生活既然如此，人们总是梦寐以求地想要报复。

——保尔·戈根

这就是我所要引用的话。你们该明白我的用意了吧？那么，好，请翻到下一页。

致谢

作者不想对任何人表示谢意，他没有任何理由要向人致谢。不过他得声明，本书的部分素材是他的亲戚和朋友、仇敌和熟人不小心泄漏出来的。至于如何利用这些事实、谎话、谣言、诽谤和内情，则完全是作者自己的事。他想写的是他自己所认为的真相，因为像彼拉多一样，写书人只知道真相并非就是事实的准确的复述。那个在星期五下午被钉死在十字架上的到底是一个在耶路撒冷引起过一场小小风波的、默默无闻的捣乱分子呢，还是上帝之子？对此仍然没有事实根据。我们只有宗教。请再翻一页。

你们某些人可能首先翻到了这一页。翻回去吧！我不会如此轻易地暴露自己。本书扉页上的署名是我，也不是我。那只不过是我的笔名而已。要是你们不相信那是一位专业家的名字，那么只要去查查过去五年中在美英出版的一些作品书目就行了。我之所以这样说是为了提醒你们，我写这篇东西原来就打算发表的。我并不是在疯人院里写作。我认识你们，你们也认识我。诸位收到本文时，它上面就盖有诸位出生地城市的邮戳，但是我眼下已不住在那儿了。我不过是让信在那儿投邮，以帮助你们——呃，回忆罢了。你们一见到这邮戳就会拆阅这封信的，因为没有任何地方的邮戳在威望上能与你出生地的邮戳相比。我们都是从那里离家出走的，它随时都可能找到我们，要我们回去的。

因此这是不会出错的。诸位的台甫、尊址都经过了仔细的核对。除非这时你是在阅读别人的信件，否则你就是我与之发生关系的人之一。或者这么说，你也许是与此有关的人之一。到底属于哪种情况，那就是你们的事了。我这里不过是抢先讲一句而已。下面，再介绍一下作者：

我就是你侮辱过的那个人，被你忘得一干二净的那个人，为你所不屑一提的那个人，是你永不想再见的那个人，是你恶语中伤过的那个人，而这些话传回到我耳朵里来了。我就是你的那个已不合时尚的朋友，每当我缅怀往事时你听着就腻烦，我宴请你而你却不还席，我的通讯地址你也从不保存。我就是你从来不回电话的那个人。我就是你对之前恭而后倨的那个人。

我曾多次叩门求见，而你却像泥塑木雕，坐在屋内一动不动，心想我会识趣而去。我就是你听到一路走下楼的那个人，就是知道你确实在家、但故意让我吃闭门羹、因而恨你的那个人。你才骗不了我呢！难道你真以为像我这样的人会被你的遁词和借口骗过去吗？我这样的人跟你现在巴结的阔朋友不同，并不十分忙碌；我们预定的每一次拜访，都是郑重其事的。也许你真的是忘了我们的约会，也许你真的是不在家。但假若你真的忘到九霄云外去了，那岂不是更加错上加错吗？

我就是你背叛了的那个人。我就是曾经向你私自吐露过我的过失、羞惭与顾虑的那个人。我就是你曾经向之赌咒发誓说一定要守口如瓶、表示一定尊重对你的信任的那个人。可是某晚在一次聚会上，当有人提及此事，一个人讲了一个走样的版本，而另一个人又出来反驳的时候，你这个了解真情的人竟不能保持缄默。你摆出一副知道内情的样子向谈话者摇摇头，深深吸了一口气，由于有机会夸夸其谈而图一时之快，把我的隐私和盘托出。你出卖了一次还不算，竟还屡次三番地故伎重演。两年之后，所有我的羞惭与顾虑都被编缀成笑料去取悦你的新欢。（她并不认识我，我向你倾诉那些隐私的时候，你甚至还不认识她呢。）你该知道，

我这是说的什么吧？是不是？

我就是曾经爱过你的那个人。你说过你也爱我，可是在背后你却对人说你只不过是"喜欢"我而已。然而你却到在我的怀里啜泣过，我也彻夜不眠地陪伴过你，在你出了纰漏的时候我还帮助过你。那时你让我出面我感到很得意，因为我确确实实

地爱你。我那时就像驯顺的小动物一样让你举着做幌子，可你同时却在物色更好的人。我就是那个硬了硬心肠离开了你的那个人。我挂上了电话，因为连你那熟悉的声音都不复一样了。现在可以告诉你，当时我气得哭了。我之所以哭，是因为你曾经叫我不要担心，说一切都一如既往；我之所以哭，是因为那时我已经猜到你早已在暗中打算背弃我。我果然猜对了，是不是？后来，想必你还记得，当一切都已收场，咱们也都心里明白无法挽回之后，你说什么你是实事求是的。你说咱们其实并不相配，还说你知道我会理解的。我那时候理解了吗？我现在又是如何？假如你能设身处地地想一想，试问你对你自己会有什么想法？我知道你在我住的地方进出过多次。我也知道你没有给我打过一次电话。我也知道你是永远不会给我打电话的。

你们当中的某些人翻阅至此，也许会断定这不是在说给你们听的。从上文里你们看不出我是谁，这一点不假。对你们某些人来说，我那时还是个孩子。下面我想对你们，我昔日的同窗，讲几句话。

小时，我并不认为自己聪明伶俐，倒是非常担心是个笨伯、懦夫，将来会使认得我的人感到失望。我如饥似渴地读了很多书，并且跟许多缺乏自信心的儿童一样，总喜欢悲剧性的结局。然而在书中我却发现：英雄人物要从悲剧的顶点跌下来，他首先得攀登上成就的顶峰。我从书本中寻找最美的白日梦。曾记得十四岁那年，我们按老师出的题写过一篇谈人生理想的作文。我写了一个通宵，生平第一次觉得文思泉涌。（第一次也是最后一次，假如本书除外的话。）在文章中我写道，我将会成为一个大诗人，我要用毕生精力写出一部稀世杰作，希望在三十岁正当我的才华晶莹璀璨的时候，竟在同肺痨做最后一次斗争时咯血而死。我将这篇作文交给了英文老师。不料第二天他就走到我的课桌旁，用烟熏黄了的大拇指和食指揪住我的耳朵，把我拽到讲台前面，要我向全班朗读这篇东西。哦，我成为一件用来表演他那套拙劣的教学法的多么理想的教具，又是让全班死气沉沉的孩子们可以乐一阵子的多么有趣的玩物！

可是现在，我的这位老师已经与世长辞了。我不能因为他把我当作自己说俏皮话的靶子而怀恨在心，也不会为诸位同窗在放学后对我变本加厉地揶揄嘲弄而耿耿于怀。我有什么必要呢？当时，那篇文章的风波，大约是我一生中最大的一次胜利了。

诸位也许还记得我在大庭广众面前被拖到学校饮水喷泉下面的情景吧。我的头被按到喷泉下，水从脊梁骨一直流进裤裆，再从干瘦的双腿流到脚下，灌了我满鞋满袜。诸位也许还记得，在把我淋得像落汤鸡之后，我被逼把那篇作文又念了一遍。据我猜想，诸位的动机并不坏，无非是想从根子上打掉我们非分之想，要我汲取我一直汲取不了的教训。可是你们苦心白费了，我什么教训也没有汲取。我浑身湿透，衣裳破碎，但朗读时却充满骄傲，而且还以高亢的声调宣告，我一定会怎么写就怎么做的。你们这些人瞅看我苍白的面孔和颤抖的双肩，从我那桀骜不驯的尖叫声中听出了我是个道地的狂人，于是一个个都掉过脸去，为我感到担心。

因为信念这个东西——即使是错误的信念——总要使别人感到不安的。这是我生平第一次赢得胜利。我过去那种不自信的感觉消失了。在校的最后几年，我是在你们的非难声中成长的。你们那天那种不相信的态度，把我弄成了——而且现在还是——连我自己也不大相信的大话的牺牲品。

因为我到底没有成为什么大诗人。我并不具备成为伟大的本领。到了三十岁时，我并没有得肺痨咯血，倒是痔疮流血了。我这个曾经对你们夸口说决不按你们旨意庸碌一生的人，到头来虽然不算失败，却仍然是碌碌无为。但是我写这篇文章，说明我连接受自己命运——不管这种命运多么可怜——的尊严都没有。直到现在，我还没法承认我的失败，因为那天，由于你们出自对我的惧怕，叫我尝到了一旦成名可能给我带来的滋味时，我一下子未经深思熟虑就朝着我没有条件达到的目的地定下了我要走的道路，而且是丝毫不留回旋的余地。你们那时要是用喷泉水把我从痴心妄想的迷梦里浇醒过来，该有多好！因为还有什么人比一个本来碌碌无能而却大言不惭地自诩为天才的笨蛋更不足挂齿呢？还有什么人比一个一生装模作样其实仅仅在玩弄小骗术的冒牌艺术家更可鄙夷的呢？自称韩波再世，其实不过是一肚子陈词滥调，满嘴烂牙，却叫嚷自己才气横溢、诗情纯正，还有比这样的人更下流无耻的吗？我就是这样的一个人。你们对我今天沦为这样招摇撞骗的冒牌作家能辞其咎吗？该引咎的不只是你们，也还有另外一批人。

现在我就向这一批人来交代我自己了。你们跟我可算是旗鼓相当。你们曾经鼓励过我。你们总是不惜违拗无情的事实，伸出双手，迫不及待地拉人入伙，以参加你们那个自我欣赏、自欺欺人、令人掩鼻的小集团。你们就是这种小集团、小圈子的成员——用不着否认这个事实，因为谁都不会承认他就是某个集团的成员——，不过还是让我来描一描诸公的尊容吧，看看是否对得上号。诸公是当代尚无定评的小天才，组织讨论会总少不了列位阁下，你们宴请那些评论家，吹捧可能追随你们的门徒，赞扬那些实力雄厚，可以欺负你们的仇人，出卖那些你们听说名气正在衰退的朋友。你们都是只看书评，不读原著；一听说谁的画不吃香，就赶紧把它们往阁楼上藏。还要我再写下去吗？我说的是什么，难道你们心里还明白吗？咱们以前生怕虚假见到真理的阳光，曾经一块儿使劲地抓住那块帷幕不放，直到我无力再抓住那狭小边缘为止。我和你们一样，或者说我曾经和你们一样，都是一丘之貉。

真理。我说出这两个字时都满嘴臭气。真理原来可以把我从你你我我造成的我的这种境遇中超度出来，可是我这个人却作了我自己的犹大。在写本文时我又再次表明，我不配去寻求真理。我现在向诸位坦白承认，在我一提笔的时候，我就背离了真理。因为在下笔时我就非常清楚，我的目的完全是为了钱，所以真理不妨等上一等。我自我安慰地想，不到我囊中充裕能有保证完成本书的写作时，我是不能写出反映真理的作品的。我心里非常明白，鄙人只要揭发一半各位心中的阴私，你们某些人就说不定会送来几笔微资，使我能继续写下去。我也自我安慰地发誓（假心假意地），尽管你们送来了钱，也不能阻挠我把你们的阴私如实地揭出来，因为搞敲诈的人本是没有义务恪守信用的。因此，根据这种混乱不堪的道德原则——我曾经想假以时日，秉笔直书，写出一部极其直言不讳的作品，使我的旧仇全部得报。然而我求的是什么样的真理呢？我应该向什么样的人进行报复呢？

向你们那些假意奉承我的人么？向你们那些爱我不够的人么？向你们那些谩骂过我的人么？我能够要你们这些人对过去的我、现在的我以及将来的我负责么？咱们谁能说谁不对呢？我只能说你们早年不让我幻想，使我多年来一直不能醒悟。假如你们现在能够见到我，试问诸位将用何辞以对？本人写这篇前言，其意图就在于此。在动笔写本书之前，但愿主旨不至于再错。我很想知道你们是不是认出了我，是不是还记得我。你们看见我了吗？你们看见了一个坐在写字台旁，手里拿着笔——那个因自命不凡才拿起的可笑的武器——在虚度了二十载年华之后给你们写上几句的这个人吗？看看，仔细地看看，你们就会看出我来的。我就在诸位的面前，诸位的面前就是我。你们现在看见我了吧？你们是笑呢，还是哭？

伯纳德·列文（1928—2004），生于英国伦敦，大学毕业后投身报界。现集记者、作家与专栏作家于一身，活动于英美，主要进行文学、戏剧和音乐批评，对瓦格纳和莎士比亚情有独钟。他的主要作品有《摇摆的岁月：不列颠六十年代》《被引导的旅游》《我们现在的生活方式》。

※ 莎士比亚

似乎不大可能，可是我确实清楚在十一岁上离家去寄宿学校之前，我对莎士比亚一无所知。

细细想起来，我一定听说过他，但肯定我没有看见他的任何剧本演出（这话但说无妨，因为此前我从未进过剧场），也没有读过任何剧本。我的母亲，现在想来不可思议，知道莎士比亚的一段文字，而且时不时地，差不多是毫无缘由地将它背诵出来：

> 一个傻子，一个傻子！我在森林遇到一个傻子
>
> 一个穿彩衣的傻子；一段悲惨的身世！
>
> 如同我靠吃饭活着，我遇到一个傻子；
>
> 他躺了下来晒太阳，
>
> 七荤八素地辱骂着命运女神，
>
> 七荤八素的，可还是个穿彩衣的傻子。
>
> "早上好，傻子，"我说。"不，先生，"他说，
>
> "等老天叫我发财再叫我傻子。"
>
> 随后他从衣袋里掏出一只表……

然而她一直没说明，这段话出自莎士比亚，兴许她记不得了，因为她一定是在学校里学会的，而且肯定从来没有看过舞台演出。我认为这是死记硬背的残留，不过我一点听不明白它到底是什么，自然而然地把"傻子"按其现在的含义去理解；彩衣又是何物，或者"无幕间休息"指什么意思，或者雍容华贵的"命运女神"是谁，我想象不出来，又如同不懂：

我的肺像雄鸡打鸣一样咕咕响

这也许是一句洋文也未可知。但是我至今仍能听到我母亲故意拖长音调念着"七一荤一八一素"的样子，如同我听见她叫我的名字的样子。英国人发音把"伯纳德"的重音放在"伯"上，而美国人叫"伯纳德"却强调"纳"字；我母亲是我所认识的惟一真正会使用扬扬格的人，把两个字说得一样轻重。

我的一位伯父早先常会非常有趣地模仿老式的情节剧的诗文，背诵《约翰王》第四幕里赫伯特和亚瑟那场戏的那段戏文：

> 给我烧红这两块烙铁；然后注意
>
> 站在帷幕后面；单等我把脚用力
>
> 往地中间一踩，你就快快出来，

把我会带来的那个孩子

捆死在椅子上：不得有误。快去，当心。

　　"给我烧红这两块烙铁"已成为家常习语；但是句子出自莎士比亚的哪个剧本，我同样是到后来才知道的。在我最早的家中，没有译本莎士比亚的书。别的呢，我能记得的书，除了孩子们看的书和我祖父的希伯来文《圣经》，也就是些封面花里胡哨的闲书，作者是谁早忘记了，与我毫不相干，虽然我还记得书卷的样子，摔得七零八碎一副露馅的破败相，散发出一股霉味。

　　我从当地图书馆里借书看。因此，十之八九，我第一次遭遇莎士比亚是在我的寄宿学校，而且说来也巧，我在课堂上学习的第一个剧本就是《约翰王》；我们不期读到"给我烧红这两块烙铁"，我的那种高兴和惊喜，比后来我在《皆大欢喜》中遇上杰奎斯，不仅把我母亲背下的那段句子对上号，而且搞清楚"雄鸡"究竟是指什么，要多出不知多少。（再往后——晚得多，因为《坎特伯雷故事》被认为很不适合我们那代人的公立学校孩子看，我们只学了《序言》，而且不敢越雷池半步——我在《修女的僧侣故事》里碰上了"雄鸡"本人。）

　　多年来，逼着孩子一行接一行学习莎士比亚应付考试，这种做法招致怨气多多，印刷品耗费多多；据说排除了直接阅读他的激动便扼杀了对他发自本能的热爱，因最好是看他的剧本在舞台上演出甚至体验扮演他的激动。也许是这么回事；只是我觉得这话无异于说电视扼杀了谈话的艺术，好像每天晚上迷迷瞪瞪地坐在电视前消磨钟点的人们，如果电视机压根不曾发明出来（"这种发明物不会带来任何好处"C.P.斯诺说，"这个字眼是一半希腊文，一半拉丁文。"），便会像一个又一个圣伯夫或者约翰逊博士那样，把时间用来互相撞击智慧火花。

　　我对此深表怀疑，如同我怀疑是不是任何能够回应莎士比亚的孩子，一旦被逼着一个词儿一个词儿地读懂他，然后"关于a）雷欧提斯、b）罗森格兰兹和吉尔登斯吞、c）福丁布拉斯诸人物写篇短文"，反会阻止孩子热爱他。

　　不管怎样，托比·贝尔奇爵士宣称他"身为政治家倒乐意做一个勃朗宁主义者"，我对这话琢磨了又琢磨，不仅弄明白勃朗宁主义者是怎么回事，也懂得了政治家现在从字眼上讲意味着什么（虽然这两层意思，说来也巧，今天又正往一起靠拢，指的还就是政治发展，而不是语言发展）。在这样一种琢磨过程中，我开始发现莎士比亚了。

我在回应什么呢？我想那一定是情感的突如其来的袭击；更确切地说，是我处在安全环境里能感觉到的情感的突然袭击。很晚的时候，在我发现瓦格纳时同样的情况发生了，来得更加剧烈，而且没过多久我在聆听歌剧《特里斯特拉姆》与《指环》时清楚地认识到我到底发生了什么事情，知道这不是真实的世界而是歌剧院，认可与拒绝的心态兼而有之；在几个小时里，感情不需要压制，因为一方面一等演出结束感情自会收回，而另一方面也是更重要的方面，置身观众席伸手不见五指，谁也看不见谁。

我敢肯定，虽然我那时很小不会感到迷惑，更理解不了，但是莎士比亚给我提供了同样的释放。尽管《约翰王》是我在学校学习的第一部莎士比亚戏剧，可是作为考试"套书"，我阅读的第一部作品则是《第十二夜》，剧中那些音乐的敞开的窗户置于那样具有诗、美与情的景色中，时至今日我还能在凝视着月色下的新景致时重温我那些沸腾的感情。《第十二夜》并不真正适合孩子看；当然，他们可以享受喜剧乐趣，欣赏马伏里奥的骗招（不过，毫无疑问，如我当时一样，他们仍然被牵着鼻子走，草草浏览隐藏在"文字场景"那些纯洁无瑕的诗行里的可怕淫秽内容，而我当时不仅被牵着鼻子而且自己也从来不曾看出来，最后还是在四分之一世纪之后在奇彻斯特节日剧院上演《野鸭》的幕间，在一位朋友那里突然弄明白的），然而情感关系的细微之处不堪一击，对小学生来说难以理解，让他见识得过多只能是"多愁善感"而已。

我记得某些自我保存的原始本能逼着我一起嘲弄奥利维亚和维奥拉的表演，要不我就会被人当作剧本里的"多愁善感"之人看待。但是我确实像剧本里一样"多愁善感"；我无法弄清楚有多么多愁善感，但是当我接触到：

> 让我做你门前的柳条小屋，
> 在屋里呼叫我的灵魂；
> 写下被贬爱情的忠诚片断，
> 哪怕在深更半夜把它们唱完……

我觉得就要淹死在一个古怪的大海里，这种确实存在的东西我过去不曾怀疑过，或者倘若怀疑过，我也出于本能否定了。

　　我敢肯定，这不会是青春期在作祟；那还早得很，我的情感世界姗姗来迟。我对一种截然不同的音乐声音发生共鸣，莎士比亚独具才能，理解人心灵的需求和力量，把这种理解用思想和文字包裹起来，让他的读者和观众至少窥见他所全面地看见了什么；我说他允许我对情感的袭击作出回应，所指的就是这点。不过这让我也理解了它本身，并且因此发现了它。

　　只是阅读莎士比亚，是不可能对他了解彻底的，不可能靠采取步骤保证你理解了你正在阅读的内容。不过他的一种厚度只能通过观看他的作品在舞台上演出才弄得懂到底是怎么回事。这当然是真的，无论从完全的世俗意义还是从感情最深处，概不如此。不管我曾把《理查三世》看了多少遍，我依然永远记不住第四场里的人物究竟谁是谁：

> 我有一个爱德华，被一个理查杀害；
> 我有一个亨利，被一个理查杀害；
> 你有一个爱德华，被一个理查杀害；
> 你有一个查理，被一个理查杀害。
> 我也有一个查理，是你杀害了他；
> 我还有一个鲁特兰，是你同谋杀害了他。
> ……你的爱德华已经死了，他杀害了我的爱德华；
> 你另一个爱德华死了，抵偿了我的爱德华……
> 你的克莱伦斯死了，他刺杀了我的爱德华……

　　后来，迟至二十世纪六十年代，皇家莎士比亚剧团用《玫瑰战争》的总剧目，上演了《亨利六世》三部曲和《理查三世》里的全部戏文，最终这场戏具有尽善尽美的意义，因为剧中那个悲惨的女人所指的一切残杀在寥寥数小时里在我的眼前全部发生，而且剧中那些改朝换代的关系以及杀人者的动机，在我的脑子里完全理顺了。

　　我说莎士比亚要看演出才理解得了，话中的意思还不止这点。我曾看过的第一批演出、也是我看过的最好的剧本，那些有魔力的演出发生在圣马丁巷老维克剧团风光无限的岁月，而且约翰·吉尔古德最后出演的《哈姆雷特》是一九四四年于干草市场剧院，曲终人散后我一路徒步回家，一走便是四英里，竟然对我周围的环境毫无觉察，等我把钥匙插进家门，我才从无比惊诧的状态中回过味来。但是莎士比亚是老维克剧团保留剧目中惟一的作家，而《哈姆雷特》又是吉尔古德演出季节的惟一莎士比亚剧本；当然，这是许多年前的事，后来皇家莎士比亚剧团分别在伦敦和斯特拉特福有了大本营。因此，我过去看莎士比亚剧本演出，谈不上经常，谈不上规则，只是寥寥数个剧本，其中没有一个看过第二次演出。

　　但是，战后不久，唐纳德·沃尔菲特接管了卡姆登大街的老贝德福德音乐厅，宣布莎士比亚戏剧节举办一个月，上演八个剧种，分别为《哈姆雷特》《奥瑟罗》《李尔王》《麦克白》《皆大欢喜》《威尼斯商人》《第十二夜》以及《温莎的风流娘儿们》。总共二十八场演出中，我看了整整二十场，立即认识到莎士比亚内涵之丰之广远非我此前所揣摸的，虽然那宏大的内涵是什么，我难以说出口来。在某种程度上，以后我的生活就一直在寻求莎士比亚的含义，而在这种寻求中我绝不是孤独的：

　　别人也在盯着我们的问题。你是自由的。

　　我们问了又问：你微笑，并仍是高不可测的知识……

　　我认为，这是对莎士比亚独一无二的地位追根寻底的另一种方法，爱默生对这种本质提供了一个有用的线索：

　　关于道德、关于行为举止、关于经济、关于哲学、关于宗教、关于趣味、关于生活的品行，哪点他没有说法？哪点揭秘没有显示出他博学的意义？什么职责、或者职能、或者人的工作区域，他不曾记起？哪位少女在他的笔下没有尽显娇弱？哪位圣哲逃脱了他的目光？

　　莎士比亚的秘密，他那高贵的额头下隐藏着的最大和最后的秘密，不是他的身份的秘密，因为他不是弗朗西斯·培根，不是克里斯托弗·马洛，也不是牛津伯爵，尽管大量才智和墨水都白白花费了，历朝历代都在证明他就是他们；也不是那些倾心找出他的学识来源、哲学根底的人们刺探到的秘密；甚至也不是他那令人惊诧无可置疑的独特宽度和广度无处不见的秘密，从哈姆雷特到福斯塔夫，从伊阿古到普罗斯佩罗，从伊默琴和罗莎琳到克瑞西达和麦克白夫人，从里阿尔托区到特洛伊城墙，从古罗马广场到那瓦尔宫廷，从波希米亚海岸到森林的另一部分，从李尔王之死到伊丽莎白之生，从克拉伦萨的梦到波顿的梦，从网球到象棋，从补锅匠到裁缝，从——

……我这只手就是

肉色的汪洋大海啊

到——

把深蓝的变成血红的

在贝德福德音乐厅看见沃尔菲特和他那令人恐惧的剧团把莎士比亚的人物演成可怕的滑稽人物（此前我还没有认识到这点），我找到了锁，可开锁的钥匙在哪里？那么其中的秘密又是什么？无论如何，这是我的一个无所适从的阶段，不管有没有莎士比亚，因为沃尔菲特戏剧节短短几周与我生命的这一仅有时期产生巧合，正好是我与父亲朝夕相处的幼年时期一去不复返了，我父亲这时从我的生活中完全消失；我没留住他的照片，一件留作念想的东西都没有留住，只有我的手表后面那行铭文，一块漂亮的黑色盘面莫瓦多牌手表，盘面上是阿拉伯数字（当今罕见之物），我过十七岁生日时他送给我们的（铭文上有这样的文字，我却想不起他曾做过），表走得仍然很准。他和我一起去看过一两次沃尔菲特的演出，不过他对莎士比亚一无所知，只是说得出歌剧的片断，究竟是哪部戏剧的片断他却说不上来了。

那时，我是一名大学一年级学生，几年间我逮住什么读什么，嗜书如命。除了我自己的语言，我在八种语言的文学里广泛涉猎（不过，天哪，极少是用原文阅读的），当初身置贝德福德音乐厅尘土蒙面的座位间，观看沃尔菲特和他的无名小卒们"演出剧本"（他总是把《哈姆雷特》的幕布拉下，说"……天使飞来，对你唱晚安"，生怕最后一刻不能占据舞台中心），我所发现的东西——"感觉"这个词儿更准确——竟是这样的：在我面前展现的那种天才，不管条件多差，在其鼎盛时期，表达的是美，是活力，是人性，是智慧，是才情，是想象，是成熟，是丰富，是囊括了我曾阅读过加起来的所有作家所取得的质量总和，而且还要多得多。

　　我对这种非同寻常的真相是慢慢弄懂的；但是在我儿时住家拐角一带实际上经历的那些夜晚，我早跳过了争论和证据，本质上并不明白怎么回事，就获得了正确的结论。

　　当今之日，这样的演员管理形式一去不复返了；罗纳尔德·哈伍德精明而寓乐的剧本《服装员》显然是根据沃尔菲特的生平写就（哈伍德身为沃尔菲特的服装员开始其舞台生涯），对沃尔菲特的演出性质是什么阐述了一种观点，且是一个很好的观点，而且T.C.沃斯莱描绘他说谢幕词的样子（顺带提一句的是，在《服装员》里几乎一字不差地重说了一遍），向观众致谢时一副老派的妄自尊大，沉溺于"同样疲乏地紧抓幕布，不管他以李尔王的身份出现，还是扮演试金石小跑二十分钟"，也都能让那些看过沃尔菲特演出莎剧的人记忆犹新。

　　对一个十八岁青年第一次沉浸在莎士比亚戏剧演出中不能自拔，上述情景没有丝毫影响。我不知道那些演出怪模怪样，是专为沃尔菲特自己表演而设计的一种框架；我无法将他的演出版本与别的演员相比较；因为他演出的惟一一个我过去看过的剧本是《哈姆雷特》；我没有认识到那些演出服装也许就是来自早已存在人世间的家庭存物处那保育室的服装篮子里；实际上，在沃尔菲特将要来演出我有幸观看之前，我压根就没有怎么听说过多纳尔德·沃尔菲特，因此我当然不是夜复一夜地去看他，更别说他的剧团。我是去看——去看、去听、去感觉、去痛饮、去饱餐——莎士比亚。这，我做到了。尽管现在回顾沃尔菲特时抨击的正是这种演出风格，但是我本人认可的却是这一种风格；有关他演出的可怕之处所说的每件事情都有根有据，我在脑海里留下的惟妙惟肖的演出情形，令我记忆犹新，难以忘怀。斯温伯恩说过为数不多的几件切合实际的事情，其中之一或许就是他说过的惟一一件切合实际的事情，是鲍德勒的名字，哪怕作为咒骂和嘲笑的目标，应在同时代人中间受到尊敬，因为在一个世纪最宝贵的部分，他让成千上万无以数计的孩子对莎士比亚的作品熟悉起来，而且是通过一种一贯不允许落入他们手中的未经删节的版本。我在沃尔菲特那里所感受到的，很可能就是这种情况，而且在他身上受益的不会只是我一个人。（随便说几句的是，我一定是拥有全套鲍德勒版莎士比亚作品的少数人之一，在读它的过程中很难看明白，那个好医生为什么会生那么大的气；真的就是因为夏洛克不可以说一个人"要是鼻子里有风笛在唱，那是存不住尿的"，而一个人"能憋住火气"就不那么令人讨厌了吗？还有，读者从鲍德勒版本的《一报还一报》剧情里，也不大容易弄明白安哲鲁到底想要和伊莎贝拉干什么。）

这里不妨开列一下我在贝德福德音乐堂观看的剧本名单：四部大悲剧，外加《威尼斯商人》（这也是我对沃尔菲特当时不大明白的事情，因为他从来不提哈姆雷特，不提夏洛克，不提麦克白，也不提奥瑟罗——在他的嘴里，他们总是那个丹麦人，那个犹太人，那个苏格兰乡绅，还有那个摩尔人）；再有是两部数一数二的喜剧；以及福斯塔夫的滑稽表演。对这些剧本演出的每出戏里的细端末节，我至今记忆犹新。在《温莎的风流娘儿们》一剧中，举例说吧，福德家那场搜寻正在进行，福斯塔夫还来不及钻进洗衣桶里，只是在一面悬挂的墙布后藏头露尾地躲着，他那颗大肚子就从幕布间顶进屋子里来了；在《第十二夜》里，马伏里奥最后要退场了（"我要出出这口恶气，你们这群东西一个都不放过"），沃尔菲特借用戏中那位公爵的台词"把他追回来，跟他和好算了"，这话成了一幕哑剧的铺垫，马伏里奥在剧中被劝回来，双方和解，他曾把自己的祷告链扯下来扔在奥莉维娅脚边，这时奥莉维娅把它挂将在马伏里奥的脖子上；沃尔菲特扮演那个犹太人时，审判那场戏末了躺在地上边打滚儿边哭闹，后又挣扎着站起来，在地上跟跟跄跄，临离开法庭结束表演，一个不落地把他的一干敌人打量一遍，恶狠狠地朝他们吐唾沫。

这些戏文在我脑子里存了三十多年，不是因为沃尔菲特，而是因为莎士比亚。说到底，这些戏文活灵活现固然不错，可是更刻骨铭心的是我看到剧情展开，掠过心头的那份激动念念不忘，滔滔不绝的诗句洪流般将我淹没，激情和剧情把我紧紧抓住，丰富多彩源源不断的人物在我面前一一凸现，这种本能的领悟让我明白，这个人与历史上所有别的作家都不一样。

那时我就是这样子，还是一个小不点孩子……后来说不清什么时候，我恍然大悟，开始明白莎士比亚于我意味着什么。那不是单一无二的时刻，恍然大悟的门也没有一扇扇哗啦啦打开，我也压根儿没有感觉到完全和莎士比亚难舍难分了，但是我胸有成竹，完全明白他对我产生的影响的实质是什么，如同我在一九七〇年观看彼得·布鲁克为皇家莎士比亚剧团导演的《仲夏夜之梦》所获一样。这里是一个不可理喻的检测：如果有人要我在戏剧或者诗剧舞台挑选一部作品的一次演出，视作我在剧院曾有过的最丰富最难忘的经历，那我就选定《仲夏夜之梦》了。光裸的黑白墙壁上的门甩来甩去，开场的角色随着铙钹嘭喳喳响声一一登场，演毕时演员谢幕穿过剧场退场，一边走一边与我们握手，让人激动得几乎令人不堪承受却又荣光得恰到好处，彼情彼景续写了我过去见过的剧作艺术完美无缺果实累累的再现，也是迄今为止的再现。我往事重提，理由自然非同寻常：演出开始，布鲁克登台评说，论及莎士比亚把那场具有喜剧色彩的戏中戏当作全剧的高峰，而非戏中那桩严肃的爱情韵事的引子，强调道："此时，莎士比亚再无偶然为之的举动了。"

这是切中要害的高话，纯真不假。莎士比亚的自我意识绝非别的一生一世的艺术家可攀比，就连贝多芬本人也没有把自己的心底看得更深切。莎士比亚把这点发挥到极致，换在等而次之的人的手中则会变得格外危险。

> 不是石头，也不是帝王将相的辉煌时刻
>
> 能够比这种强大的韵诗活得更持久。
>
> 只要人还呼吸，只要眼睛还看视，
>
> 这种韵诗尚存，便会让你享有生活。
>
> ……俱往昔多少年多少代
>
> 我们这种高贵的诗剧演了又演，
>
> 那情景不曾临世，那词句无从知晓！
>
> ……我遮挡住
>
> 正午的太阳，呼唤骤起骤落的风，
>
> 在碧绿的大海和湛蓝的天穹间
>
> 引发金鸣马嘶的战争；雷声震心撼肺，
>
> 我呼风唤火，使用朱庇特自己的闪电
>
> 劈开他结实的战舰；我撼动了
>
> 根深蒂固的海岬；连根拔起了
>
> 松树和杉树；我命令墓地
>
> 唤醒它们的沉睡者，打开墓穴，放他们出去
>
> 靠我勇不可当的艺术……

最后这句不凡的流传千古的名句，颇能让人一眼看出莎士比亚的卓越出众，因为这段话是一种再创作，是亚瑟·戈尔丁翻译奥维德的《变形记》的一部分，原出版于一五六七年。戈尔丁固然才华不同一般，可是看到莎士比亚将戈尔丁的翻译点铁成金，戈尔丁的才能与莎士比亚非凡天才之间的区别，立即变得一目了然了。以下不妨引用那段原译，比较之下见个高低：

> ……你们这些山精灵，水精灵，林精灵啊，
>
> 还有静止的湖精灵，夜精灵，你们无处不在。
>
> 有了你们的援助（蜿蜒的堤岸对此不得其解）
>
> 我催逼溪水必须倒流到它们的源泉。
>
> 我念起咒语让平静的海洋咆哮，让沸腾的海洋舒缓
>
> 翻手用乌云铺满天际，覆手又把它们驱散。
>
> 我念起咒语呼风又送风，撑破了毒蛇的血口；
>
> 从大地深处拉出了巨石与大树。
>
> 我挪动大片树木与森林；我让高山摇动，
>
> 甚至大地自己在呻吟，瑟瑟抖动。
>
> 我从死人墓穴唤出死人；而你啊皎皎的月亮
>
> 我常常遮去光泽……

怪不得莎士比亚审视过戈尔丁的俗句艳词，回望他自己天马行空的想象，敢大言不惭地宣称不朽了。然而，许多等而次之的艺术家，许多诗人与剧作家，哪怕毫无才气可言，诸如此类的断言也屡屡出口；的确如此，口出狂言者大有人在，虽然不值多费口舌，可实情毕竟是实情，惟有他在四个世纪里证明了他言不过实，而且在今后更多个世纪里继续证明他的不朽。

他肯定自己有根有据，某些不朽的东西之深沉之厚重，怕是连他对自己的天才的深沉厚重也始料不及。他根本用不着凭借琼生的墓志铭理解他"不止属于一个时代，而属于所有的时代"，他对个中缘由再清楚不过。

如果你知道个中缘由，确乎可能的是，不管存心或者不存心，他把这缘由传

达给了我们，传达给了他的读者与听众。他传达了，却没有必要费神解释字里行间的内容，没必要公布他的目的与方法，也没必要借助现在失传的那些反思和日记。这一秘密就在作品本身里得到了解释，而且这种解释不难找到，找到时也决不难理解。

我自己最难忘的发现历程，也就是我曾经历过的最难忘的观看莎士比亚戏剧的经历。这种经历异常强大，是我在做别的研究干别的活儿时再难感受到的，只是不能包括魔幻的《仲夏梦之夜》。哪怕各种环境具备，也很难有那样的经历。

我始终坚持不懈的是，不管什么时候去看莎士比亚的戏，进剧院之前要先阅读一遍，无论看过多少遍，也无论多么烂熟于心。许多年前，我要去看《爱的徒劳》，是第一次看它演出，也是我惟一还不曾看过舞台演出的经典剧作，因为当时我连极少上演的《泰特斯·安德罗尼克斯》都一饱眼福了，而且大出意外的是彼得·布鲁克执导，奥利维尔领衔主演，使该剧腥风血雨的浊流升华至一出名副其实的罗马剧，因此给我上了一堂宝贵的早课，真正明白假使我们以为莎士比亚的什么剧本有误解的内容，即使微乎其微，那也只会发生在我们身上，而不是他的问题。（这出戏也包括一种极具反差的戏剧效果，几十年过去了仍在我的脑子里记忆犹新。在一场打仗戏里，表演作了精心安排，让人感到敌人就在台下观众中间，并且让人始料不及他看到一阵乱箭突然凸现，嵌在幕前拱形的布景上。原来是布鲁克早把箭镞固定在靶子上，用颜色涂得浑然一体；届时，他受到"攻击"的当儿，难以发现的铁丝同时全部扭曲，箭羽霎时竖起，角度恰到好处，搞得观众晕头转向，满以为箭镞是从他背后射来，飞过头顶击中了目标。）

那天下午，按我的习惯，我从书架上拿下《爱的徒劳》，开始阅读。可我还没有读完第一幕第一场，我便把书合上，放置一边了。因为我已经认识到我不仅压根儿没有看过这出戏，也压根儿没有读过这个剧本。这事对每一个人当然是真实的，在某些方面对莎士比亚的每个剧本也确该如此。每一位钟爱莎士比亚的人，无论是屡屡光顾剧场者还是集注版的大编辑，均不得不发现剧本，一部接一部，往往在发现之前对它们知之甚少。但是，在这个案例中，我却是早已熟悉了，也许程序深浅有些差别，如同其他三十六部剧作一样。许多剧本我早已熟知多年，有些则很亲近，表演熟，舞台情况也熟。截至此时，例如，我能把经典作品中几千行诗句熟背如流，不假思索地告诉你伏提曼德和科里林斯是谁，分别在哪本戏里出现，也能毫不犹豫地指出拉格比、卡普修斯、伯尔特、菲拉里奥和奥里弗·马太科斯这些龙套角色为何人，并说出在哪幕哪场去找，既有著名的"退场，被一只熊追下"，也有不怎么有名气的"上场，一名管家跑过舞台"。

《爱的徒劳》这一个剧本，究竟如何逃出了我的视线，我当时想不出来，现在依然想不出来，但是事实摆在了我的面前，我马上知道我该去做什么了。那天夜里，我享受到了观看莎士比亚新剧本的快乐（虽然这个词远远难以尽述我所经历的东西），那是他的同时代人在早已大体上熟悉他的写作时观摩新剧本上演才有的。于我，那个夜晚，它是全新的，刚刚杀青，从未上演过；我能拿它与莎翁的其他剧本相比，却无法与它本身的种种回忆对照，听凭它在我有福的耳边、眼前和脑子里缓缓展现，对戏中人物以至情节毫无见解，一点不熟，一片陌生，惟有体味它的力量、美和效果。

无巧不成戏的是，这次演出本身就极富想像力，充满生机。戏是由戴维·威廉执导的，演出地点是摄政公园的露天剧场，连天气也作美。在最后一场戏里，马凯德上场——记得直到他说话我才知道还有话要讲——安排得真是匪夷所思。身着一袭黑衣，从后台演出区的灌木丛中隐现身影；大人物亮相的场景在一个足尺圆形厅堂里结束，一时间信差不见踪影。一个接一个，纵酒狂欢的人们看清他站在那里，不吭声，不走动，看着化转眼便让欢天喜地的场景曲终人散；一个接一个，演员们停止跳舞，最终整个舞台鸦雀无声，全场目光注视着他，音乐渐弱，飘向远方。随后他向前跨了几步，身置沉默之中，深深向那位新的女王鞠躬行礼：

> 上帝保佑你，公主！
>
> 欢迎，马凯德；
>
> 可是你打断了我们的兴致。
>
> 我很抱歉，公主；因为我带了新消息
>
> 却沉重得出不了口。你的父王——
>
> 死了，一定是的！
>
> 正是，我带的消息让你说了。

莎士比亚虽只给一个角色安排了寥寥数语（英语单词总共二十八个，因为马凯德此外别无多话，在其他场次也没有出现），难道眨眼之间不是让马凯德跃然纸上，成为剧中不可或缺的角色？（是的，莎翁落笔见人。波匹律师·里那在《朱利乌斯·恺撒》第三幕第一场里登场，只说了十个词儿——"我希望你们今天大事成功……再见"——这话是对恺撒即将行刺前对恺撒讲的，寥寥数语却写尽了那些在危难关头骑墙而言的嘴脸，确保他们不管发生什么情况都可以诡称支持得胜一方的立场。）

戏文发展到这一步，说来惭愧，我还是不知道接下来会是什么剧情，誓言一必有回应，随后唱了那支歌——我过去很长时间里一直以为是一首诗，不知道它的出处，连它的作者是谁也不知道——总算等到了那句收尾的、概而括之的、永久萦绕不息的落幕词行：

听罢了阿波罗的歌声，麦鸠利的语言显得
粗糙。你们，那边去；你们，这边去。

我离开了摄政公园，穿过万籁俱寂的夜色向家走去，心头萦绕着刚刚在我身上发生的那种不同一般的紧张，经历了一个崭新的莎士比亚；淌过了一条光荣的河，听凭它冲刷我，不作抵抗，顺流逐波，只要我想到那天晚上我有过的感觉，它就教导我，至今仍教育着我，那便是莎士比亚赏赐的所有快活、惊奇、美和洞察之中最弥足珍贵的。

没有哪个作家，除了莫扎特也没有哪个艺术家，把我们带到距离宇宙终极神秘中心及人在其中的位置如此之近的地步；没有别人感觉并描述超自然的东西具备如此的定力和力量，没有别人如此之深地探到了源头，从中派生出了他的天才，而从中我们大家，也包括他，派生出了我们的人性。莎士比亚的根本奇迹在于深刻地、持续地认识到他的写作，还有所有其他品质——诗歌的、戏剧的、哲学的和心理的——是纯真的。一点用不着惊奇，在众生之中惟有他一人征服了死亡，嘴唇化为泥土几百年了，心脏于一六一六年圣乔治节就停止了跳动，仍然在对我们直接讲话。只有他打败了那个最后的敌人，那个他称之为"吞食光阴的贪婪鬼"的残酷敌人；用不着奇怪，他认识他为写作，想到它心下坦然——"不是石头，也不是帝王将相的辉煌时刻／能够比这种强大的韵诗活得更持久"——因此大加赞扬它。

想想关于悲剧的古老定义：一个人被那种使他变得伟大的品质所毁灭。然后想一想这一定义从象征术语讲意味着什么。缺点错误，人皆有之，但我们在凡间会追求下去——也许，如同佛教主义者相信的，经过千万次轮回转世——终于把缺点错误修炼净尽，与宇宙的完美融为一体。那么毫无疑问，很难说哪个角色不重要（在莎士比亚戏剧中，每个角色都很重要，马凯德和波匹律师·里那亦不例外），没有在某个角度向我们反馈构成宇宙的本原。

麦克白为什么是一个恶人？就是因为他杀人了吗？但是，他杀了什么人呢？就是因为被杀的人是他无论作为臣民还是主人都应该尽忠而显得格外十恶不赦吗？按照在迪伦·托马斯的死亡证明书上使用的那个词义——"对大脑造成伤害"——这种谋杀是对宇宙的一种伤害，窝藏着祸心，搅乱了宇宙的秩序、流向和目的。除非我们精神迷乱，搭错神经。为什么我们总是知道什么时候我们在做错事，不管我们管住手了没有？这是因为我们尽管也许会否认，实际上却完全管束着与氛围保持和谐（"你看到的不是渺小的天体，／他如同天使唱歌一样在不停转动，一直与那些稚目炯炯的小天使们和唱"），而且我们随时知道我们与这种和谐唱了反调（"但是在这种腐败的泥浊的罩衣把我们粗鲁地罩住时，我们就听不见和谐声了"）。在《特洛伊罗斯和克瑞西达》一剧中，尤利西斯（一译俄底修斯）的"秩序"独白——在所有作品中也许是最崇高的独白——是莎士比亚自己对混乱和无序深感恐惧的一个交代，但是，莎士比亚很少以实相告，也从来不会夸大其词；但是那番独白中却是显而易见的——没有什么比它更明显，堪称列外的只有普洛斯佩洛的告别词和福斯塔夫的几句话："我自己聪明不在话下，还是别人聪明的根源呢"——这是莎士比亚自己的话，是对他为什么感到恐惧的一个交代。

《特洛伊罗斯和克瑞西达》是在博斯沃思战役一个世纪之后写成的；他小的时候，斯特拉福德镇一定有某些男人女人的祖先给他们讲过这场战役，讲到这场旷日持久的内战对他们的国家意味着什么。在莎士比亚来说，那场战役折射着另一场战争，人心深处更重大的战争，它持续不息，直到学会如何医治红玫瑰与白玫瑰两大宫廷派别纷争的创疚，才让人心平静下来。尤利西斯把人心平静前一定

发生过的景况描述得十分逼真:

> ……只要把琴弦拆去,
>
> 听吧!多少噪音响起,凡事
>
> 都自相抵触;江河里的水
>
> 涨满胸肋漫过堤道
>
> 把这坚实的世界浸泡;
>
> 强壮的会欺凌弱小,
>
> 不孝之子会把父亲残毁;
>
> 强权就是公理;
>
> 或者不辨是非——
>
> 强权的正义就是正义——
>
> 是与非混淆了名字,正义不再是正义。
>
> 那时候凡事裹挟在权力里,
>
> 权力交由意志,意志交由贪欲;
>
> 而贪欲,这只贪婪不厌的饿狼,
>
> 得到意志与权力的双重食粮,
>
> 势必会把全世界供它馋咬,
>
> 接着还会把它自己吃掉。……

博斯沃思战役我们都知道是真实的:"我有舒服和绝望两个恋人……我看一个天使在另一个天使的地狱里。"一次又一次,莎士比亚在格格不入的冲动情绪之间寻求恼人的平衡;他一生都在与"王权神授"角斗。在《理查二世》中,这出所有历史剧最均衡的一部,他借着理查和博林布洛克这两个人物陈述人类的两难境地,国王与臣民,一方效忠誓言,一方效忠国家。他不断陈述这点,以致我们大学都面临这种非此即彼的选择:《哈姆雷特》一剧中不也是这样一种战场吗?强势是母亲与父亲,哈姆雷特要么自杀要么谋杀,同样剧烈的宫廷内部斗争一直在进行着。

埃斯库罗斯借用舞台机关送出来参与剧情进展的神仙化解难以消解的问题，让奥列斯特的弑母情结烟消云散；瓦格纳从难以调和的混乱中创造了一种新的秩序，把沃顿难成的交易摆平了。莎士比亚比他们两个人都高明，李尔面对斟满的苦酒则必须饮下杯中最后一滴。

这就是我们应该弄明白的，可是如果只是一味听信莎士比亚，那我们从他那里是学不到什么的。女性原则，即阴为阳而生，莎士比亚认为是医治男性心理的不可或缺的因素，现代心理学在三个世纪后也证明了这点，可这在莎士比亚作品中深藏不露，倒是显得从未有过的强大：所有艺术作品中更完美的妇女莫过于罗萨琳扮盖尼·米德，薇奥拉扮西萨里奥，伊摩琴扮裴治尔，鲍西娅扮贝拉里奥，着重强调她们女扮男装时一种性别缺少另一种性别的不完整性，反过来却也是我们有责任力求完整的另一种线索：

> ……男人必须忍受
>
> 她们的逝去，正如她们朝此处走来；
>
> 成熟才是全部。

在想像力丰富的导演们手中，莎士比亚的任何剧本都会泄露这同一种秘密。在二十世纪七十年代，特雷弗·纳恩为皇家莎士比亚剧团执导《错误的喜剧》，他知道该剧几乎总是被认为是一出轻薄肤浅的戏，不费大事匆匆排演，结果不能让现代观众发出笑声，要么又一准会让观众看了难受。但是纳恩也知道早在十五年前，克利福德·威廉姆斯成功地在斯特拉特福把它弄成了一出活泼精致的喜剧，在终场大团圆的那场戏里，突然由剧中那位修道院院长主持（一个真正的舞台机关送出来的救急之物，完全根据剧情迫切需要想象而得，而非剧情的浅薄多余之举），给人一种全然耳目一新的调子。这调子与这出戏多种喜剧因素纠缠背后的辛苦息息相关，而且直接威胁到了那种无法破解的秘密所保持的和谐与秩序的基础状态，这时整出戏所有迷失的部分第一次被集合在一起，我们看到本无秘密可言，而且从来就没有什么秘密；有的只是一种碎裂，只需要合零为整而已。

克利福德·威廉姆斯对该剧就做到了这点。他觉察出莎士比亚早在剧中打了埋伏，于是千方百计准确无误地把它传达给了观众。特雷弗·纳恩如何如出一辙，再现了这个奇迹呢？初看之下，他似乎解决问题只是运用逃避手法，把戏制造成一出圆满而令人眼晕的闹剧，充分发挥想像力，使尽搞笑手段，我们因此从头看到尾笑声不断，欲罢不能。然而笑归笑，我们为什么不仅感觉到了笑声的宽厚温暖，还感觉到了纠缠在各种荒谬事端之中的非凡和谐之快呢？因为他还觉察到了莎士比亚的目的，并通过导演一出真正向心旋转的笑剧体现这一目的，于是，那场大团圆戏不可思议却毋庸置疑地成为惟一合乎逻辑的——惟一真实的——柳暗花明之策。说来也巧，《错误的喜剧》这两次上演，第一次演出时我即将结束数年间一直做报纸戏剧评论的时段，而第二次上演时恰逢我又要开始这样一个时段。关于第一次演出我写道："在结尾时，那情景像在告别一群朋友"；关于第二次演出我则说："如果他看出戏之所在，莎士比亚会欢欢喜喜上路，而且我也一样"。这两点评论均属对威廉姆斯和纳恩按照他们截然不同的方式在该剧中找到那种内涵的回应。但是很显然，他们之所以能找到，还是因为戏里本来就存在。而且，如果在《错误的喜剧》这样轻浅的剧本里都能有这样的发现，那么在那些主要悲剧、喜剧和历史剧中有所发现，就更不在话下了！

倘若我们在莎剧中悉心寻找却寻而不见，那不是因为我们悉心寻找的东西不存在；那是因为我们寻找得还不够锲而不舍。

我开始阅读《无事生非》时还是个孩子，没过多久又看到该剧的演出，对本尼迪克（一译培尼狄克）关于他的理想恋人的品性的分类总是钟爱有加——富有、聪慧、高贵、爱好音乐——喜欢他两肩一耸，台词脱口而出，表明他对这样的深思熟虑还满不当回事："她头发的颜色应该取悦于上帝"。后来我看了罗伯特·多纳特演出该剧；他对这后一句词（上帝）恰到好处地强调了一下，声音在上面低了半个八度音——"她头发的颜色应该取悦于上帝"——脱口说出的笑话，取笑那些以金饰银的女人，深藏了三个半世纪之久，立时鲜活起来。难怪马伏里奥说着双关语笑得要死。

莎士比亚剧中的笑切不可低估：如若我们把笑仅仅看作装饰，那么我们不仅有危险丢失笑的要点，还会丢失莎士比亚本人的要点。笑是人类一种最深层的本质，是我们人性一种最有意义的线索，因为其他动物都不具备这一天赋。目前为止还没有人发现笑究竟是什么东西，甚至从心理学角度也解释不了，我们只能猜测笑的目的是什么。但是莎士比亚明白笑是什么，并且从各个角度描绘它，例如福斯塔夫和托比·贝琪爵士的尘缘，比阿特丽丝和本尼迪克的精妙挖苦以及李尔的傻子般嬉笑怒骂中的苦涩的真理：

"你叫我傻子吗，伙计？"

"所有别的称呼你尽管放弃；

可傻子这个称呼却要保齐。"

　　我看到的第一个福斯塔夫是拉尔夫·理查德森扮演的；我看过的最到位的福斯塔夫则是休·格里菲思扮演的（据说他是舞台上最难配合最难共事的演员，不过这一习性却从来没有让观众看出来——这又可以证明莎士比亚的话是正确的："脸上不会有什么发现心脑构造的艺术。"）；他们二位的衰演均能拨动人心，令人难忘，因为他们掌握了道理（"我怎么就弄出这般笑声，这词句怎么就妙趣横生？"），直接沟通了莎士比亚本人对笑的本质的理解。一名演员信任莎士比亚又知道自己是干什么的，将会向成功迈出最了不起的仅有一步，这是真理，却并非人人都心知肚明；这个真理对导演也屡试不爽，甚至更为强烈，只是导演们对这一规则（"莎士比亚做什么都不是偶然的"）的必要性的理解比演员偏离得更远了点。

　　我能记得对莎士比亚戏剧作出反应的笑声；斯坦利·霍洛韦是吉尔古德出演哈姆雷特时的小丑甲（掘墓人甲），他让我认识到——又一次明白认识过程到底怎么回事——在享受笑那一刻的层面上，开心不笑是很有价值的；年轻和无名的有见地的演员应该寻求机会扮演奥斯里克或者门房或者《安东尼和克莉奥佩特拉》里的小丑。（尽管有见地的导演不会让他们出演这些角色，因为导演知道这样不起眼却攸关重要的角色必须让更有把握的人来演。）

　　紧随笑而来的是激动。在沃尔菲特演出的那个月里没有历史剧，在老维克剧团早期演出的那个季节里也只有《亨利四世上下篇》，不过这两出戏让我看到了奥利维尔出演波茨坡；年轻的理查德·伯顿初出茅庐光彩照人，却注定没有善终的前程，他在老维克剧团搬回河对岸滑铁卢老地方之前扮演亨利王，我没有看见

《亨利五世》演出。

我看《理查二世》上演迟至年轻的吉尼斯在斯特拉特福扮演理查，与年轻的哈里·安德鲁斯扮演的博林布洛克唱对手戏。《亨利八世》也是泰罗恩·古思里于一九五三年女王加冕那年向王室庆贺而导演时我才一饱眼福。至于《亨利六世上中下篇》，迟至伯明翰保留剧目轮演剧团到伦敦短期演出，我才有幸一见。然而，尽管这些剧作我是在很长时间一出接一出断断续续地观看，但是我能认识到这些历史剧在莎士比亚的生活与写作中占有什么样的分量。

那些对这一历史系列剧所描写的事件的伟大之处认识不到的批评家和专家学者们，就"都铎王朝宣传"之说纠缠不清，好话痴话连篇累牍。它们写了屠戮也写了辉煌，写了背叛也写了荣誉，写了软弱（令人吃惊的是少而又少）也写了勇敢；但是我们所看见的是英国的历史正在铁砧上锻造，不管谁，哪怕是装出来的，看到英格兰这块生铁成型并变硬时对民族为何物没有概念，都无不心潮澎湃，感到自豪，这也正是它们对民众攸关重要的原因。有朝一日，某家主要剧院应该在一个演出季节把所有十个历史剧挨个上演一遍。依我之见，这个国家最重要的五个世纪之中的前四个世纪的来龙去脉，理清的最好办法莫过于观看莎士比亚的织锦巨绣（乖乖，如果不是莎士比亚写出了有关那场内战和光荣革命的历史系列剧，那便只有复辟时期的剧作家们头脑发热卖弄才情的份儿了）。在皇家莎士比亚剧团给我们演出"玫瑰战争"戏剧时，我想起来布景与剧本及剧本的说教目的融为一体，英格兰橡树与英格兰钢铁的巨大板块和托架让莎士比亚的用意表露无遗，如同莎剧的语言一样魅力无穷，让剧院洋溢着快意，让观众乐在其中。

而这仅仅是历史剧。《麦克白》带来的激动又会怎样？济慈评论它说，你不知道有谁能一个上午呆在屋里孤独地过两个小时，还有胆量读它。第一出沃尔菲特主演的《麦克白》，以力量和故事的电流以及外衣包裹下的语言把我的感情冲击得七零八落；不管谁，也不管他看了多少遍（目前为止我估计我把这出戏看了不止十次了），都会亲身经历——还不仅仅是因别人的苦难而产生同感——那种病痛的认识，即麦克德夫声言他从自己母亲的肚子里早产时剧中的巫婆们成了摆设；都会一听到那个仆人报告勃南森林正在向邓西嫩移动时便毛发耸竖；都会看见班柯的幽灵显现时魂惊魄乍。

三十七部戏中，没有一部不让人产生这种激动；只要看到人显然面对难以抗拒的力量与无法撼动的客体之间产生不可解决的各种碰撞时，这样的激动在所难免，不管这些碰撞是王位形式还是篡位形式，是妒忌形式还是忠诚形式，是信仰还是责任，是先辈还是后人，是残酷还是原谅，是威严还是蒙羞，是真还是假，是爱还是误解，是生还是死。

一句句台词在脑际余音袅袅地滚动于激情唤醒的轮椅上：

> 为何所有的机会都在暗示我
>
> 触动我那迟钝的复仇念头！
>
> 这一件事情受到诱惑，埃斯卡勒斯，
>
> 另一件事情必会降临。
>
> 这里有一个人……卧在墓地旁。
>
> 自从到了法国我没有愤怒，
>
> 此时此刻却怒气顿生。
>
> 别的地方有一个世界。
>
> 永劫抓住我的心灵
>
> 可我不爱你！而我不爱你时，
>
> 混沌便会再来。
>
> 杀死克劳迪奥！
>
> 威严的女信徒款款走过，
>
> 少女般的沉思，自由驰骋。
>
> 如果每一个金币在六千金币中
>
> 占去六部分，而每个部分是一个金币，
>
> 那我也不会贪图：我只要我的一份。
>
> 好心的牧羊人，告诉这位年轻人什么是爱。
>
> 我敢成就一个男人应该做的一切；
>
> 谁敢胡作非为只会自取灭亡。

这是时代灾难，却由人祸引发。

最后的所有罗马人，别了！

　　麦克白高呼："你们谁做下了这种事"时，我们听了会感到他的恐惧，哪怕我们对该剧耳熟能详，哪怕导演或者演员指挥和表演均不到位。因此，我们看见班柯悄声走进他的住处，坐在桌边，依然会感到那种恐惧萦绕不减。但是为什么我们会有如此感觉呢？因为在刹那间我们就是麦克白。这正是这个问题在别的作家和小说家那里是问题——我们与哪个人物身份相似吗？——但在莎士比亚这里就毫无意义，因为他的天才让我们既做伊阿古又做奥瑟罗，既当哈姆雷特又当克劳狄斯，既是李尔又是他的女儿们，是蒙塔古家族也是卡普莱特家族，是波斯修默也是伊阿奇莫，是夏洛克也是安东尼奥，是黑夫人也是那可爱的孩童。所有理由中最好的理由是：这些人物就是我们自己的方方面面，没有人能包含普罗斯佩洛却把凯列班排斥干净。

　　然而，不管莎士比亚在他的笑、他的兴奋、他的人物、他的历史观、他的平衡、他的理解、他的普遍性写进去了什么，到头来所有这些自豪的船只扬帆其上的大海却只是他的诗句；他的音乐是他所能贡献的所有欢乐之中最捷近、最全面和最久长的。没有什么情绪它不能反映或者煽动，没有什么感情它不能召回或者激起，没有什么思想它不能增辉，没有什么声响它不能使之变得甜美温馨。用亨利五世的话说，它永远像正午一样明亮；到了伊阿古的嘴里，它则像地狱一样黑暗和烟熏；出自奥布荣那幽幽如魂的口气，我们又仿佛身置月亮光下，正如莎士比亚永不间断地提醒我们；我们既是国王又是揭竿者，既是恺撒又是刺杀者，既是莱昂兹又是赫来奥恩，既是泰门又是雅典，因此他那些滔滔不绝的诗句既为无赖歹人而写，也为义人、懦夫和英雄而写，既为腐朽者写也为纯洁者写，既为庄严者写也为愉悦者写，既为仆人也为主子写，既为乡下佬写也为朝廷大臣写，既为小丑写也为教堂司事写，既为富人写也为穷人写，既为老人写也为年轻人写，既为美人写也为丑人写。

　　传说一位老夫人第一次看了《哈姆雷特》，出了剧院抱怨说剧中尽是引语，我们听了为什么会笑？莎士比亚独领风骚的本事就是用在千千万万民众意识最深处扎下根来的语词来传达思想，有的是原创，有的似曾相识，有的深刻，有的随意，因为他的思想与早已存在而未经表达、终会发现的东西息息相通，一触即发。如果这种东西不经他的语词表达出来，不管多么恢弘壮美，都不会扎下这么深的根，这么不可动摇。他找到了肥沃的土地，通过他的天分，结出了硕果。

"老生常谈"是一个滥用的词，但是它不应该滥用，因为老生常谈的全部要点是：它是真的。莎士比亚那些老生常谈用语磨损得差不多成了泥土，但是一经他的嘴说出便活起来，哪怕在我们嘴里索然无味。如果你不明白我的争辩，反驳说"在我听来全然不懂"，那么你这就是引用莎士比亚的话了；如果你声称所受的罪超过该受的罪，你是在引用莎士比亚的话了；如果你想起少不更事的岁月，你是在引用莎士比亚的话了；如果你表现得愤怒多于忧愁，如果你希望当思想之父，如果你损失的财产化成了轻烟，你是在引用莎士比亚的话了；如果你就是要寸步不让或者饱受绿眼嫉妒，如果你出尔反尔，如果你捆住了舌头、一个靠得牢靠的人、受了蒙蔽或者陷入困境，如果你拧紧眉头、不得已甘愿为之、主张公平比赛、夜不成寐、讲客套而不亲切、奉承阿谀（你的老爷和主子）、笑得上气不接下气、快刀斩乱麻、不很畅快或者好心成了驴肝肺，如果你有过风光的日子或者生活在傻瓜的乐园——唔，还不仅如此，你活得也许更傻，因为不管怎么着，你都是（如同好运气常有的事）在引用莎士比亚的话了；如果你认为眼下还为时过早并会清理所有家当，如果你认为还不算晚并以尺长短就是它了，如果你认定一切都玩了而且哪怕你搭上血肉之躯也会真相毕露，如果你因为怀疑手段不端死等待世界毁灭，如果把牙齿磨得锐利（突袭一下）而莫名其妙，然后——公平行事——如果真相大白（因为你的头里肯定有一条舌头），你是在引用莎士比亚的话了；甚至如果你祝贺我摆脱缧绁并打发我上路，如果你咒我死得如门钉，如果你认为我是丑东西，一块笑料，魔鬼转世，心肠冷酷的恶棍，嗜血成性或者十足的白痴，还有——天哪！哦上帝！啧啧，啧啧！看在老天爷的分子上！好一个妖魔！别老跟我"但是但是"——这一切在我看全是一样的，因为你在引用莎士比亚的话了。

莎士比亚的语言的乐趣是巧妙地把他想说的东西融入其中。他的心智是一样器具，理解力、向深处探究及创造力巨大无比，耸立人类之上，听一听诗句包容心智的内容，让人得到的快乐如同熊熊大火在燃烧。

> 把他带去分散成无数颗星星，
>
> 他会把天脸装扮得如此美丽
>
> 使全世界都来恋爱着黑夜，
>
> 不用对炫目的太阳再崇拜。

当我听见一个知道如何拨响莎士比亚的编钟的朱丽叶（唉，能成为知音者寥寥无几啊）说出这些词句时，我沉浸在它们激起的欣喜之中瑟瑟发抖。但是令我激动不已的时候还有科利奥拉纳斯说出"你们这些一起吠叫的狗"，或者霍茨坡说出"我的老爷，我对俘虏不会留情"，或者道奇伯里说"你对我的位置没有疑心吗？"或者佩特鲁齐奥说"在我叱咤风云时难道没有听见狮子吼叫吗？"或者沃尔西说"别了，长久别了，我的一切辉煌。"因为这种狂喜来自深层，远非来自美或激情的狂喜所能比拟；它来自赋予我们生命和意义的同一源泉，它界说了我们的人性和威严，它让我们成为我们，让莎士比亚成为莎士比亚。他最后的那些话说尽了宇宙间的每一件事情，只有他和他所从事的事情例外：

> 那云彩遮掩的塔楼，那华丽的宫殿，
>
> 那凝重的庙堂，那伟大的地球自身，
>
> 是的，它继承的一切，都将化解，
>
> 如同这虚幻的场景会消失，
>
> 连一块残物也留不下。我们是这样的料子
>
> 如同梦幻制作；我们轻薄的生命
>
> 被环围在一次睡眠之中。

（韩终莘 译）

川端康成

川端康成（1899—1972），生于大阪。

川端康成的文学创作以抒情见长，着意追求日本传统之美。

其代表作有《雪国》《古都》《千只鹤》，1968年获诺贝尔文学奖。

二战后，川端康成写过一系列论述日本传统美的文章，

其中在斯德哥尔摩授奖仪式上的答辞《日本的美与我》，文字优美雅丽，

叙事简洁爽逸，不仅是他散文中的佳作，也是日本同类文章中的绝妙好辞。

尽管川端在文中说："自杀总归不是悟道的表现"，但他最终还是以自杀结束了生命。

※ 日本的美与我——诺贝尔文学奖授奖仪式上的演说辞

春花秋月夏杜鹃

冬雪寂寂溢清寒

这首和歌，题为《本来面目》，为道元禅师（1200—1253）所作。

冬月出云暂相伴

北风劲厉雪亦寒

而这一首，则是明惠上人（1173—1232）的手笔。逢到别人索我题字，我曾书赠这两首和歌。

明惠的和歌前，冠有一段既长且详的序，像篇叙事诗，用以说明这首诗的意境。

元仁元年（1224）十二月十二日夜，天阴月晦，入花殿坐禅。中宵禅毕，自峰顶禅堂返山下方丈。月出云间，清辉映雪。虽狼嗥谷中，有月为伴，亦何足惧哉。入方丈顷，起身出房，见月复阴，隐入云端。比及闻夜半钟声，方重登峰顶禅堂，月亦再度破云而出，一路相送。至峰顶，步入禅堂之际，月追云及，几欲隐于对山峰后，一似暗中相伴余矣。

这篇序后，便是上面所引的和歌。和歌之后，作者接下去写道：

> 抵峰顶禅堂，已见月斜山头。
>
> 登山入禅房，明月亦相随。
>
> 愿此多情月，伴我夜不寐。

明惠是在禅堂守夜，抑或是黎明前才重返禅堂，他未加说明，只是写道：

坐禅之时，得闲启目，见晓月残光，照入窗前。我身处暗隅，心境澄明，似与月光融为一片，浑然不辨。

> 心光澄明照无际
>
> 月疑飞镜临霜地

西行有"樱花诗人"之称，故也有人相应称明惠为"咏月歌者"。

> 月儿明明月儿明
>
> 明明月儿明明月

明惠此诗，全由一组感叹的音节连缀而成。至于那三首描写夜半至清晓的

《冬月》，其意境，照西行的说法，"虽是咏歌，实非以为歌也"。诗风朴直、纯真，是对月倾谈的三十一音节。与其说他"以月为友"，毋宁说"与月相亲"；我看月而化为月，月看我而化为我，月我交融，同参造化，契合为一。所以，僧人坐在黎明前幽暗的禅堂里凝思静观，"心光澄明"，晓月见了，简直要误认是自身泻溢的清辉了。

"冬月出云暂相伴"这首和歌，正如长序所说，是明惠在山上禅堂参禅，一心专修，其心境与明月契合相通的诗。我之所以书录此诗，是因为据我体会，这首和歌写出了心灵的优美和通达。冬月啊！你在云端里时隐时现，照耀我往返禅堂的脚步，所以狼嗥也不足畏；难道你不觉得风寒刺骨，不感到雪光沁人吗？我认为这首诗，是对大自然，以及对人间的温暖、深情和慰藉的赞颂，也是表现日本人慈怜温爱的心灵之歌，所以，我才题字赠人的。

矢化幸雄博士以研究鲍蒂切里而闻名于世，对古今东西方美术，学识尤为渊博。他把"日本美术的特质"之一，概括成"雪月花时最怀友"这样一句诗。无论是雪之洁，月之明，也即四季各时之美，由于触景生情，中心感悟，或因审美会意而欣然自得，这时便会思友怀人，愿与朋侣分享此乐。也就是说，美者，动人至深，更能推己及人，诱发为对人的依恋。此处的"友"，广而言之是指"人"。而"雪"、"月"、"花"这三个字，则表现了四季推移，各时之美，在日文里是包含了山川草木，森罗万象，大自然的一切，兼及人的感情在内。这三个表现美的字眼，是有其传统的。即以日本的茶道而言，也是以"雪月花时最怀友"为其基本精神的。所谓"茶会"，也即"感会"，是良辰美景、好友相聚的集会。——附带说一下，我的小说《千鹤》，倘若读后认为是写日本茶道的精神与形式之美，那便错了；这是一篇持否定态度的作品，针砭时下庸俗堕落的茶道，表示我的疑虑，并寓劝诫之意。

春华秋月夏杜鹃
冬雪寂寂溢清寒

道元的诗句，也是对四季之美的讴歌。诗人只是将自古以来日本人民所钟爱的春夏秋冬四时景色随意排列起来，你可以认为，没有比这更普通，更平淡，更一般的了，简直可说是不成其为诗的诗。但是，我再举出另一位古人的诗，与这首诗颇相似，是僧人良宽（1758—1831）的辞世诗。

> 试问何物堪留尘世间
>
> 唯此春花秋叶山杜鹃

这首诗与道元那首一样，也是普普通通的事，平平常常的字，与其说良宽是不假思索，毋宁说是有意为之的，在重叠之中表达出日本文明的骨髓。更何况这是良宽的辞世诗呢。

> 漠漠烟霞春日永
>
> 嬉戏玩球陪稚童
>
> 暂伴清风和明月
>
> 为惜残年竟夕舞
>
> 非关超然避尘寰
>
> 平生只爱逍遥游

良宽的心情和生活，如同这些诗作所描述的，住草庵，穿粗衣，闲步野外，与孩童游戏，和农夫谈天，不故作艰深语，奢谈深奥的宗教和文学，完全是一派"和颜温语"，高洁脱俗的言行。他的诗风和书法，均已超越江户后期，18，19世纪之交，以及日本近代前期的习尚，臻于古典高雅的境界。直到现代，日本仍极其珍重其墨迹和诗歌。良宽的这首诗，表现的是一种辞世之情，自己没有什么值得留传下去的，也不想留下什么。死的死去，大自然只会更美，这才是自己留存世间惟一可资纪念的。这首诗凝聚了自古以来日本人的情愫，也可从中听到良宽那虔敬的心声。

> 久盼玉人翩然来

今朝相会复何求

良宽的诗作里，居然还有这样的情诗，而且也是我喜欢的一首。良宽到了六十八岁垂暮之年，得遇一位二十九岁的年轻女尼，深获芳心，不失为一段良缘。这首诗既表达他结识一位永恒女性的喜悦，也写出他望穿秋水，久候不至的情人姗姗而来时的欢欣。"今朝相会复何求"，这句诗质朴真切，感情纯正。

良宽七十四岁圆寂。生在多雪之乡的越后，同我的小说《雪国》写的是一个地方，现在叫新潟县，地处内日本的北部，正好承受从西伯利亚横越日本海吹来的寒风。良宽的一生，便是在这样一个雪乡度过的。人渐渐老去，自知死之将近，内心已趋彻悟之境。这位诗僧"临终的眼"里，想必也像他绝命辞中所写的那样，雪乡的大自然会是更加瑰丽。我有一篇随笔，题为《临终的眼》。但此处"临终的眼"一语，是取自芥川龙之介（1892—1927）自杀时的遗书。芥川遗书中这句话于我铭感尤深："大概逐渐失去了""所谓生活的力量"和"动物的本能"云云。

如今，我生活的世界，是像冰也似透明的，神经质的，病态世界。……我究竟要等到何时才敢自杀呢？这是个疑问。惟有大自然，在我看来，比任何时候都美。你或许要笑我，既然深深喜爱这大自然之美，却又想入非非要去自杀，岂不自相矛盾！殊不知，大自然之所以美，正是因为映在我这双临终的眼里的缘故。

1927年，芥川龙之介以三十五岁的英年自杀身死。我在《临终的眼》一文中曾说："不论怎样厌世，自杀总归不是悟道的表现。不论德行如何高洁，自杀者距大圣之境，终究是遥远的。"我对芥川以及战后太宰治（1909—1948）辈的自杀，既不赞美，也不同情。但是，有位友人，日本先锋派画家之一，也是年纪轻轻便死去了，他也是很久以来就想要自杀的。"他常说，没有比死更高的艺术，死即是生，几乎成了他的口头禅"（见《临终的眼》）。依我看来，他生于佛教寺院，又毕业于佛教学校，对死的看法，与西方人的观点，自是有所不同。"有牵挂的人，大概是不会想到自杀的。"我因此联想起那位一休禅师（1394—1481），他曾经两次企图自杀。

这里，我之所以要在一休之前加上"那位"两字，是因为在童话中，他作为一位聪明机智的和尚，已为孩童所熟悉。他那奔放无羁的古怪行径，已成轶闻广为流传。传说"稚童爬到他膝上摸弄胡子，野鸟停在他手上觅啄粒"，是为无心的终极境界。看上去他似乎是位和蔼可亲的长者，其实，也是位极其严肃、禅法精深的僧人。据说一休是天皇之子，六岁入寺，一方面表现出一位少年诗人的天才，同时也为宗教和人生的根本问题苦恼不已。他曾说："如有神明，即请救我；倘若无神，沉我入湖底，葬身鱼腹！"就在他纵身投湖之顷，给人拦住了。后来还有一次，一休住持的大德寺里，有个僧徒自杀，致使僧众几人牵连入狱，这时，一休自感有责，便"肩负重荷"，入山绝食，决心一死。

一休把自己那本诗集，取名为《狂云集》，甚至以狂云为号。《狂云集》及其续集，以日本中世的汉诗而论，尤其作为一位禅僧的诗作而论，是无与伦比的，其中有令人瞠目结舌的情诗，渲染闺房秘事的艳诗。他饮酒茹荤，接近女色，完全逸出禅宗的戒律；戒律之类，他视若桎梏，自求解脱，大概是想以此来反抗当时的宗教形式，要在因战乱而崩溃的世道人心中，恢复和树立人的存在和生命的本义。

一休当年寄迹的京都紫野大德寺，如今仍是茶道的胜地。他的墨迹供在茶室里，成了挂轴，极为珍贵。一休的字画我也收藏了两幅。其中一幅写的是"佛界易入，魔界难进。"这句话，我颇有感触，也时常用以挥毫题笔。其含义可作种种理解，若加深究，怕会永无止境。一休虽在"佛界易入"之后，加了"魔界难进"一句，但这位禅僧的话却深深打动了我的心。一个追求真善美的艺术家，对于"魔界难进"，既有所憧憬，又感到恐惧，只好求神保佑。他这种意愿，或者表现出来，或者深藏心底，归根结底，还得顺乎命运的安排。没有"魔界"，便没有"佛界"。要入"魔界"，更为困难。意志薄弱的人是入不了的。

逢佛杀佛，逢祖杀祖。

这是一句广为人知的禅语。倘以"他力成佛"和"自力成佛"来区分佛教宗派，那么，主张自力的禅宗，当然会持这样激切的言辞。提倡他力成佛的真宗亲鸾也曾说过："善人往生净土。何况于恶人耶。"这同一休"佛界""魔界"之说，意思上不无相通之处，但也有不同之点。他还说过，"无有一名弟子"。"逢祖杀祖"，而又"无有一名弟子"，——这恐怕又是艺术的严酷命运吧。

禅宗不以崇拜偶像为务。禅寺里虽然也供佛像，可是，在修习道行的场所和坐禅静虑的禅堂里，却既无佛像佛画，也无经卷释典，只是闭目打坐，无思无念，灭“我”为“无”。这里的“无”，不是西方的虚无，而是天下万有得大自在的空，是无际涯无尽藏的心宇。当然，修习禅法，须法师传授，相与谈禅，以求开悟，并研读禅宗经典，但终须自己思索，靠自力开悟。同时，比起理论，更强调直观。与其求他人教诲，毋宁靠自己悟道。其宗旨是“不立文字”，而在“教外别传”。能做到维摩居士所说的“默如雷”，大概便是禅宗最上乘的境界了。相传中国禅宗始祖达摩大师“面壁九年”，即面对石壁，静坐默想达九年之久，结果终于彻悟。禅宗所主张的禅定，即从这位达摩坐禅而来。

有问即答否便罢

达摩心中有万法（一休）

另外，一休还有一首道歌：

> 且问心灵为何物
> 恰似画中松涛声

这首诗同时也体现了东洋画的精神。东洋画中的空间意识、空白表现、省略笔法，大概正是这类水墨画的灵魂所在。“能画一枝风有声”（金冬心），诚如斯言。

道元禅师也有类似的说法：“君不见，竹声中悟道，桃花中明心。”日本花道的插花名家池坊专应（1532—1554）曾“口授”说：“以涓滴之水，尺寸之树，呈江山数程之景象，俱瞬息万变之佳兴，正可谓仙家之妙术也。”日本的庭园也是用以象征大自然的。西洋庭园多半营造匀整，相比之下，日本的大抵不够匀整。然而，恐怕正因为其不匀整，象征的含义才更加丰富而深广。当然，这种不匀整，赖有日本人纤细微妙的感觉得以保持均衡。试问哪种园林营造法，能像日本园林布局那么复杂、多趣、细致而难能？所谓“枯山水”，是以岩石造象，这种“石砌法”能凭空地表现出山川秀丽之景和波涛汹涌之状。这一方法的极致，见于日本的盆景、盆石。“山水”一词，包含山与水，即自然景色；山水画，即以风景、庭园等为题材，并由此推衍为“古雅清寂”、“幽闲素朴”的意趣。然而，信守"和敬清寂"的茶道，尊崇的是"幽闲"，"古雅"，则更加蕴含心灵的丰富。茶室本极其狭小，简朴，而寄寓的意思却无边深广，无上清丽。

一朵花，有时给人感觉比一百朵更美。利休也说过，插花不宜插盛开的花。所以，日本茶道至今在茶室里大抵只瓶插一枝，而且是含苞待放的一枝。倘若是冬天，便插冬令的花，譬如取名"白玉"和"侘助"的山茶花，是花朵很小的一个品种，选其色白者，单插花蕾待放的一枝。纯白色，不仅最为清丽，也最富色彩。再者，花蕾带上露水更佳。水珠几滴，顿使花枝鲜媚。五月里，以青瓷花瓶插牡丹，这是茶道的插花中，最雍容华贵的一式。所插的牡丹，仍须是带露水的白花蕾。不仅花朵上宜洒几滴水珠，而且，插花用的瓷器，有不少也要事先淋上水。

日本的陶瓷花瓶中，古伊贺瓷（大约十五六世纪）要算最上乘而又最昂贵，淋上水后，才栩栩如生，色泽鲜妍光洁。伊贺瓷是用高温烧制的。劈柴一烧，烟灰散落下来，沾在花瓶胎上，或是浮在上面，随着温度的下降，便凝结在釉面上。这不是制陶工人人工所为，而是烧窑时自然成就的，所以，又称作"窑变"，结果便烧出千姿百态的色彩花纹来。伊贺瓷这种素净、粗糙、而又遒劲的釉面上，一经洒上水，就显得鲜莹明洁，与花上的露珠交相辉映。茶碗在使用前，也先用水浸过，使之润泽，这已成茶道的惯例。池坊专应把"野山水边自多姿"（口传），作为他那一派插花之道的新精神。破损的花瓶，枯萎的枝头，无不见"花"，这些东西上，都可由花来解悟。"古人皆由插花而悟道"，于此可以见出禅宗的影响，就日本的范围而论，更促使美的心灵的觉醒。恐怕也是日本人经过长期内乱，生活在一片荒芜之中的心境写照吧。

日本最古老的《伊势物语》（成于10世纪），是部叙事诗集，包含许多也可视为短篇小说的故事，其中有一则写道：

多情人于瓶中插珍奇紫藤花一株。花蕚低垂，长达三尺六寸。

说的是，在原行平招待宾客时插花的故事。花蕚垂下达三尺六寸的紫藤，确是珍卉奇草，甚至令人怀疑是否真有此花。不过，我觉得，这种紫藤象征了平安朝文化。紫藤具有日本式的优雅和女性的妩媚。低垂盛开，随着微风轻摇款摆，那一派风情，真是婀娜多姿，谦恭平和，不胜柔媚。在初夏一片翠绿之中，时隐时现，仿佛也知多情善感似的。那朵紫藤花蕚，竟有三尺六寸长，想必会格外的艳丽呢。日本吸收中国唐代文化，加以融会贯通而铸就日本风格。大约在一千年前，便创造出光辉灿烂的平安文化，形成日本的美，正像"珍奇的紫藤花"盛开一样，宛然是不同寻常的奇迹。当时已产生日本古典文学中最上乘的作品，诗歌方面有最早的敕选和歌集《古今集》（905），小说方面有《伊势物语》、紫式部（约970—1002）的《源氏物语》、清少纳言（约966—1017）的《枕草子》等，这些作品构成了日本的美学传统，影响乃至支配后来八百年间的日本文学。尤其是《源氏物语》，从古至今，始终是日本小说的顶峰，即便到了现代，还没有一部作品能及得上它。早在10世纪时，便已写出这部颇有现代风格的长篇小说，堪称世界奇迹，所以也为国际人士所周知。我在少年时代，古文还不大懂的时候，即已开始阅读古典小说，大抵都是平安朝文学作品，其中，尤其是《源氏物语》深深铭刻在我心上。《源氏物语》以降几百年来，日本小说无不在憧憬、悉心模仿或改编这部名作。《源氏物语》的影响既深且广，和歌自不必说，就是美术工艺，直至园林建筑，莫不从中寻取美的滋养。

　　紫式部和清少纳言以及和泉式部（979—？）、赤染卫门（约957—1041）等著名诗人，都是入宫侍奉的女官。所以，平安文化，一般便人为是宫廷文化，女性文化，而产生《源氏物语》和《枕草子》的时期，是这一文化的鼎盛时期，或者说，从极盛转向衰颓的时期。此时已流露出盛极而衰的惆怅情绪。不过，那些作品仍可看作日本王朝文化的极致。

　　不久，王朝衰落，政权由公卿入于武士之手，是为镰仓时代（1192—1333）的开始；武家政治一直延续到明治元年（1868），将近七百年光景。然而，天皇制也罢，王朝文化也罢，并没有灭绝，镰仓初期的敕选和歌集《新古今集》（1205），对平安朝的《古今集》而言，技巧上和诗法上均有进一步的发展，虽不无文字游戏之嫌，却重视妖艳、幽玄的格调，讲究余韵，增进幻觉，与近代象征诗自有一脉相通之处。而西行法师（1118—1190），上承平安下接镰仓，是这两个时代的代表诗人。

夜夜长把君相忆却喜梦里偶相会
怎禁醒后各分散但愿好梦留人睡

却道梦里寻君难上天入地都行遍

何如缘情见君颜怎得一面也心甘

以上是《古今集》里小野小町的诗，虽然写的是梦境，却又直接表现现实。到《新古今集》以后，又变成很微妙的写生：

群雀枝头闹，日影横竹梢

添得秋色浓，触目魂黯销

秋叶洒满园，秋风侵身寒

夕阳影在壁，倏忽已消散

这是镰仓末期永福门院（1271—1342）的诗，象征了日本纤细的哀愁。我觉得跟我的心境颇为相近。

无论写"冬雪寂寂溢清寒"的道元禅师，抑或是吟咏"冬月穿云暂相伴"的明惠上人，大约都是《新古今集》时代的人。明惠同西行曾有过唱和，也写过叙事诗。

西行法师常来晤谈，展读我诗，非同寻常。遣兴虽及于鲜花、杜鹃、明月、白雪，以及宇宙万物，然一切色相，充耳盈目，皆为虚妄。所吟咏之句，均非真言。咏花实非以为花，咏月亦非以为月，皆随缘遣兴而已。恰似雨后彩虹，虚空有色；亦如白日映照，虚空明净。然虚空本无光，虚空亦无色。我心似此虚空，纵然风情万种，却是了无痕迹。此种诗乃如来之真形体。

（摘自弟子喜海所著《明惠传》）

这里恰好道及日本以至东方的"虚空"和"无"。有的评论家说，我的作品是虚无的。但西方的"虚无主义"一词，并不合适宜。我认为，其根本精神是不同的。道元的四季诗也曾题为《本来面目》，虽然讴歌四季之美，其实富有深刻的禅宗哲理。

※ 日本文学之美

> 黑发乱蓬松，心伤人不知。
>
> 伏首欲梳拢，首先把君思。

这是和泉式部（生卒年不详，推断为976或979）的一首诗。"心伤"是指过度悲伤或泣不成声。"首先"是指这种时候立刻或马上吧。这首大约一千年前的诗，现在朗读起来也能直接感受到女性的感情，还紧扣女性的感官。可以说，是一首感官式的歌。

> 朝髻乱蓬松，我自不梳妆。
>
> 枕臂托短袖，感君情意长。

将《万叶集》中的这首歌，同和泉式部的歌相比较，现代人就会说：女子的秀发触及男子的手或肌肤都是一样的。但从这首歌中可以感受到朴素的万叶少女的悲怜和纯真。再没有什么歌能比得上和泉式部的歌那样娇艳地飘逸着感官的气息了。

另外，藤原定家（1162—1241）的：

> 欢为伊梳发，丝丝情意长。
>
> 当年伊面影，依稀在我旁。

和泉式部研究家青木生于也指出：定家写这首歌时，他的脑子里大概也盘旋着和泉式部那首黑发的歌吧。和泉式部写的是女性的歌，定家与之相呼应。是从男性的角度来写作的吧。青木读后，体味到定家这首歌是"妖艳而鲜明的感觉世界，仿佛复生黑发冰凉的感触。"我读这首歌的体会，还没有达到那种程度。还没有认识到它是这样一首好歌。这首歌没有列为定家的优秀歌作。当然，即使这首歌只有一人认为是优秀的，恐怕也不能轻易地否定吧。常常有这样的情况：一件艺术作品起初只有一人发现、感觉到它的美，久而久之才为大众所理解。

对定家的歌，青木认为没有失去和泉式部那种"澎湃的恋爱热情"。我也是这样认为的。和泉式部同《源氏物语》的作者紫式部、《枕草子》的作者清少纳言齐名，也都是根据她们的歌作而把她们誉为"王朝三才女"的。从《拾遗和歌集》（约1005）始，以《后拾遗和歌集》（1086）为主，包括《金叶和歌集》（1125）、《词花和歌集》（1151）、《千载和歌集》（约1187）、《新古今和歌集》（1205）等敕撰和歌集，均以女性创作的歌居多，共计收入247首。由此可见，从往昔起她就被看作是王朝第一女歌人。这是不能否认的。上述从往昔到王朝，就是从1005年《拾遗和歌集》成书起，至1205年《新古今和歌集》上奏皇上止，200年的岁月流逝了。整整两个世纪。11世纪和现今20世纪时间的流逝速度完全不同，我们的现代文学作品从现在起到200年以后，将会变成什么样子呢？可以留传到那时候的"澎湃的恋爱热情"的作品，如今能写出几部呢？我觉得艺术作品并不一定非永恒不朽才算上乘。正如政治思想不成熟的作品只有在当时起作用，也有它的意义一样。再说永恒不朽的艺术也可以是暂时的形态吧。而且，这人世间没有不灭的东西。重要的是，一种东西在人世间一旦被发现，不论什么也都是不灭的。即使灭了，也是不会灭绝的。

我脑子里就有这样的想法。空、虚、否定之肯定，这姑且不说，艺术必须富有永恒不朽的灵魂。打幼年我就硬读过一些日本古典文学，尽管只是浏览，但年轻时读过的古典文学还是朦胧地留在我的脑海里。色调虽然淡薄，却也感染了我的心。就是阅读当代文学作品，有时我也感受到千年、千二百年以来的日本古典文学在我的心中旋荡。《古今和歌集》《源氏物语》《枕草子》等大约是一千年前，《古事记》《万叶集》等大约是一千二百年前的作品了。一千年、一千二百年前不亚于今天，毋宁说拥有比今天更优秀的文学、诗歌和散文。很明显，这对于我们创造和鉴赏今天的文学是很有裨益的，或者将会成为一种内蕴的力量。这是毫无疑问的。在充分理解日本的古典、传统的基础上，也企图否定它、排除它。有时是不十分理解它，且近乎不关心它。

从《拾遗和歌集》到《新古今和歌集》的二百年间，政治上发生了很大的变化。朝廷政治的平安时代变成了武家政治的镰仓时代。《拾遗和歌集》成书的年份不详，大概是在一条天皇（980—1011）时代、藤原道长（966—1027）的"荣华"时代，与《枕草子》《源氏物语》《紫式部日记》或《和泉式部日记》等出世的时代同一时期，是王朝文化百花齐放的时代。和泉式部与紫式部、赤染卫门、伊势大辅等一起供职官中，伺候一条天皇的中官、道长的女儿彰子，总之，她们是共同生活的交情吧。《紫式部日记》或赤染卫门的《荣华物语》都写了和泉式部。她与伊势大辅赠答歌如下：

> 相思在心情痴痴，
> 情意绵绵无休止。

（和泉式部）

> 欲不思君犹思君，
> 君纵不思情更深。

（伊势大辅）

这是玩弄亲密感情的语言游戏。同样入宫侍候一条皇后定子的清少纳言，与和泉式部也有过赠答歌。

道长时代之前，平安王朝的和文文学中有《竹取物语》《伊势物语》、纪贯之（约872—945）的《土佐日记》（935）、藤原道纲母的《蜉蝣日记》（954—973的纪事）、《宇津保物语》《落洼物语》，歌人方面有在原业平（825—880）和小野小町等，歌集方面有《古今和歌集》（905）等。他们先于道长时代而存在，引导出道长的时代。尽管如此，道长时代却达到了令人吃惊的相当娴熟的阶段。之后，镰仓、室町、江户时代，女子创作的女性文学的潮流并未中断。可以说，道长时代之后迎来女性文学黄金时代，就是我们所处的现代。

道长时代女性文学之卓越，自有其道理。今天女文学家辈出，也自有其原因吧。

明治时代（1868—1912），小说方面有樋口一叶（1872—1896），诗歌方面有与谢野晶子（1878—1942）等，她们是不是像平安朝的小野小町那样，是先驱者、开拓者呢？一叶仅活到二十四岁就夭折了，晶子则生育了十几个孩子，相当长寿。她将《源氏物语》《荣华物语》《紫式部日记》《和泉式部日记》等译成现代语，在文学上完成相当艰苦的事业。在研究和评论包括《源氏物语》在内的平安朝文学方面，也显示了她的卓识。她还写了和泉式部传记。晶子对和泉式部怀有挚爱的感情。

日本古典文学方面，晶子主要尊崇平安朝文学，对奈良朝的《万叶集》、江户的元禄（1688—1704）文学好像并不那么推崇。这是很有道理的。《源氏物语》集中表现了王朝的美，后来形成了日本美的传统。我年轻时说过：《源氏物语》灭亡了藤原、灭亡了平家、灭亡了北条、灭亡了足利、灭亡了德川。听起来这句话相当粗暴，但并非全无根据。倘使宫廷生活像《源氏物语》那样烂熟，那么衰亡是不可避免的。"烂熟"这个词，就包含着走向衰亡的征兆。《源氏物语》极端烂熟，倾向于衰颓。从某种意义上说，一种文化发展到登峰造极，就势必从巅峰跌落下来。不止地上登，似乎是继续上登，其实已经开始走下坡路，事态就在这种危险的时候发生的。综观古今东西方，几乎所有艺术的最高名作，都是在这种危险时期出现的。这是艺术的宿命，也是文化的宿命。

"沙罗双树花变色，盛者必衰是道理。骄者势盛不久长，只像春夜一场梦，专横霸道终绝灭，恰似风前扬尘土。"这是《平家物语》（13世纪初成书）的一段开场白。它不仅是佛教的无常观，也不仅是日本式的虚幻。一种文化，文化中的艺术，其鼎盛期也是不会持续一二百年的。盛极必衰。紫式部、清少纳言、和泉式部所在的道长时代是短暂的，井原西鹤（1642—1693）、松尾芭蕉（1644—1694）、近松门左卫门（1653—1724）所在的元禄时代也是短暂的。文化发展到烂熟，就势必衰颓，倾向并掉落在颓废的深渊，艺术也衰微而丧失生命力。

今日日本是明治百年，战败后二十五年，号称"昭和元禄"，当然这完全是基于经济的发展和繁荣，文化随之也多彩、艳丽和昌盛。然而，今天果真是文化艺术的兴隆期吗？是成熟期吗？倘使如此，恐怕已是衰颓期了吧？如今自己本身掺杂其中，要弄清楚是很困难的，也是不可能的。只好留待历史来判断了。我曾听当代一位大画家说过：希望死后十年再举行自己的葬礼。死后十年，自己的绘画的价值大体也有定评了。丒说十年后还前来参加葬礼的人，才是真正热爱和承认自己的人。他的这句话深印在我的心中。实际上，死后仅仅十年的光景，其作品真正能留存下来的艺术家也并不多。不过，这是艺术家个人的事。事实上也并不是个人的事。就是说，诞生这位艺术家的国家，这位艺术家生活的时代，就是这位艺术家无法摆脱的命运吧。

假如11世纪初，日本不是道长时代，也就不可能产生紫式部。假如17世纪下半叶，日本不是元禄时代，同样也就不可能产生芭蕉。我总是这样认为的。在紫式部之前或其后，日本未必无人在文学素质和天赋的才能方面超过紫式部，但他们不是诞生在紫式部的时代，就写不出足以与《源氏物语》相媲美的小说。紫式部时代，宫廷仕男们不见得就不如宫廷仕女。只是仕男不太想使用和文书写散文。纪贯之在《土佐日记》丒首就留下这样一句可笑的话："女子也想试写男子所记的日记。"因为那时男子习惯于用汉文记日记的缘故。贯之所以胆敢尝试托女笔者用假名书写和文日记，乃是因为当时有人从他是大歌人的角度来看，说他面对唐式汉诗、汉文，是为了要振兴国风的和歌、和文的缘故。也有人说，乃是因为他一心想表现自己失去女儿而悲伤与忧愁的感情。尽管众说纷纭，但是《土佐日记》之所以能成为一部优秀的文学作品，当然是他能使用和文来书写的缘故。

《古今和歌集》有真名序和假名序，就是说有汉、和两种文字的序文。假名序是由贯之撰写的。一部和歌集却收入汉、和两种文字的序文，尽管和文的序是根据汉文的序来写，但用本国的文字表现，要比汉文的序优秀得多；由此日本风格潮流的高涨并传播开来，对于后世的影响是很大的。不久，《敕撰和歌集》迎来了和文的繁荣局面。可以认为，它是先驱的象征。平安朝的男性并不亚于写宫廷文学的女性，甚或比女性卓越，这在今天已是一目了然。例如他们的书法，平安朝男子的书法流传下来的为数较多。还可以看到挂在茶室壁龛上的珍贵的和歌古墨迹断片。

所谓"三笔"的嵯峨天皇、橘逸势、空海弘法大师，还有所谓"三迹"的小野道风、藤原佐理、藤原行成等人都是平安朝的书法家。日本古今的书法家尚未有能够超过他们的。但是比起平安朝初期的"三笔"来，接近王朝文学鼎盛时期出现的"三迹"书法，明显地形成了和风，即日本风格。纪贯之、藤原公正等也是书法家，其笔迹草体假名留传于后世，我认为这才是日本美的顶峰。当时涌现了大批这样的书法家。平安朝出现了假名，它比较容易反映日本语的语音。也许是假名已经定型，才兴起和文文学，才盛行假名书法吧。文学方面出现了许多优秀女作家的作品，可是书法方面值得观赏的女书法家的作品却没有留传下来。虽有紫式部书写的和歌卷轴，但是不是真迹，令人怀疑。也许平安王朝没有出现女书法家，人们就想哪怕有紫式部的字迹也好嘛，也就冒假了吧。

平安朝自不消说，奈良朝也引进中国文化，开始模仿唐代文化。正像明治百年的今天，日本文化受惠于西方文化一样，平安朝的文化承蒙了中国唐代文化的恩惠。不过，这里必须认真考虑的，也是我想讲的，就是平安朝文化如何引进和如何模仿中国文化。我对中国文化知识的确十分浅薄，只能仰仗学者和研究家的见解。但是，凭我的直感，我怀疑平安朝是不是真正引进了中国的庄重而伟大的文化？是不是真正模仿到手了？于是很自然联想到，从一开始就采取日本式的吸收法，即按照日本式的爱好来学，然后全部日本化。这一点，只要看看平安朝的美术，就可以明白，建筑、雕刻、工艺、绘画等都是如此。例如书法，就以"三笔"来说吧，他们纵令不及中国大书法家，但也已经创造出日本式的美。这是确实无疑的。而且盛行假名草体书法之后，这种日本美是古今东西方无以类比的。

平安朝的假名书法优雅、秀丽而纤细，我们不能忽视其在流丽的文字线条中充满的高雅品格和苍劲有力。随着时代的推移，要么失去原型，品格下降；要么囿于原型，软弱无力。平安朝之后，某些禅僧书写过精神境界高的书法。可是大约千年间，最终及至平安朝就没有日本式书法的美。我偶尔兴之所至，阅读平安朝的文学作品时，也思考过这个问题。于是想起了女人头发的事来。日本女人的头发丰厚，又黑又长，最长的得数平安王朝宫中的仕女了。

所以回顾平安朝引进和模仿中国文化，就是要思考"明治百年"引进、模仿西方文化的问题。不，相反的，思考我们今天接受西方文化，就要回顾从前接受中国文化的问题。时代大不相同，也许不足以作参考，也许还有参考的价值。"明治百年"的日本，是否能够真正引进，是否能够真正模仿西方庄重而伟大的文化，特别是其精神呢？难道这还不值得认真怀疑吗？难道这还不该从一开始就采取日本式的吸收法，按照日本式的爱好来学吗？我想特别强调的，实际上有些地方吸收和学习都没有真正做到。如果认为"明治百年"已经将西方的精神文化消化了，那就太肤浅了。

可话又说回来，倒确是将一部分西方文化完全日本化了。例如，看看现存的西洋画老大家的绘画，与其说是西洋画，不如说已是日本的文人画风了。还有西方自然主义文学的影响，在日本有类似田山花袋（1871—1930）、岛崎藤村（1872—1943）、德田秋声（1871—1943）的作品。日本是个翻译事业发达的国家，西方的新文学很快就被介绍过来。似乎可以认为，迄今一直活跃在第一线的文学家是同西方文学同步前进的。在外国人的眼里，这大概是日本式的吧。稍过些时日，原先似西方式的文学也就变成日本式的了。现在回顾明治、大正乃至战前的文学，这点已是很明显的了。可能是日本人的命运吧，但日本民族的命运不在世界别处，它同日本的创造有多少联系，恐怕就是我们所关切的重要问题。

大约一千年前的往昔，日本民族就以自己的方式吸收并消化了中国唐代的文化，产生了平安朝的美。"明治百年"以来吸收西方文化的日本人，究竟创造出足以同王朝文化相比的美来了吗？就算不说王朝文化，现在究竟创造出像镰仓时代文化、室町时代文化、江户时代文化那样的、好歹是世界上独特的文化来了吗？我但愿已经建立起超过过去任何时代的日本独特的文化；今天民族的力量绝没有衰颓，可以将日本新的创造，贡献于世界的文化。也许已经创造出什么，也许自己生活在这个时代之中反而难以认识。不，恐怕这是今后的事了。文化的昌盛往往是伴随经济、生产的繁荣而来的。

显然，明治是勃兴的时代，可是，"明治百年"的今天还是勃兴的时期吗？已经到成熟期了吗？或许是自己身在其间难以判断？不过，我似乎感到是处在未成熟的时期。这时期还没有充分吸收西方文化，还没有日本化。平安王朝在894年废除了遣唐使，经过百年之后，出现了道长的时代。江户时期，在1639年实行锁国政策，经过50年之后，出现了元禄时代。断绝了同外国的联系，确是使文化净化为最日本式的文化。但又不仅是这个原因。道长、元禄时代是成熟期。今天做梦也不会想到锁国政策一类的事。世界文化犹如万国博览会，同海外各国进行文化交流越来越频繁，就势必使本国文化立足于其中。创造世界文化，也就是创造民族文化；创造民族文化，也应该是创造世界文化。

总之，这就要越过文化的交通地狱，以今天同过去相比，有时我也感到不可思议。比如，11世纪初的紫式部、清少纳言、和泉式部，以及17世纪后半叶的松尾芭蕉，他们学习、尊崇的古典文学都是共通的，为数不少。不仅是日本的古典，中国的古典也是如此。13世纪的藤原定家、15世纪的世阿弥和宗祇也是如此。平安时期至江户时代的古典文学世界中，流传、呼应和交织着同样的古典传统。这就是日本文学的传统的脉络。明治时代引进了西方文学，遇到了巨大的变革，这脉络好像被切断，流通着别的血液。但是，随着时间的推移，我越发感到古典传统的脉络依然是畅通的。

（1969年9月）

✳ 文学自传

从《新思潮》到《文学界》，我都参加了。恐怕没有一个人像我参加过这样多的同人杂志吧。我是一个阅历平凡的年轻人。楢崎勤让我写自传，大概是对我这些地方感兴趣。我不喜欢谈自己，所以我不由得隐藏在楢崎给予的"文学的"修饰词的背后，让知己友人替代自己在人前出丑了。但是，我之所以有今天，却多亏了这些人，尤其是菊池宽氏和横光利一。他们是我的恩人。

我23岁那年的秋天，菊池氏33岁，比我现在还年轻。我到位于小石川中富坂的菊池家造访，在二楼的一个房间里面对面地坐定之后，我突然拜托他说：我领了一个姑娘回来，如果有什么翻译工作，希望代为介绍。菊池氏应了一声，点了点头，问道：你说领了一个姑娘，是指结婚吧？我说：哦，不是现在就马上结婚。我刚想辩解，菊池氏就抢着说：瞧你，一块生活了，还不是结婚吗？他接着又说：我最近准备出国一年，我妻子说我出国之后，她想回老家去。这期间，我将这房子借给你，你可以和那位女子在这里同居。我已经预付了一年的房租，另外每月还给你50元。本来一次给也可以，不过还是由妻子按月寄给你好。加上你自己拿到50元学习费，大体上够两个人生活了。

我将好好地拜托芥川，将你写的小说推荐给杂志社。这样，我不在时你还可以维持生活；其他待我回国以后再作考虑。这些话，简直像梦幻一般，毋宁说我都听呆了。

我自幼是个孤儿，受人照顾太多。我这个人变得不会生别人的气，也决不会憎恨人了。同时，我还有些天真的想法，认为只要我有所求，无论什么事别人都会答应我的。直到现在，这种天真的想法还没从我身上消失。许多人都宽恕过我，我自己也从不曾对别人怀有恶意。我就是带着这种心情无忧无虑地过日子。可以想象到，这是我一个很大的弱点。我觉得任何弱点只要继续存在，都会对听天由命的思想起作用的。近来我决定不责备自己。菊池氏对我的好意，完全出乎我的意料之外，不免使我感到震惊。我和他之间的交情，绝非已经到了能够听见这种亲切话语的程度。

那年4月起，石滨金作、酒井真人、今东光、铃木彦次郎加上我5个人，出版了《新思潮》杂志。我只不过为它写了三四篇二十页左右的小说，其中一篇《招魂节一景》被菊池氏看中，仅此而已。我会见菊池氏的次数，也是屈指可数的。平时总是跟随《新思潮》的伙伴去访问这位平易近人的老前辈。只有这次我独自前往，到一封搞翻译工作的介绍信罢了。以前由于恋爱，也曾七拼八凑地向别人弄了点必要的旅费。可是，不曾随便向菊池氏开过口。因此，归途中，在中富坂高兴得几乎脚不着地地飞跑起来。如果说23岁的我，想同16岁的小姑娘结婚不合常理，那么为此借给房子，还给生活费，也是不合常理的。我本以为他会针对我的错误，教育我一番，或者询问我的情况。可是他只打听了姑娘的年龄和住所，不加任何批评，也不刨根问底。这点也是令我佩服的。这是菊池氏的作风。他照顾过许多人，这不是那么容易的事。他给我钱，大多是不声不响地给。给了东西，也总佯装早已忘记的样子。

菊池氏对早期参加《文艺春秋》杂志的同人也是这样。他把《蜘蛛》和《新思潮》的同人，一个不漏地全部带进《文艺春秋》。一般人对同人有亲疏好恶之分，对才能的评价也有千差万别，同时喜欢从其他同人杂志选拔令人瞩目的人才，而菊池氏并没有开动这方面的脑筋。

那次谈到结婚问题的时候，菊池氏没有规劝我，他只对我说了一句话。这句话至今还清晰地印在我的脑海里。他说：现在就结婚，你不会被压垮就好啰。我到底没有被压垮。

我不曾对过去作过这样那样的回忆。过去的事就让它过去好了。压根儿不曾考虑过23岁和16岁的人结婚将会带来什么后果，可是菊池氏的一句话至今还在我的耳边回旋。这次恋爱，在菊池氏出国还未回来之前就吹了。我给菊池氏添了许多麻烦，我没有向他报告那丑事的原委。

菊池氏早已向石滨等人打听过，略知一二了。虽然如此，有关那件事，我一句话也没说。只是口头订了婚，我连一个指头也没碰过那位姑娘。正像《伊豆的舞女》里那位14岁的少女一样。直到现在，也是如此。林房雄曾对我的《散去也》评论说：作者对女性的身体具有少年般的憧憬，真是不可思议。这些话出乎我意料之外，反而使我钦佩他那种攻其不备的本事。也许的确是那样子。我虽不像人们所说是个品行端正但带点病态的人，我倒是经常同许多女性交朋友。例如我不像无产阶级作家那样，我没有幸福的理想，没有孩子，也当不上守财奴，只徒有虚名。恋爱因而便超越一切，成为我的命根子。从恋爱来说，我觉得至今我还不曾握过女性的手，也许有的女子会说：别撒谎了。但是，我觉得这不单纯是一种比喻的说法，我确实是未曾握过女子的手。人生不正是这样的吗？现实不也正是这样的吗？或许文学也是这样的吧。莫非我是个可怜的幸福人？

我不曾以试图抛弃这种幸福而自负。这也是谎话。难道我不是一次也没想过：不握恋慕的女子的手也没关系吗？我在写评论文章的时候，随意使用过真实、现实之类的词，但每次我都不好意思亲自去了解它，或去接近它，而是想在虚幻的梦中遨游，尔后死去。我的近作中，我最爱《抒情歌》。我在《尸体介绍人》和《禽兽》这两部作品里，多少使了点坏心眼，尽量写了些让人讨厌的东西，却还被人评为优美之作，这是多么可悲啊！我相信东方的古典，尤其佛典是世界最伟大的文学。我不把经典当做宗教的教义，而当作文学的幻想来敬重。早在十五年前，我脑子里就已构思了一部题为《东方之歌》的作品，又想把它写成天鹅之歌。用我的风格，去歌颂东方古典的虚幻。也许我没能写出来就死去，不过我一直想写它，只是这点我希望能够得到理解。我接受西方近代文学的洗礼，自己也进行过模仿的尝试。但我的根基是东方人，从15年前开始，我就没有迷失自己的方向。我迄今也不曾向别人直率地谈过这些。这是川端家的快乐的秘密祷告。在西方伟大的现实主义者当中，有的人历尽艰辛，临死的时候，好不容易才看到遥远的东方，而我也许可以唱着幼稚的心灵的歌去遨游吧。

现在我与其谈这些，不如说是不得不谈谈过去，我的恋爱就像远方的闪电，很快就告吹了。

以此机缘，承蒙菊池氏的好意，直到终于沾染上恶习以前，我一直是散漫而天真的。此后数年，我几乎如同被菊池氏收养了。当时横光比我更穷困，可是他一声不吭，忍耐下来，不像我那样去麻烦别人。菊池氏第一次把横光介绍给我，是在中富坂的家中。记得那天傍晚三个人走出家门，菊池氏在本乡弓町的江知胜请我们吃了牛肉火锅。不知什么缘故，横光几乎没有动筷子。他谈论小说的构思，越谈嗓门越高，还随便走近路旁的商店橱窗，橱窗那面玻璃好像是医院病房的墙壁，他模仿病人顺着墙壁到了下去。这两件事就是他给我的第一印象。

这样一个横光，在谈吐中表现了极其强烈的、纯洁的、可怕的激情。横光先回去了。菊池氏对我说：他很了不起，跟他交个朋友吧。横光在《人间》杂志的"新进作家号"上发表《南北》之前，早已同尾崎士郎及宇野千代一起获得《时事新报》的短篇小说奖，然而他们基本上还是无名小辈。那是在他同富泽麟太郎、古贺龙视、中山义秀、藤森淳三等人办同人杂志后不久的事。富泽和古贺现已作古了。那时候，菊池氏已写了《珍珠夫人》，他的小说在《妇女界》杂志上连载，他的《父归》以及其他戏曲也已开始在大剧场上演了。我在一高的图书馆里读了久米正雄的《萤草》（刊于《时事新报》），在中学的宿舍里读了芥川龙之介的《山芋粥》和中条百合子的《贫穷的人们》。

中学时代，比我低两级的有大宅壮一和小方庸正。那是在大阪府的茨木中学。这所中学，在我毕业后不久，由于游泳而出了名。小方是数一数二的秀才。他和大宅等人在我们之后出版了《新思潮》，并担任了大阪高中的教师。我是从东京帝大法国文学研究室的中岛健藏那里听到他逝世的消息的。他的遗著是《从居约的社会学看艺术》。他同大宅是同村人。据说普鲁斯特的译者井上究一郎也是茨木中学出身的。大宅作为《中学世界》和《少年世界》等杂志投稿人的明星，是出了名的。传说如果将他的奖牌排列起来，足以绕房子一周。他性格乖僻，四年级退学，又马上通过考试进入三高，是个早熟的杰出人物。中学时代，我没跟他交谈过。我偶尔也尝试投稿，全都遭到退稿，只发表过两三次俳句。那是在《文章世界》杂志票选12名秀才和投稿明星的时候。我还依稀记得读过片冈铁兵的《少女赞美论》。

来到一高之后，石滨金作盛赞冢越享生是秀才中之秀才，超过他的恩师花袋，所以《享生全集》也成了我所爱读的书。现在还能记起这位病弱早逝的作家的人，恐怕已经寥寥无几了。

不过，重读他的作品，仍然会佩服他的。在中学的同班同学中，我也有些爱好文学的伙伴。

在故乡，我还有些至今仍未放弃文学志向的老朋友。我效仿其中一人，在茨木镇的《京阪新闻》上连载了幼稚的恋爱小说，还撰写了一些小品文以及和歌、俳句。年轻的文学主笔也以中学生为对象，评论莎士比亚，他似乎也很爱护我。我学过棒球记录法，我还投了一篇中学棒球比赛的报道。

我写和歌，是仿效吉井勇的。那是在赤木桁平（现在的池崎忠孝）开展《消灭游荡文学论》的笔战之前。我受到竹久梦二装帧、长田干彦撰写的枳园和鸭川的花柳文学的坏影响，曾经从中学宿舍到京都，独自去观赏京都舞蹈，还从花见小路、木屋街、先斗街和圆山公园遢达到东山，逛游到深夜两点多钟。本想徘徊个通宵达旦，但是街上已是万籁俱寂，杳无人迹。一阵夜间的寒气袭来，有点胆怯了。好容易才发现一家门口有点亮光的小客栈，不知是赏花时节真的没有客房，还是认为中学生出不起房费，他们就让我住在顶楼住客的卧铺旁边，这些人同我谈话，非常亲切。当天晚上，我躺在睡铺上不知如何是好。仅有这一回。

丰岛与志雄说：如果你酒后再写《浅草红团》，可能更有意思。不仅是我，许多日本作家的生活都高尚清白，安分守己，没有染上颓废和恶习，连我也无法放荡不羁，甚至不能使妻子获得幸福或招致不幸，只能让她作为一个空虚、绝望的女人失去生活的能力。有人将我的作品分类，叫做伊豆作品或浅草作品，等等。我在伊豆的汤岛温泉，总共待了三年。尽管如此，我的伊豆作品，仅是一个旅行者的印象记。浅草作品，也不过是观光客的杂记罢了。

《浅草红团》仅仅写了开头，还没有进入正题。与其说我的小说和随笔许多是有头无尾，不如说很少能够发表有始有终的东西。这篇《文学自传》，也可能就这样了结。我不怎么介意批评，原因之一是它成了自己的退路吧。改造社最近出版了《水晶幻想》。就其中的主要作品来年，也是这样。《水晶幻想》在杂志上分两次刊登，没有写完；《致父母的信》分五次刊载，没有写完；《慰灵歌》也只是写了序章；《禽兽》后半部分要删掉，还得修改。近作《散去也》、《妹妹》两篇都未完成。新潮社出版的《戴花的照片》中的《尸体介绍人》和《温泉旅馆》都是分三四次刊载的，因此失败是显而易见的。

这不仅是由于我追随意识流，更重要的是懒散，原因就不必提了。非拖到走投无路的时候，我才开始写第一行。就是说，我无可奈何，只好打消了写好作品的念头。给月刊写稿，以短篇小说为主。这种恶习，恐怕哪个作家多少都沾染上一点的吧。除非是为了汇集出单行本或别的什么，非看不可，我是不重读自己的作品的。甚至不想去触摸一下登有我的作品的杂志。在评论方面，受到表扬，我是会很高兴的，这是人之常情。不过，我也顶多略略过目，充其量挑几页川端康成论来看，我几乎没有因为人家批评而深入反躬自省，这大概是因为我自己的作品令人作呕，我不愿意接近它的缘故吧。然而，这种借口究竟有几分真实呢？我不知道，也无须辩解。我是问心有愧的。以往我对任何批评从不曾抗议过，这难道不正是我喜爱自己作品的证据吗？

我觉得比较来说，我这个作家是很少被评论家理解的。侄是，解说自己的作品终究是限制自己作品的生命，作家自己不知不觉也扼杀了作品的生活源泉，未免令人惋惜。对作家自己来说，作品宛如一切生物，是无穷无尽的谜。虽然我这样说，但近十年来仍不断地写月评。我想不起我自己的作品遭到过什么厄运，就像我轻率地误评了岸田国士的《纸气球》和横光利一的《无礼的街》那样。我的评论纯系无稽之谈。

我作为评论家也不过是用旅行者的一知半解，写下了粗浅的印象而已。根据我所读的书，也只好顺着文坛流行的东西而随波逐流。让妖奇的触角乘上纤弱的游览车，经人生或文学之门而不入。关于过门而不入的好处，我多少也领略到了。但是，这种反复无常，就是硬汉也没什么可对人炫耀的。一个中学生竟迷恋枳园之夜，不分昼夜拿着小本子在浅草街上四处游逛，并将类似诗歌的东西写在上面，他就是《浅草红团》的作者——我。有好几回我在公园里逛到天明。只是一个劲地游逛。没有结识流氓。没有同流浪者攀谈。也没有步入过大众食堂。

看了全部30多个演出团体，作了笔记。只是在观众席上观赏，而不是同艺人们叙谈。参观后台的，只有娱乐场一处。既没有在公园经济旅馆的门口站过，也没有进过咖啡馆。只同娱乐场的舞女们在冷饮店或年糕小豆汤铺坐坐而已。她们身上没有那股浅草艺人的气味，都是些十六七岁的姑娘。那也是由文艺部的岛村龙三他们带着舞女们走，我又同岛村走，没有一个舞女直接同我作过称得上是谈话的谈话。那时候，我记得不曾同她们当中的任何一个人单独走过300多米路程，或在一起度过10分钟。

但是，所谓"娱乐场兴旺的时候"，是我一生中最值得怀念的。10年前的"浅草歌剧繁荣的时候"，我正在一高读书。我爱慕歌剧女演员，经常来往浅草，我把朝夕相随的石滨金作也拽去了。我在日本馆的二楼上，看到了谷崎润一郎等人的姿容，羡慕不已。这次我的《浅草红团》不料竟成了娱乐场全盛的起因。新闻广播关于浅草的报道骤然猛增，许多文人墨客和其他知识分子都来观看滑稽喜剧，犹如流行病猖獗一时。我终于把自己的虚名留在滑稽剧小馆文艺部工作人员的名单上。那种出乎意料的热闹劲头，一旦消失，仿佛遗留下来某种罗曼蒂克的余韵。近三年的时间，我每日风雨无阻地参拜浅草。佐藤八郎、武田麟太郎等描写浅草比我写得深入。添田哑禅坊、石角春之助、一濑直行等研究浅草的书也出现了。陪着娱乐场的舞女和我闲逛浅草的，有北村秀雄、佐伯孝夫、中山善三郎等人。作为经营娱乐场出身的榎本健一、二村定一、竹久千惠子、梅园龙子等人，在各自的道路上多少都成了名。舞女们这阵子好不容易才熬到20出头，她们想到了今后怎么办。她们不希望像10年前的歌剧明星那样，10年后暴尸于浅草。

"娱乐场兴旺的时候"着实令人怀念，我生在各种黄金时期，难道不是个幸运儿吗？例如《文艺春秋》社逐步走向昌盛，该社在金山时代或有岛邸时代，简直就像个游戏场，我们每天都去。那种过节似的悠闲日子，恐怕一去不复返了。对这种乐趣感到最称心的，也就是20岁光景的我们吧。我在冈田三郎等人的好意邀请下也去了，同《文艺春秋》另成一派的《不同调》及其后的《近代生活》，尤其是"十三人俱乐部"，他们每月一次在新潮社的会议室里沉湎在天南海北的闲聊之中，我总觉得这种聚会是十分愉快的，同人和俱乐部成员今后就是健在，也再没有机会这样聚集在一起闲聊了。只由20名新进作家结合创办了《文艺时代》，我记得那时我不是发起人，只是参加者之一。我成了与所谓"文艺复兴"的呼声多少有点因果关系的《文学界》的同人。我也同犬养健、横光利一两位一起参加了堀辰雄、深田久弥。永井龙男、吉村铁太郎等人创办的《文学》，接近过它的后身《作品》的流派，同时也曾站在以《近代生活》为主的现代派一边。我交友甚广，我自己推断，怎么也不能相信文坛的派阀和徇私是如此根深蒂固。然而，出席成立"文艺恳谈会"那天，连我都大吃一惊。

那次聚会，我预先毫无所闻。列名的会员也全不认识。席上一看，才知道会员只有19人，都是纯文学的大作家，比我年长十多岁。30来岁的只有横光和我两人。而且横光又缺席。我本应谦让辞退。不过我也没有自卑感。尽管在作风上我表面上没有锋芒毕露，却有违背道德准绳的倾向。从这点来看，也就不能参加与内务省或文部省有关联的工作。不过也不至于因此而要强烈地自我反省吧。迄今我漫不经心地参加了一些同人杂志和文学团体。而且，这些杂志和团体正是蒸蒸日上、最繁荣昌盛的时候，我都参与了它们的活动。这是没有节操吗？是处世圆滑吗？是投机取巧吗？我自己向来没有这种打算。或许我更多的是天生的傻瓜。只是，我能自我辩护的，是我随波逐流，随风来顺水去。而我自己既是风也是水。毋宁说我总想失去自己，有时却失去不了。我主动参加的，只有《文艺时代》。林房雄关于《文学界》的成立，给了我面子，我只是被林房雄的《青年》那种乐观的热情所牵萦。可能不少人会把我看成是一个温和的寡情者、无情的亲切者。我是个可怜的人，对任何人都不会憎恶、不会抱有敌意。在别人看来，我今日似乎同昨日的敌人同舟共济，可我本来就没有什么敌人。纵令我向哪位女子吐露了恋慕之情，遭到了她的婉言拒绝，第二天我仍然满不在乎地同她游玩。

先头那个曾拒绝我的爱而离去的女子，在阔别10年之后又来拜访我。妻子一边哭泣一边怒冲冲地对我说：亏你还高高兴兴地会见她，未免太窝囊了。我遭到妻子的埋怨，才想到：这倒也是啊。也仅此而已。这位妇人已是身心衰败，毫无当年那种自信的风采，她向我诉说了她如今的境遇，我听了之后，仿佛觉得自己被这位女子看成是个成功者，这才体会到自己这个作家的体面不过是虚饰罢了。

比如说，我在迁往浅草附近的上野之前，住在大森的马达，那时候广津和郎的《昭和初年的作家》，室生犀星、尾崎士郎等人的作品，也都是按照各自的见地撰写的。夫人们相继剪短头发，流行交际舞，恋爱事件层出不穷，大森的文人雅士仿佛呈现了某种热病。总而言之，趣味盎然，热闹非凡。连我同宇野千代到处游逛，好像也有人误会我是同情人散步。那次情场上的骚动，是在我刚来大森不久之后发生的，我离开大森不久也就平息了。虽说这无非是社会的风潮，也刮进文人的家庭里来，不过在别处文人成堆的地方却没有发生。可以说，我得天独厚，有这么好的机会观看节日的活动。一到上野就赶上浅草过节。来马达之前我住在热海，之前住在高圆寺，更前住在汤岛。尾崎士郎、宇野千代和已故梶井基次郎等人写的伊豆汤岛文学，也可以说是我的功劳。这么多文人雅士陆续到交通不便的山间温泉来访问，在伊豆来说是空前的。那也是一种节日气氛。由此看来，尽管我先前也作过朦胧的反省，不过，我这个人运气好，能够碰上过节的日子。我三四岁失去双亲，16岁就没有家，亲切的同情者和朋友无时不在我身边。现在回想起来，对我怀有好意的姑娘，也不乏其人，连我自己都觉得像假的一样。在我身上，也有开朗乐观的一面。强烈的好奇心，使我直到现在依然像是个孩子。

刚到东京，我很爱看失火的场面。大地震后，我一连十天半月，天天都带着水和饼干，到处游逛灾后的遗迹，脸都晒黑了。我外出旅行，到了旅馆，一安顿下来，就立即走遍当地的每个角落，这种习惯至今也未改变。但是我觉得浅草比银座，贫民窟比公馆街，烟草女工们下班比学校女生放学时的情景，更带有抒情性。她们粗犷的美，吸引了我。我爱看江川的杂技踩球、马戏、魔术以及听因果报应的说书，我对所有在浅草的简陋戏棚演出的冒牌马戏团都感兴趣，我第一次受到表扬的《招魂节一景》，就是描写马戏团的姑娘们。《文艺春秋》创刊号刊登的小品《林金花的忧郁》中的林金花，是采蒟蒻的少女。《伊豆的舞女》则描写一个学生在一高时同巡回卖艺的艺人一起旅行的故事。许多时候，我是从市街的气氛和景色中得到创作激情的。两三年前我想写的市街，是吉原的外廓、浅草的小客栈街、初音町的夜市，那遥远的海上的群岛。我想去的不是欧美，而是东方的灭亡的国家，或许我是个亡国奴。再没有什么人间的形象，比那地震时逃亡者源源不断的行列更能激荡我的心。我迷恋陀思妥耶夫斯基而不欣赏托尔斯泰。可能是由于我是个孤儿，是个无家可归的孩子，哀伤的、漂泊的思绪缠绵不断。我总是在做梦。无论什么梦都不能使我依恋，一边做梦一边就苏醒，大概是我喜欢穷街陋巷而被人愚弄了吧。

我爱好穷街陋巷的志同道合是石滨金作。进了一高，我就结识了石滨，同他深交，我们的相好恐怕只能月志同道合这个词来形容了。我与他之间的事之多，书不胜书。他是我亲密的朋友，我与他交往之密切，如同二者一体，用一个鼻孔出气。石滨学生时代非常潇洒、开朗，他常常谈论当时流行的俄罗斯文学和"白桦派"、"新思潮派"的作家（菊池氏、久米和芥川等）。这使来自农村的我顿开茅塞，受益匪浅。铃木彦次郎领着石滨和我去看歌舞伎和曲艺，久保田万太郎独自喜欢小市民区，受到我们的攻击，他领着我们到好餐馆去。我有喜爱浅草的一面，尽管是个穷学生，我却有这样的虚荣心，也就是说看戏或电影都想坐特等或头等位子，旅行也想住一流旅馆。这可能是由于有我们乡村世家家族血统的关系吧。据说我是什么北条泰时的第三十一代或三十二代后裔。后来我习惯了，看廉价电影和乘坐三等火车，也无所谓了，这是30来岁以后的事了。

《文艺时代》诞生前后，我结识了片冈铁兵和池谷信三郎，他们很会享受，我辈望尘莫及。横光和中河与一也染上了这种恶习。我入一高前后，"白桦派"的人道主义兴盛，芥川、久米、菊池氏等人的"新思潮"登场，我们由同人杂志到作为新人而得到承认，这是由于大战后的好光景，文坛的"黄金时代"，因此在社会上出头极易，这不是今天的新人所可企及的。可是，不久就出现了纯文学者"饿死论"，坠入了反动的不景气的深渊之中。另一方面又有无产阶级文学的攻势，接着流行大众文学，我们嗅到了文人丰盛饭食的余味。10年青春的贫困生活，对我们的性格和作品，至少对我们的健康没有什么不好的影响。今东光和片冈铁兵等人的生活，看起来很阔绰，但那10年的朋友都一直过着贫苦的生活。

衣笠贞之助创办的"新感觉派电影联盟"把岸田国士、横光利一、片冈铁兵和我四人的名字排列在一起，它也只拍了一部我的原作《疯狂的一页》就销声匿迹了。我和文学以外的工作发生关系的，仅此一桩，别无其他。美术、音乐、舞蹈以及其他的艺术自不消说，就是围棋、狗、小鸟和其他动物，样样都牵动我的爱好之心。我终究写不过来，不论写哪一种，都太粗浅了。除了小说，多少懂得一点的，也只是分辨狗的好坏而已，自己脑筋竟迟钝到如此可怜的地步。我看过相当多舞蹈和绘画，本来也可以写点评论，但是无论对什么事物我总是采取尊重对方的态度，这也是我的任意辩解。平时我常这样想，事物的形成自然有其道理。你不理解，就让它不理解算了。我总是这样尊重对方的立场。读者对这篇文章用"也"的助词太多，都感到厌烦了吧？在一个字中，不能找出解开我这个谜的钥匙吗？

中河与一、铃木彦次郎、菅忠雄、尾崎士郎、片冈铁兵、十一谷义三郎、林房雄、加宫贵一等人，早就是我同时代的友人，一直维持到今天。今东光、犬养健等虽然暂时没能见面，然而老朋友的思念是不会消失的。我也受到石丸梧平、南部修太郎、丰岛与志雄、岸田国士等许多先辈的关照。我还是个无名小辈的时候，水守龟之助、加藤武雄、佐佐木茂索等人作为编辑，对我的好意，我也是永志不忘的。还有《文艺时代》、《近代生活》和《文学界》的事。在这篇文章的开头，我写到仰仗横光之处甚多，一般人一提到横光，马上就联想到川端，我被捧上了天。在别人眼里，或许以为这是愚蠢的。可我知道假使没有横光的友情，人们就决不可能有这种习惯，例如改造社来找我商量，希望把我所写的全部作品成套出版。我觉得有点奇怪。

和横光在银座散步途中，我问他：是你给我推荐的吧？他"嗯"地应了一声，脸都红了，把脸扭向一边。果然是横光。我也沉默不语了。还有一次，横光唐突地说什么准备在报上发表声明，自己今后将写些通俗的东西，以卖文为生。我正在寻思这是怎么回事，他就说，朋友们都干这个，如果出现唯独我一个人坚持纯文学的风格之类的闲话，就太对不起朋友了……这又是多么朴素的语言。新人拜托介绍《文学》同人时，横光说，如果吸收川端的话，他也同意。像这样的事，不知曾有多少回。已是10年前的往事了，我们俩走到很远很远的地方，快分手的时候，横光说：到我家来吧。我刚迟疑地说夜深了，他便接口说：今晚新娘子多半会来的，也许早已经来了，你到我家待一会儿吧。我连听也没听说他最近要结婚，他这么一说，我不禁目瞪口呆。当晚新娘子要来，他还默默地散步，也使我惊愕不已。再婚的宴席上，横光对我说：我们这就到镰仓，你也一起去吧。意是说让我参加横光的新婚旅行。真不愧是横光，他体贴我，可能认为我当天刚从伊豆来，苦于没有地方住宿吧。横光恋爱结婚已两次了，新娘子已不新了。

　　不过当天适值新婚，毕竟是不能以一般常识来衡量的。

1934年

夸西莫多

萨瓦多尔·夸西莫多（1901—1968），意大利诗人，"隐秘派"诗歌的重要代表。他的抒情诗咏叹美丽而穷困的故乡西西里，纯洁而又一去不复返的童年，抒发对母亲意大利的深情，诗风缠婉舒放，语言凝练明净，音韵优美。1959年获诺贝尔文学奖。

※ 在诺贝尔文学奖获奖仪式上的演说

在我的心目中，瑞典始终是每一位诺贝尔奖获得者的第二祖国，接受这项奖金意味着接受现代文明独一无二的、光辉的荣誉。瑞典，诚然是仅仅拥有数百万人口的国家，但事实上，没有一个别的国家能够成功地倡立和推行这样一项堪称具有广泛意义的典范和蕴含着如此巨大的精神的、实际的力量的奖金。

诺贝尔奖是很难获得的．它激发着各个国家的各种政治力量的热情，作家、诗人和哲学家从它身上发现自己的存在和力量的象征。野蛮用杀人凶器和混乱的思想武装自己，然而，文化仍然有能力粉碎它的每一次进攻。

现在，我置身于北方悠久的文明的代表者之中，这一文明在它艰难曲折的历史进程中，是同为争取人类自由而献身的仁人义士们并肩战斗的；这一文明哺育了富于人道主义精神的国王和王后，哺育了伟大的诗人和作家。

这些伟大的古代和当代诗人，虽然反映的是他们情感世界中的急流湍滩，是令他们惴惴不安的各种问题，但他们今天已广为意大利人所熟知。这些诗人植根于斯堪的那维亚民族富于寓意的、神话般的土壤，他们的名字虽然于我是很难正确发音的，但却是那么音韵铿锵，如今这些名字已深深铭记在我们的精神世界里。他们的诗章向我们抒发的声音，比那些已经衰败的或者堕落在文艺复兴时期修辞学尘埃里的文明所发出的声音，远为坚定、明确。

我的演说不是赞美词，也无意用巧妙的方式奉承主人，而只是对欧洲的精神特性发表评论。

我以为，瑞典和瑞典人民，以他们正确的选择，始终不渝地向世界文化发起挑战，始终不渝地致力于变革世界文化。

我曾经说过，诗人和作家以变革世界为己任。人们或许会认为，这个观点只在一定条件下才成为真理，甚至会断言它是傲慢的推理。然而，只要看一看诗人在他所生活的社会里和在其他地区所激发的巨大反响，人们对这个观点所持的惊慌不安或心慌意乱的态度就是不难理解的了。

正如诸位所知，诗歌诞生于孤独，并从孤独出发，向各个方向辐射，从独白趋向社会性，而又不成为社会学、政治学的附庸。诗歌，即便是抒情诗，都始终是一种"谈话"。听众，可以是诗人肉体的或超验的内心，也可以是一个人，或者是千万个人，相反，情感的自我陶醉只是回归于封闭圈一样的自我，只是借助于叠韵法或者音符的、随心所欲的游戏来重复那些在业已褪色的历史年代里他人早已制造的神话。

今天，我们有可能就其本质的含义来谈论这个世界上的新人道主义，如果说诗人置身于世界这个物质构造的中心，而且是它的主人，并用理性和心灵来完善它，那么，诗人难道还应当被视为危险人物么？疑问不是雄辩的象征，而是真理的省略表现，今日的世界似乎在同诗歌对立的彼岸建立秩序，因而，对于它来说，诗人的存在是必须铲除的障碍，是务必打倒的敌人。尽管如此，诗人的力量却水银泻地般地向社会的各个方面渗透、扩展，如果说文学游戏是对任何人类情感的逃避，那么，洋溢着人道主义的精神的诗歌却断然不会发生这等的情形。

我始终这样想，我的诗既是为北半球的人，又是为黑非洲人和东方人写的。诗歌的普遍价值，首先表现于形式，表现于风格，或者说表现于诗篇的聚合力，同时也体现于这样一个方面，即一个人为同时代的其他人所作的贡献。诗歌的普遍价值不是建立在观念或者偏执的伦理上，更不应当建立在道德说教上，而是表现于直接的具体性和独树一帜的精神立场。

对于我来说，美的观念不仅寓于和谐，而且寓于不和谐，因为不和谐同样可以达到美的艺术高点。请想一想绘画、雕塑或音乐，这些艺术门类在美学、道德和批评方面的问题是完全相同的，对美的赞赏或否定所依据的准则也很相近。希腊的美已被现代人所损害，现代人在对一种形式的破坏中去追寻另一种形式，去模仿生活，而这种模仿只是止于自然的动态而已。

至于诗人，这是大自然独特的而又非尽善尽美的造物，他借助人们的语言，严谨而绝非虚幻的语言，逐步地为自己建立现实的存在。人生的经验（情感和物质生活两方面的）起初往往蕴含着陌生的精神迷茫、微妙的心灵不平衡，蕴含着因置身于堕落的精神环境而萌发的忧郁不安。学者和批评家攻击诗人，说诗人从来只会写些"言不由衷的日记"，玩弄世俗的神学；批评家还断言，那些诗章只不过是"新技艺"精心制作的成品，这"新技艺、新语言，是赶时髦的新鲜玩意儿；诗人大约是凭借着这种方式，把那些被孤独所包围的冷冰冰的事物展示出来，迫使人们接受孤独。这样说来，诗人岂不是制造了恶劣的影响？也许是。因为仅仅阅读新诗人的一首诗，你又怎能赢得世人的理解与共鸣？而神经脆弱的批评家又害怕十五首或二十首组诗的真实。

对于"纯粹"这一观念，依然需要进行研讨，尤其是在这政治上四分五裂的世纪，诗人遭遇着困窘、非人的命运，他们心灵萌发的作品往往被认为是狂想曲，从而遭到怀疑。

我这篇演说的宗旨，不是为了建立一种诗学，或者确立某种美学的尺度，而是为了向这个国家最坚毅、为我们的文明作出崇高贡献的人士，同我方才提到的，而眼下我正置身于其间的第二祖国，表示我的深切的敬意。

我愿借此机会，向瑞典国王和女王陛下、皇太子殿下和瑞典皇家科学院表示敬意和感谢。皇家科学院十八位学识渊博而严峻无私的评判家决定褒奖我的诗歌，他们给予意大利以崇高的荣誉；在从20世纪初上半叶直至最新一代的年月里，意大利诞生了异常丰富多姿的文学、艺术和思想作品，而这些正是我们文明的基石。

（吕同六　译）

布德尔

埃米尔·安托万·布德尔（1869—1929），法国现实主义雕塑家，
与罗丹和马约尔齐名，并称现代法兰西雕坛三巨头。
一生写下大量笔记，记载了学习心得、参观感受、创作经验、生活感言、艺术思考。

※ 艺术与死亡

在我人生暮年的岁月中，精神里依然保留着像往昔那样激动的反应。

不要怠慢了人生最后这段时光。

在自然界这个大舞台上，人们才是自己真正的偶像。人们总爱追溯自己的过去，可今非昔比，一个人往昔的风貌如今已荡然无存了。人们时刻铭记着生命新陈代谢的永恒规律，人终究是会死亡的。

难道有什么能够比菊花馥郁的飘香更能抚慰人的心灵吗?

在我生命旅途最后的这段时光中,我看见过去的躯壳脱落,离开了我。

我依傍在那种被人们称作棺材的粗糙而阴森的箱子边,久久地沉思。

我孤独一人,心潮澎湃,浮想联翩。在这个被钉在一起的、令人毛骨悚然的木头箱中,我更加清楚地感到了人类理想和命运之间的距离,是死神向我们昭示了理想和命运的综合。

灵魂有时真像是一口庞大而沉重的箱子,它比世界上最大的棺椁所盛的痛苦和忧伤还要多。

在我生命弥留于这个世界最后的时日里,啊!竟有那么多贴心知己的朋友们用他们热情温暖的手握住了我那双嶙峋颤抖的手!

可是,从前有谁曾关注和指导过这双被大家紧紧握住的手呢?

命运,乖谬的命运,请告诉我关于你神秘莫测的规律吧!请提醒我你漂移游荡的方向吧!

爱情、痛苦、死亡,这些就是人生的大学校。

人生的暮年时期,要比童年时光消失得快得多,甚至比中年时期还要短。

人们不知道这是为什么,人们为生命如此匆匆而感到困惑和茫然,他们不知道究竟应该怎么去行动。

有谁会知道呢?

现在,在我的创作中有雄伟磅礴的高山,浩瀚无边的大海,它们都显示出了冲天的气势和巨大的力量。

我不敢相信。

空间和时间意味着什么?它们也是一种尺度吗?啊,比例,你永远至高无上。

人们看见燕子在起飞,顷刻之间辽阔的天空中到处都是回旋飞舞的燕子。

人们常说,燕子飞去还会归来。

在我晚年的时日里,我看见那些严肃而理智的燕子在我门口的三角楣上,用衔来的泥土筑成了一个漂亮精致的小巢。当春风再度吹拂、蝶舞蜂喧之时,燕子自然就会飞回。

可是我,我还能看到燕子归来、展翅飞舞的倩影吗?还能倾听到它们呢喃报春的欢音吗？可能只有时光才会知道。

逝去的人和新出生的人如同出发和归来一样，交织在一起，使人类保持着匀称和平衡，而在这种匀称和平衡中却隐潜着不幸的悲剧。

一群嘶鸣号叫的乌鸦正在排列着队形，进行殊死的鏖战，墨水瓶也无法同它们飞翔时带来的黑暗相比拟。

在我人生暮年的最后时日里，那些在光明之后投下的黑暗教给了我们明暗的对比；黑暗与希望同在，明亮与恐慌并行。

所有这些日子都纷集在那里，用殊异的目光审视我，它们每一天的面孔都各不相同。

你们对我生命所剩下的残年孤月将如何看待？我是否知道那些最终莅临的时日意味着什么？我对一切都不敢相信，有时则置若罔闻。

那曾经是些沧海横流、混战与争斗延宕不休的年代，欢乐与欢乐残酷地厮杀，忧伤与忧伤激烈地抗衡。

岁月在焦虑地、望眼欲穿地等待着，它们深信不疑的是，我会最终发现真实。我激动得周身战栗不止，难道我惧怕触碰到你吗？神秘莫测、难以驾驭的真实啊！

闪烁在过去年代的灵光业已熄灭，散落的灰烬也都飘散了，周围到处覆盖盛开着五彩缤纷的、属于我们的鲜花。

这些美丽的鲜花可能会释放出一缕带有苦味的芳香。可是，为什么会夹杂着苦涩呢？究竟什么是苦涩？什么又是甜蜜呢？

你歇斯底里地践踏了整个美丽娇媚的花园，我丧心病狂地掠夺了整个花园的果实，我整个灵魂都向往着美丽的女人，我在如痴如狂的爱情中创作着人的艺术。

这一切都被我牢牢地掌握在手中，这一切是不是梦幻的灰烬呢？不，绝不是。

"艺术在我们生命的死亡中延宕发展……"

古米廖夫

尼古拉·古米廖夫（1886—1921），
杰出的俄罗斯诗人、诗评家、现代主义诗歌流派"阿克梅派"宗师。

大师谈经典

231

※　"我那美好的庇护所"

我那美好的庇护所，是一个

音响、百合和鲜花的天地，

不会有刺骨的寒风

吹自那没有协调好的世界。

我若折下一朵小花——它就用

奔放的歌声充实我的心灵，

撩拨着，用愉快的天启使我着魔，

于是我的身外也沸腾着生命。

但是我也珍爱艺术的

幻想孕育的花朵，

它用狂热的感情

把死人的脑筋迷惑。

我在空间和时间里走着，

跟在我的后面

我的儿子走在

风、火、水劳动的后代中间。

啊，我不会战栗！我将怀着

火一般的惊喜，

接受最后的、致命的一击，

就像接受一个吻或者一朵花。

（关越　译）

迈哈穆德·台木尔（1894—1973），埃及小说家、剧作家。
出身于开罗书香门第。被公认为是阿拉伯现代短篇小说的先驱和巨匠之一，
被誉为"埃及的莫泊桑"。作家多产，自1925年至逝世，共写有约四百篇短篇小说，
收在二十多部短篇小说集中；有长篇小说十余部；有剧本二十余部。
此外还写有随笔、游记、文论等多部。

※ 富有创造力的美

美，形形色色，纵然实质是一个！

有形象、外表美，有思想、内容美，亦有情感、心灵美……

美不拘一格：有伟大、傲岸之美，亦有平凡、谦恭之美！

有的美是丽质天生、秀色天成，无须涂脂抹粉、不必修饰装点；有的美则是浓妆重彩、珠光宝气，精雕细刻、巧夺天工！

令我们难忘的还有那种粗犷、质朴的美：似浑金璞玉，不曾加工，尚未琢磨！

美，何其五花八门，千姿百态！

这种种的美，其形式、其尺度、其分量，是何等千差万别，大相径庭！

然而，种种的美全都同出一源，而流向四方：有的奔泻于平川、原野，将荒地变成果香四溢的良田；有的则蜿蜒于高原、丘陵，洒下一路春色！

美，无边无际，无拘无束！

美，无确定的质，无限定的量！

美，无规律制约，无模式局限！

美就是美。它随心所欲、孤行己见地创造规则，制定章法，并毫无顾忌地将它们强加于人，不料，这些规则、章法尽管显得相互矛盾、相互抵触，而并非协调一致，人们却心悦诚服，欣然接受！

美是一种魅力，与其说我们可以通过耳闻目睹去认识其特征，了解其作用，倒不如说我们是凭着感觉对它心领神会的。这种魅力如同无形的宇宙射线，其奥秘亿万年来向不为人知。直至最后，才被现代化的仪表捕捉到并被揭示出其某些效用！

这些仪表与人的心灵何其相似乃尔！心灵正是能捕捉辐射在生活的天地间美的微波并反映出其影响的仪表。

如果说人们对美的评价有所不同，对美的形态亦有厚此薄彼的偏爱，那么无疑，这种不同和偏爱的原因正在于人的心灵这种仪表及其特性、功力的差异。

无论美的法则、美的性质一般说来是多么一致，实际上，美却是相对的；它首先取决于欣赏美的人，因为正是他对一切形象的和抽象的事物都赋予了其个人的色彩，按照他自己的理想和愿望对这些事物加以阐释。

美是一种创造力，其产物就是爱。没有美的促使，便不可能有爱，美是爱的主宰。爱的宏旨在于行善、造福，因此，我们无法想象会有一种旨在不幸与苦难的美。如果我们能欣赏到美，感受到爱，那么幸福也就在握了。

这种幸福蕴藏在心灵深处，人在身外是寻求不到的。因此、你对美领略得越充分，对爱感受得越强烈，你就越幸福；相反，你对美领略得越不足，对爱感受得越微弱，你就越难免不幸！

　　你若是对幸福的生活心驰神往，就必须培养自己的审美力。那时，你将会发现自己的心中充满了爱，你将会看到幸福的新娘服侍在你的身旁，给你欢乐，予你温馨！

（促跻昆 译）